DOMAINE FRANÇAIS

Editeur : Bertrand Py

PARADIS DE TRISTESSE

DU MÊME AUTEUR

Chez Actes Sud - Papiers

La Servante. Histoire sans fin, 1995.
Le Visage d'Orphée, 1997.
Epître aux jeunes acteurs pour que soit rendue la parole à la parole (collection "Apprendre", n° 13), 2000.
L'Apocalypse joyeuse, 2000.
L'Exaltation du labyrinthe, 2001.

Chez Actes Sud

La Servante. Histoire sans fin, 2000 (nouvelle édition).

Aux Solitaires Intempestifs

La Nuit au cirque, 1992.
Les Aventures de Paco Goliard, 1992.
Théâtres, 1998.

A L'Ecole des loisirs

La Jeune Fille, le Diable et le Moulin, 1995.
L'Eau de la vie, 1999.

Chez Arte éditions (collection "Scénars")

Les Yeux fermés, 2000.

ISBN 2-7427-3922-X

Illustration de couverture :
Antonello da Messina (*c.* 1430-*c.* 1479)
Crucifixion (détail), Anvers

OLIVIER PY

Paradis de tristesse

roman

ACTES SUD
HUBERT NYSSEN EDITEUR

I

LA LAMPE

Son odeur m'apprenait à mourir.

Quand il levait ses bras vers le ciel dans le geste de plonger, il le faisait souvent, les mains tendues, il me semblait qu'il allait crever la surface du réel et plonger au cœur du mystère pour atteindre une profondeur plus fraîche. Ses aisselles alors lâchaient une odeur de fleurs mortes et de craie.

Cela m'apprenait à mourir.

Cela m'apprenait à mourir ? Non, cela m'apprenait que je meurs.

Sois en fête, toi, l'homme simple qui as aimé dans l'ombre de la splendeur, et as goûté au vin éphémère !

Apprends-moi ! Apprends-moi, disait le vieux professeur à la putain. Or elle ne savait que piétiner les livres et mettre dans son sexe une dragée de baptême bleu clair qu'il cherchait plaisamment avec son vieux museau. Et quand ses amis de l'Académie lui parlaient d'autre chose que d'expériences sensibles, il lui venait pour la chose écrite une tristesse et peut-être une haine sans merci. Il pleurait une nuit entière sur la faiblesse des mots et écrivait sur le sujet terrible un livre prodigieusement ennuyeux.

J'appartenais à Pascual et apprenais à me conjuguer au présent.

Oublier c'est chanter. Dans cette chambre banale, j'accomplissais la prouesse de n'être plus ce songe lassant de désirs dérisoires, une chose en moi chantait, une chose rapiéçait mon appartenance au monde, cette chose en moi chantait, déchirait l'isolat initial et, ce chant, c'était la douleur consentie.

Une sorte de dégoût pour mon corps est toujours sur le point de me faire désirer l'obscurité radicale, obscurité où cacher autant que faire grandir ce haut-le-cœur que ma naïveté confondait aux années ardentes avec un renoncement, fleur de pureté née du bourbier des passions, saxifrage hideuse des ruines de ma sensualité.

Et ce dégoût pour mon corps ouvre toujours avec la voix du fossoyeur l'abîme exaltant du mépris de soi et, par ce prisme de soi, de toute réalité terrestre. Alors même que dans sa totalité mon corps m'est infâme (par exemple regardé dans un miroir, ces cercueils verticaux aux dos des portes d'hôtel qui ne laissent pas notre image mettre les bras en croix ni se hisser sur les pointes mais obligent le regard à embrasser un corps contraint et dénué de danse), alors même que la totalité de mon corps est une pensée insupportable, la pensée même de la finitude odieuse, du contrat dérisoire et léonin que la pourvoyeuse de déchéance nous impose, alors même que je vomis ce corps nu dans sa totalité, j'éprouve pour chaque partie une fascination sans égale et, le mettant en pièces, j'apprends à l'aimer, car si la réunion de tous ces membres est une somme infaisable, car si le considérer dans sa totalité c'est accepter que je ne suis et ne serai que “Ça”, ses parties démembrées me laissent contempler la terrible splendeur de la chose humaine.

Ne me reste-t-il pas à découvrir que l'aversion que j'ai pour mon corps est refus de confondre cette identité de passage avec ce que je suis en vérité, l'enfant de Dieu ?

Mais l'enfant de Dieu est-il connaissable ailleurs que dans ce corps ?

Et pour mon nom il en va de même. Ecrire mon nom m'a toujours été insupportable, cette signature obligatoire en haut de la page me donnait un haut-le-cœur sans comparaison possible. Il a été fréquent qu'à l'école on reconnaisse mes copies à ce qu'elles n'étaient pas signées, j'avais dû, remettant toujours le geste de la signature à plus tard, l'oublier complètement. Le plus insupportable était d'avoir ce nom devant les yeux pendant la longueur du travail, de le lire et de le relire dans son empreinte et son cri de non-sens. Et plus tard quand l'étiquette des colloques m'a imposé de décliner mon patronyme pendu autour du cou, ou en bavoir sur une table, ou en crête sur la tête de circonstance, j'ai déchiré le bout de papier avec un soulagement rageur. Non que dans sa consonance mon nom me déplaise, je l'apprécierai volontiers en personnage de roman, mais il m'empêche d'entendre ce nom que Dieu murmure à mon oreille, ce nom qui est le mien, et j'ai réclamé autant que l'obscurité le silence, pour écouter, écouter et entendre.

C'est ce silence et cette obscurité que Pascual par la majesté de sa présence me donnait, puisque la ville n'était que fête d'impiété.

La rencontre de deux êtres fait croire en la Providence autant que la rencontre de deux mots peut apprendre à croire au poème.

Chaque fois que je retrouvais Pascual dans cette chambre vert passé, j'entendais le fracas de mon enfance rompue à son seuil, et j'en remerciais l'homme laconique et brûlé qui me parlait tendrement en me frappant. Douloureuse destination, pour voir le ciel, je ne pouvais plus compter sur la grâce (que j'appelle Enfance) mais sur moi-même. Pascual dans ce temps bref de notre aventure ne m'apparaissait pas encore comme une allégorie, je ne saurais que plus tard, au terme de ce livre, dont les mots qui suivent sont l'empreinte, qu'il était en chair présente : le spectre de la poésie.

Si la poésie était une Personne, elle serait un garçon au visage de Janus, mortel ou vivifiant, et qui sait que le temps est compté. Voilà pourquoi si souvent, en croyant écrire le mot violence, mes doigts distraits écrivent douceur, de même que si souvent je prononce joie pour douleur.

Je n'ai jamais cru aux métaphores, c'est la part de moi incorrigiblement tournée vers le théâtre. Car au système métaphorique j'oppose la présence réelle de l'allégorie. A quoi bon penser la beauté si l'on ne rencontre pas La beauté, à quoi bon comparer la mort si l'on ne veut pas rencontrer la mort. La mort, la beauté, l'aveuglement, tout ce que l'homme désire voir et qui ne sait se présenter à son iris que dans l'éblouissement ou l'obscur. Certainement, il était cet astre embrasé de reflets, par lequel la mort est vue sans en mourir, par lequel la chose désirée se donne en disparaissant, par lequel la beauté détruit en donnant sens.

Je commencerai par ce jour très beau où s'enfuyant il m'a dit son prénom, qui croirait que je l'ai aimé si longtemps sans oser lui demander son nom ?

Pascual. A quoi bon le déguiser sous un pseudonyme ? Il n'est pas de nom plus beau. Un *u* placé au centre de son prénom le tirait vers le sud, l'Espagne ou le Portugal, adoucissait l'incroyable force et l'étrange banalité de ce prénom dans sa consonance française. Mais que le mot "Pâques" ait été ainsi mêlé à ce désir de son nom est pour moi un objet de contemplation infinie.

Pâques ! La plus belle fête, la seule fête qui soit absolument lumière ! Toute mon enfance (n'ai-je pas déjà dit que l'enfance est pour moi comme un temps de grâce divine où le libre arbitre n'est pas venu effrayer le dialogue tendre avec l'Esprit), toute mon enfance est contenue dans ce matin sous les cloches où ma grand-mère et moi allions écouter une messe miséreuse dans une joie de sucre et d'or solaire. Fête, nappes brodées, iris délicats, brise et promesses… Comment associer cette douceur à la violence effrénée de Pascual, à moins de confondre par force poétique violence et douceur, sang et fleur d'oranger.

Ces Pâques nocturnes et hivernales auxquelles il m'a attablé n'étaient pas celles de l'enfance, mais c'est parce qu'elles étaient si difficiles que je l'aime. Nous voulons si souvent exclure Dieu, nous le confondons avec une substance idéale qui se refuse à la corruption. Mais il faut une force typhonesque pour l'admettre à chaque endroit de notre désir, pour le sentir auprès de soi, non pas aux instants de pure montée, mais en eaux profondes, là, sa présence n'est plus diffuse et lointaine comme une cloche campagnarde, elle est au creux de nous, sourde et incompréhensible.

Pascual était mon passeur vers cette nuit profonde, cette nuit où moi seul devais allumer une lampe. Comment dans cette traversée l'ai-je appelé avant de connaître son nom ? C'est au-delà de ma mémoire, il ne pouvait avoir d'autre nom. Je suppose que je disais Il, Lui. N'ayant jamais laissé se perdre l'incandescence de sa présence jusqu'à des définitions d'identité qui auraient anéanti le charme, je vivais heureusement qu'il soit sans nom. Mais je ne disais pas Il, ni Lui, non. On dit "Il" pour l'absent, Pascual n'était jamais absent. Je lui parlais toujours directement, même à Alcandre, cet ami nécessaire, je n'ai pas parlé de Pascual autrement que par figures.

Depuis trois mois (un hiver) je lui appartenais absolument, il déroulait l'écheveau inepte de mes désirs adolescents, il détruisait ce qui en moi n'était pas voué à la contemplation pure. Je devais dans le temps trop bref de sa présence apprendre à me connaître non pas comme intelligence, mais comme élément soumis du continuum fleurissant. Cela était affaire de rythme, lui seul pouvait enseigner cela à l'âme trop bavarde que j'étais, lui seul. Il avait pour ce faire les armes exactes, son indifférence cruelle, son impatience, cette manière d'être exilé où qu'il soit, chez lui partout, sans questions inutiles mais la pensée vivante.

Il ne se contentait pas de tresser des formules livresques, il pensait, penser, c'est être libre. Il avait un jour traversé la rue, pour gifler un adolescent brun qui faisait les cent pas devant un magasin de mode où sa mère se ruinait.

"Pourquoi tu as fait ça ?
— Parce qu'il avait des lunettes."

Il voulait dire que, sans lunettes, le plaisir n'aurait pas été complet. Je pense souvent à cet adolescent, je m'identifie évidemment à lui, il n'est pas inimaginable qu'il doive sa libération au geste de Pascual, c'est ce que je veux croire. Les lunettes étaient tombées et l'adolescent assommé à quatre pattes sur le pavé n'avait pas du tout réagi, ni cris ni gestes. Pascual l'avait frappé avec le poing mais de manière latérale, il faisait souvent cela, ainsi il ne risquait pas de lui casser le nez, ni de l'éborgner. Et Pascual ne s'était pas enfui, il était resté un temps au-dessus de lui, pour le regarder absolument et puis il avait marché. En disant que c'est surtout les lunettes qui l'avaient inspiré, il n'avait pas menti ni souri. J'ai, depuis, l'envie tenace de frapper tous les adolescents à lunettes que je croise mais quelque chose m'arrête… je pense mon geste.

L'adolescent frappé avait évidemment réclamé ce coup, heureux il avait croisé la fureur angélique de Pascual. Exact, dans le geste et le rythme, oui c'est cela que j'appelle penser, penser vraiment.

Penser ; c'est plus probablement être le feu auprès du feu, l'eau au cœur de l'eau, la terre au centre de la terre et le vent au comble du vent.

Lui seul, toi seul, et l'amour dévorant m'avait lavé des psychologies crasses où je complaisais mes heures scolaires. Je ne désirais rien d'autre que de le voir par sa seule royauté (j'emploie souvent royauté pour Présence) soustraire toute volonté à ma volonté, devenir transparent d'extase, entrer dans l'organique bienheureux, le sang qui exulte dans son ressac.

L'éclat qui est notre demeure est un écart de la Nécessité, j'apprenais par lui à n'être rien.

Il me suffisait de le voir embrasser l'espace.

Une statue parfaite ordonne autour d'elle l'architecture d'un jardin, et inverse les perspectives, c'est le paysage qui s'est mué autour de sa présence plus grande et non pas sa forme qui est venue parfaire le lieu (j'emploie aussi présence pour royauté).

Ici ou ailleurs, cette royauté qui le faisait sourire c'était d'être toujours en avance sur le temps, de courir à l'ivresse avec plus de rage, de laisser derrière lui la mort, chien obèse qui aboie derrière son carrosse.

Je décrirai plus tard son visage.

Je veux le décrire tel qu'il m'est apparu au premier instant, je veux oublier le verre déformant de mon souvenir, de l'allégorie que je lui fais porter, et retrouver cette épiphanie de son visage, il ne convient pas de revenir au point de départ pour comprendre, la flamme est sans raison, les cendres parlent…

Il importe de dire que la perfection et la cruauté ont un accord souterrain que l'amateur d'art ne supporte que rarement de regarder en face. Le merle qui joue distraitement avec un œil de veau arraché à l'équarrissage nous enseigne que nous sommes un tissu graisseux de raisonnements vains. La ponctualité de la vague et la perfection effarante de l'oiseau carnivore, farouchement désirables, sont l'indifférence musicale de la vie. Pascual appartenait à ces races d'êtres qui tiennent la mort à leur botte, chacun de ses gestes était d'une perfection rythmique de prédateur, la cruauté n'estelle pas diamant négocié ?

L'alliance avec les éléments est mère de cruauté et d'inspiration. Le mal est le principe agissant, alchimique, il blanchit dans l'épreuve de la poésie ; cela aussi je l'ai appris de Pascual.

La connaissance de papier est ridicule, mais ceux qui ont connu reconnaîtront, ne savent lire que ceux qui ont vécu.

Cruauté et perfection sont synonymes, ce coup de poing au ventre quand un jeune homme torse nu, collier de perles de bois, fleurs de troène à la tempe, gifle d'une insulte rieuse vos assurances de printemps.

La nature a le droit de tuer, la beauté, elle, s'arroge le droit de ne pas nous tuer, elle nous laisse mourir, c'est une cruauté plus humaine, peut-être.

Dès l'enfance, la douleur physique me semblait une sorte de sixième sens que la raison avait refusé de compter parmi les cinq autres.

Et ce que je dirai de la souffrance physique aussi bien vaut pour toutes les douleurs de l'âme. Soumises à un principe esthétique, dans les barres de mesures scandées d'Eros, les douleurs avaient pour mon âme d'enfant des correspondances aiguës avec les couleurs et les sons.

Et si l'on refuse à la douleur la valeur sensuelle, c'est de méconnaître le plaisir d'avoir mal dans son avancée spirituelle. Mais le masochiste reste le seul véritable contestataire de la Raison. Avec le sacrifice, il a une alliance informulable, et ce sacrifice toujours chantant, il est possible qu'il se tourne vers le ciel et se confonde avec la plaie hominienne. Il n'y a pas sacrilège à aimer être triste, cela s'appelle musique. Toutes les tortures que m'infligeait Pascual avaient leurs correspondances musicales, l'aigu, le sourd, l'andante, l'allegro.

Si elles n'étaient pas saintes, ces tortures avaient le visage du sacré qu'il m'appartenait de convertir.

Au-dessus de ce crâne froid qu'était le front splendide de Pascual, je voyais une flamme, et cette flamme me désignait. Dans cette nuit qu'est vivre, on apprend l'éblouissement par diffraction sur des objets qui ne sont que sable. Sable même pas, vapeur, illusion, image, frôlement, la matière n'existe que pour nous informer d'une autre origine.

La douleur physique, je la chérissais clandestinement, l'interdit d'aimer la douleur, je ne savais pas encore qu'il était pure politique. Qui aime la douleur physique détraque l'horloge. Et en toute chose, théâtre, mélancolie, lecture, travestissement, absinthe et flagellations, je n'ai cherché que le moyen de détraquer ce temps qui m'était imposé. Mettre au pas cette armée de secondes, affirmer que je suis le bouilleur de cru de mon anecdote, distiller à ma façon la liqueur de mes jours, et vomir cette eau sans vie qu'est le temps des autres.

La douleur physique, scarifications, flagellations, brûlures, m'aidera plus que tout dans cette entreprise, et avec tant de virtuosité que je ne suis pas loin de penser que ce sens supplémentaire de la souffrance est confondu avec l'appréciation de toute chronologie.

L'espace de jouissance par la douleur est hors de la course imposée qu'arbitre la mort, et si la douleur consentie sait interrompre la marche des aiguilles c'est que la douleur est la clef du temps, c'est que la douleur est le temps.

Mais je ne pensais pas à tout cela en cherchant l'amande, dans les écorces sales, avec le couteau jeune de Pascual.

J'entrais dans la chambre que j'avais réservée, rue de Seine, dans cet hôtel indemne de décoration qu'il avait élu pour m'y faire subir l'intelligence.

La chambre n'avait ni le charme vieillot des pensions de famille ni la crudité impeccable de l'hôtellerie industrielle, nous étions au cœur du banal, dans ces décors où rien n'attache à la rêverie, désertés par les signes, ignorés des modes, agonie de la théâtralité.

Ce lieu me reposait, il appuyait un linge froid sur le front de mon imaginaire malade, Pascual y était comme superposé à l'image, sa présence réelle brillait dans le vert-gris disparu et gommé des murs et des meubles. On aurait dit qu'il avait été repeint en couleurs puissantes sur une photographie en noir et blanc, et tandis que tout appartenait à la fois au passé et à ce temps indéfini des objets utilitaires qu'on a oublié de rendre beau, lui, mon maître étonnant, était un présent brutal et colorié, une mort dont le masque n'était pas livide mais, sur le fond brumeux de la chambre, étincelant.

Son pied sur ma nuque, il m'avait ordonné de me mettre à plat ventre, et m'avait fait attendre longtemps, le regard immobile sur sa bouche en énigme.

Rien d'autre que ce sourire insultant, ce mépris haineux, ce crachat roulé au fond de sa gorge. J'attendais, cette attente laissait le sable de ma conscience s'écouler à petit fil, j'oubliais d'être. J'oubliai d'être comme j'ai voulu le dire mais ne saurai jamais le dire sans sa musique.

Je ne vivais plus que par ce rictus sur ses lèvres blanches et toute volonté perdue.

Ces lèvres étaient souvent anémiques, elles devenaient blanches avec le plaisir qui montait en lui, plaisir de posséder ? D'asservir ? De détruire ? Plaisir de sentir en lui l'antique nature, d'être à nouveau soudé à la méchanceté fondamentale, jouissance d'union ! Ses lèvres blanchissaient, c'était le signe qu'il ne se possédait plus, que l'expérience était ouverte.

J'étais bien, là, à ses pieds, comme chaque fois qu'il me faisait attendre, j'aimais cette suspension de ma pensée roturière vers un état d'aristocratique indifférence. Cette noblesse est peut-être celle des pauvres et des désespérés. Mais pauvre veut dire ici simplifié et désespéré en soif d'espérance.

Oui, j'espérais ! J'espérais et cet espoir me désespérait, j'étais l'aveugle sourcier de la deuxième vertu, de la plus mystérieuse et belle vertu, l'espérance.

Apprendre à attendre, c'est ce que l'amour fait avec violence. Ce ralentissement donne à l'Espoir une présence incarnée par laquelle peut-être la douleur va pouvoir nous absoudre de l'emprise du temps. Mais nous sommes encore loin de là…

Pour qui n'a jamais été soumis absolument à un être de chair, la chorégraphie de ces sentiments ascendants reste obscure. J'avance le mot ascendant faute de me représenter réellement ce mouvement de chute vers le haut, d'aspiration par le bas, de montée en profondeur… L'ascèse du masochiste ne peut pourtant se dire sans recours aux métaphores de la prière, c'est-à-dire celles d'un cantique des montées.

L'horreur de soi est le maître de chant.

Apprendre à se connaître, mais non pas tel que pubère dans une orgie d'identités chapardées on a voulu se bâtir, c'est l'explication du coup donné par Pascual à l'adolescent à lunettes enfermé dans la temporalité maternelle. Ce que Pascual n'avait pas supporté, avec tout cet amour en lui exempt de charité et de compassion, c'est que l'adolescent attendait sa mère. Quand je lui ai demandé pourquoi il l'avait frappé, il aurait tout aussi bien pu répondre "parce que sa mère le faisait attendre". Le maître du temps c'était Pascual, le maître de la douleur c'était Pascual. De même que lorsqu'il me torturait c'était pour m'apprendre à dominer le temps, sa victime adolescente avait dû découvrir une porte dans la forteresse familiale. Dans l'ivresse du coup porté, la joue encore rouge, a-t-il fait ses valises pour les grands territoires du Nord, l'Islande, les îles Féroé, la Gaspésie, la Cimérie patrie de l'ombre et des tourbillons ?

Il ne s'agissait donc pas de se composer figure mais d'apprendre à connaître celui qui sans âge et sans visage gît au cœur des masques et appelle. Il faut écrire, la douleur n'est peut-être qu'un mot et c'est sans doute la couleur la plus naïve avec laquelle peindre l'ascèse du masochiste.

C'est pourquoi parmi tous les théâtres que Pascual m'imposait c'était celui de l'attente qui me semblait le plus proche de ma flamme intérieure. Attendre, entrer dans le vide de la prophétie, n'être plus que le Possible. Et la douleur vous conduit par la main, un enfant le soir de fête qui veut vous montrer au fond du jardin endormi une nichée d'oiseaux sanglants.

Et puis il me frappe, sur la nuque, le dos, il me retourne, me frappe au ventre, s'assoit sur moi, frappe mes cuisses, il se relève, crache sur ma bouche, appuie son pied sale sur ma bouche et l'écrase. Je lèche le dessous de ses chaussures de sport qu'il prétend avoir achetées déjà usées et sales, parce qu'elles étaient usées et sales, et je sens tout son corps surdimensionné par le désir que j'en ai s'abattre lentement vers moi.

Ses yeux dans leurs meurtrières bleues.

Sa bouche vient contre mon oreille, son corps est au-dessus de moi, un aigle s'abat les ailes en croix, masque le soleil, je suis sa proie, c'est la mort du monde, sa bouche vient et fredonne.

Il fredonne une mélodie idiote et guillerette.

Une chanson de variété dont il accélère le tempo pour me faire peur. Et j'ai peur. J'ai peur parce que je connais les paroles infamantes de bêtise qui viennent avec la médiocrité musicale coller à je ne sais quoi d'abject.

J'ai peur qu'il ne se moque de mon plaisir. Il rit de mon plaisir. Cela me terrifie. J'imagine que je ne suis pas assez imposant de soumission, il juge que je ne me donne pas absolument. Ou bien, il fredonne par indifférence totale à mon plaisir, ce qui est plus terrifiant encore. Cette indifférence à mon plaisir affirme que seul le sien règne, contrairement aux autres dominants qui sont sans le savoir les esclaves des soumis, Pascual affirme que rien de ce qu'il va faire il ne le fait pour me complaire, il affirme qu'il est libre et que je n'ai rien à espérer d'une dialectique imbécile où mon désir plus grand avalerait le sien, et où il ne jouerait que le rôle que je lui impose. Par cette chansonnette, il réaffirme son pouvoir, il affirme aussi que le plaisir sexuel n'est qu'un outil, que le plaisir est une lettre qui ne doit pas se lire à la lettre.

Il m'ordonne de me relever. De me mettre à genoux. De me relever, dix fois. Cet agenouillement renouvelé, exercice d'adoration, efface les derniers contours. Nous sommes parfaitement dans l'éducation spirituelle, et le maître dit non, non, non, jusqu'à ce que l'apprenti trouve la forme accomplie, le chant limpide, le geste exact il ne le fera que perdant toute volonté de bien faire quand l'art naît de l'oubli de soi, pur envol.

Je suis à genoux, il me fait ouvrir et fermer la bouche. Devant ma bouche son bras découvert, prêt à frapper, le poing fermé, comme il le faisait toujours. Jamais de face. Pensée exaltante d'un oisillon écrasé avec une lenteur musicale dans sa main amusée. Il frappe ma bouche, mes lèvres contre mes dents ; il frappe avec une main et de l'autre il tient ma bouche comme une fleur pressée qu'il détruit. Ses mains légèrement piquées de sang, il les essuie sur mon cou. Il frappe encore, et je sens que cette bouche devient autre chose, un autre organe, elle est un sexe de femme, il la modèle et la frappe, elle devient une chair vibrante, elle perd tout rapport avec la parole et la manducation, elle se détache de moi, chose horrible qui m'émerveille. Il la regarde comme une œuvre accomplie. Son bras est toujours gonflé du geste noble, mais il pend inerte et satisfait, une veine, serpent sous la vase, respire en dormant. Je lèche cette sinuosité rêveuse qui bat sous son bras. Je lèche cette ligne de sang bleue dans le blanc idéal de son avant-bras. Cela est comme la récompense, mais il faut que je la lui vole, jamais ce bras ne semble se donner à mes lèvres. Un peu de mon sang se mêle à sa sueur au creux du bras, là où la veine disparaît.

Et tandis que je léchais ce petit fleuve terrible, viril et vibrant, sur l'avant-bras ouvert, il a je crois murmuré, mais ni les lèvres ni les dents n'ont mordu ou embrassé la sentence, les mots sont venus par sa voix de ses abysses. Ses abysses, où règnent quelque monstrueux souvenir, comment pouvait-il en être autrement, n'était-il pas un homme brûlé ? N'est pas énigme qui veut.

Seul celui qui a été défiguré, au matin de son être, peut prétendre à cette royauté, mais à quoi bon rêver sur la douleur de Pascual, je n'en saurai jamais rien.

Ses abysses, l'obscurité nécessaire aux trésors et aux chimères, l'ombre où la vérité mûrit. Quelques paroles, tout en lui est paroles, oboles de l'obscurité au lent périple ennuyeux, sa vie, la vie.

Les yeux disent qu'il va parler, non pas de cette parole prostituée, il ne savait pas parler ainsi. Tous les signes de la grande parole, rabatteurs d'extases, la nuque molle, l'œil trouble qui ne pointe qu'un lointain flou, la main suspendue vers la proie invisible, cette aigrette de feu qui brille un instant au-dessus de son crâne lapidaire, une veine qui s'agite, gonfle, soupire, serpent céruléen dans le sable de sa chair. La vie d'un homme hanté de pressentiments, mais exclu de la lumière, sa vie. Sa vie ou la mienne, à mesure que je parle de lui, il faut admettre que je parle de moi, à moins que je ne parle que de cette part de terre engloutie qui nous était, nous est commune. Toujours ce glissement de son âme devinée à la mienne pressentie, jusqu'à admettre qu'il y a pour nous une âme commune qui ne s'avoue que dans la souffrance partagée.

"Le mal, spirituel argument..."

Et les mots abordaient à ses lèvres presque clandestinement, sourire tragique de celui qui sait.

Un sourire ? Cette façon de masquer la force de ses paroles, l'oracle n'est pas volontaire, l'oracle a presque honte de prêter ses lèvres à l'invasion de l'esprit.

"Le mal, spirituel argument."

Et saurait-on dire une phrase aussi simple sans en sourire ?

L'intelligence ingénue jouant avec un papillon épinglé, ce papillon est peut-être une planète, un système solaire, une idée vitale.

Comment comprendre son sourire autrement que du côté de la lumière ? Sourire de conquête et de liberté affirmée sur la mutité de la douleur. Sourire de supériorité fauve, la canine du mal est luisante d'innocence. Pudeur peut-être, pudeur de l'oracle, sourire, voile du saint des saints vibrant sous le souffle de la Providence. Car c'est la Providence que voulait dire mon maître souriant dans sa force, providence dont il s'improvisait à ma demande un bras puissant. Aucune considération morale ne venait corrompre l'eau pure de ses actes, que savait-il du mal ? Qu'il était un spirituel argument, que savait-il du spirituel, à la porte de toute église, si ce n'est le souffle, la vie même.

Et enfin ce mot... argument.

"Le mal, spirituel... argument."

Argument ? qui a besoin d'argument ? Qui doit être convaincu ? Qui cherche à me convaincre ? Qui ? Lui ou plus haut ? Quel est ce discours invisible dont les arguments sont l'atrocité du monde. Convaincre ? C'est moi que l'argument du mal achève de convaincre de la splendeur du monde. Moi. Moi, je suis cette destination de l'argument insupportable, moi. Non pas seulement cette part intelligente, ce tonneau de jolies phrases et d'impatiences, mais cette chair crucifiée si haut dans le ciel de ma bêtise, cette chair qui ne sait être convaincue que par les coups. Et lui, la voix de cet argument...

O jeunesse, tout ce qui n'est pas d'un seul cristal te semble impur. Je voulais un monde où l'obscur est séparé de la nuit, où l'inerte et le vivant sont deux. Et pourtant je savais déjà que la matière est un leurre, que tout n'est que mouvement, mais comment me voir moi-même comme un ébat d'atomes, comme un simulacre de densité, comment soutenir l'idée que je ne suis moi-même qu'un tourbillon de volonté négative et positive qui dans son tournoiement, un instant, donne une image de chair.

De même, comment supporter que mon identité ne soit que flux, substances gazeuses, sucres, protéines, paroles et volonté extérieure, cela, si je pouvais l'admettre théoriquement, je ne connaissais pas encore l'embrasement qui me le ferait vivre et qui me permettrait, moi aussi, de sourire d'un sourire de Roi dans la déchirante connaissance. L'unité du mal et du bien, de ma volonté et de la Volonté, de la mort et de la vie, tout était en conflit et ces conflits encombraient ma vacuité d'adolescent vieux avec des paroles démesurées. Pascual seul pouvait me rendre la totalité du monde, me rendre à la totalité du monde.

"Le mal, spirituel argument.
— Prouve-le !"

Entre ces deux phrases le temps était devenu une lourde substance. Et je n'avais pas dit "prouve-le" pour le mettre à l'épreuve ou pour platement le prendre en flagrant délit d'affirmation facile. Prouve-le voulait dire je suis prêt, cette preuve, je suis prêt à la recevoir.

"Je n'ai pas de plaisir à faire semblant de te faire mal, je n'ai pas de plaisir tant que je te donne assez de douleur pour que tu le supportes. J'aurais du plaisir si je te faisais souffrir plus que tu ne peux le supporter. Dans ta chair sans beauté."

Lentement, il prend la nappe atrocement laide qui recouvre la table, et la plie.

Il enlève l'abat-jour en peau de la lampe de chevet avec sa main gauche.

De sa main droite protégée de la nappe, il enlève l'ampoule brûlante de la lampe en tenant le pied fait dans un cep de vigne de sa main gauche. La chambre devient bleue, d'un bleu dense liquoreux.

“Ouvre ta chemise.”

Je défais les premiers boutons et fais descendre ma chemise sur les épaules.

Il appuie l’ampoule brûlante sur mon sein gauche. Je crie. Je m’écarte, la douleur trop violente me fait reculer vers l’angle du mur, presque sous le lit, je voudrais gémir joliment mais je grogne.

Il repose l’ampoule sur la lampe, la lumière revient. C’est maintenant la lumière blanche que l’abat-jour ne tamise plus. Il est immobile assis sur le lit, le sang s’est retiré de son visage magnifique. Impassibilité de la jouissance qui vient. Il attend. Je grogne toujours dans mon coin. Pour ne pas faire entendre une plainte aiguë, je transforme mon gémissement en ce grognement encore plus écœurant.

Au bout de quelques minutes, il sait que l’ampoule est à nouveau brûlante.

Toujours avec la nappe roulée autour de sa main, il enlève l’ampoule de son socle. Ma rétine ne voit plus qu’un cercle de lumière bleue dans l’opacité totale, j’ai sûrement regardé fixement l’ampoule. Je protège mon torse avec mes mains. Il écarte mes mains avec des coups de pied. Et appuie fortement l’ampoule au même endroit. Il étouffe mon cri avec son genou sur ma joue.

“Là, maintenant, je jouis.”

Sa cruauté chante, au-delà.

Je comprends que la formule “le mal, spirituel argument” ne m’était aucunement adressée. Il se parlait à lui-même, j’étais simplement un peu de chair qu’aveuglément il dévorait pour trouver la force de continuer son exil intérieur. Rien ne m’était adressé. Il était absolument indifférent à mon aventure, pauvre et misérable aventure, à la remorque de son odyssée. C'est cette idée brutale de son indifférence absolue à ma question et à mon plaisir qui, plus que la douleur, m'a fait pleurer. Mais les larmes restaient contenues, je ne voulais pas y céder. La douleur de son côté continuait sa course, montait, s'irisait, chantait plus sourde, se répandait dans le bras, perdait son centre, montait à mes dents avec des vibrations inconnues, des effets de soie changeante.

J'avais cru dans des instants de littérature bêtifiante que l'indifférence de Pascual à son propre plaisir sexuel (il n'éjaculait jamais), que son mépris de mon corps venaient d'un don, d'un don gratuit ; qu'il me faisait jouir, en maître. Mais le maître de sagesse ne donne pas de leçon, il vit. Et Pascual ne m'apprenait rien, ne me donnait rien, il me piétinait pour aller vers son sanctuaire.

Il avait ressenti une fois de plus cette force de haine irradiante, et quand je pensais qu'il me faisait attendre, il ne faisait que prendre son élan pour aller vers ce point de liberté. Il ne me faisait pas attendre, il ne me faisait pas souffrir, contrairement aux autres garçons qui jouaient à dominer, il ne jouait pas.

De cet instant, j'ai su que j'étais en danger. De ce danger, une exaltation atroce s'emparait de moi, Pascual n'était pas là pour donner mais pour prendre, là il était divin.

Il jette l'ampoule au sol qui se casse, je sais qu'il va partir.

"Je me branlerai en pensant à tes cris."

Je le vois s'éloigner, il faut que je lui dise quelque chose.

“Apprends-moi à aimer la croix.”

Il n’y a qu’une seule réponse possible.

“Tu m’aimes, et je suis ta croix.”

Sa réponse fait monter en moi des larmes d’enfant.

Non plus ces larmes que je retenais parce qu’elles n’étaient faites que d’épuisement et d’incompréhension, les larmes belles venaient, les larmes qui ouvrent le paradis. Mon corps, mon horrible corps, mon merveilleux corps, il n’y a que toi qui puisses me guider vers le jardin du Père, pourquoi chercher à connaître autrement que par cet outil que Dieu m’a donné ? L’odeur de Pascual, de ses poils mouillés de sueur, de sa salive abandonnée, de ses chaussures sales, de sa chemise humide, de ses sous-vêtements souillés, ses odeurs envahissent la chambre ennuyeuse, il n’est plus là.

Il est encore là par ces arômes adorés que j’aspire avec la bouche. Odeur de pain brûlé et de boue, de sucre et d’allumettes craquées, de soir, de rue, odeur de matin pascal.

Je suis à plat ventre au milieu de la chambre et la nuit entre dans le ciel avec voracité.

II

LE TRAP

Pour qui veut croire à la providence, les lieux ne sont jamais muets.

Reconnu comme le décor idéal de ma chasse spirituelle, *Le Trap* était le dernier bordel que le spectre de la maladie n'avait pas contraint à la fermeture. C'était pour moi, qui partout me sens en exil, un paysage intérieur, une image de mon âme dépliée sur quelques mètres et hantée des démons que depuis l'enfance je fréquentais sous leurs formes rêvées.

J'avais, enfant, fait ce rêve d'un lieu souterrain à peine éclairé de quelques lumignons rouges où des hommes venaient gémir et fredonner. Le sol de l'antre était de sable, les murs indéfinis et perdus dans l'ombre, la voûte basse et régulière. Les cérémonies secrètes que j'y devinais m'étaient destinées et pourtant m'excluaient. Ce rêve, remémoré si souvent, annonce d'une élection incompréhensible, je l'avais gardé d'un âge angélique, dans la ferveur la plus enivrée, avec ses augures de jouissances et de douleurs. Je n'avais osé en parler à personne, mais qui d'ailleurs m'aurait entendu ? Cette lumière, cette présence masculine, ce murmure, cet enterrement, je les connaissais comme un paysage intérieur et ne soupçonnais pas que j'y entrerais vraiment à pleine chair dans mon premier été parisien.

Prémonition ?

C'est peut-être que, plus simplement, le désir des tenanciers du *Trap* était commun au mien. Ils avaient donné architecture à ce songe qui est probablement la cave où mûrit le vin du besoin mâle d'obscurité et d'oubli. Aujourd'hui encore, franchissant la porte du *Trap*, je retrouve ce sentiment d'entrer au tabernacle de mon souvenir.

"Aucun autre..." est une formule employée pour sacraliser, et c'est ce que je fais en affirmant que jamais je n'ai trouvé de lieu plus en correspondance avec mon désir. Nous désirons des lieux, et le mot de désir n'est pas usurpé puisque nous ne saurions pas aimer sans décors. Celui que j'étais venu rencontrer là, je ne le savais pas encore, je ne pouvais le rencontrer que là, ou bien faut-il dire que je n'aurais su le voir que par ce prisme ? La chambre est avant l'amour, c'est une vérité pour les amateurs d'art, pour ceux qui ne sauront aimer qu'à la lumière de l'art. Et, croyant en une providence, je ne pouvais pas ne pas entendre la musique que ce lieu me chantait, connue merveilleusement, merveilleusement reconnue.

Une tombe ?

Je dirai plus tard cela d'un boudoir rouge dans un hôtel de luxe, d'un théâtre endormi, d'un bateau... Sans fenêtres est le lieu d'ancrage de mes voluptés, le monde extérieur ne doit pas y faire entendre son rugissement. Delphes l'oraculaire ne s'ouvrait pas sur le monde mais sur l'immonde, l'immonde où nous jouons à être les gibiers de la Vérité. Dans ce lieu clos, qui menace toujours de m'exclure et où je crains d'étouffer, qui est la scène pour mes carnages oubliés, peut apparaître un homme qui soit comme la figure de mon désir total. Là peut apparaître un Roi, le Roi.

Et tout au-dehors, à cette époque déjà, le monde me semblait un désert puisque dépourvu de toute chance de reconnaître cet être idéal. La lumière du monde aplatit toute chose, rompt la perspective de notre songe et de notre devenir, il faut pour les épiphanies des cavernes, des puits, des théâtres.

Ce nom : *Le Trap*. Piège en anglais et sitôt qu'on le confond sexuellement : *la* trappe, où l'on prie plus ardemment qu'ailleurs, où le silence plus qu'ailleurs est la règle. Ce passage, doux basculement d'une langue à l'autre et d'un genre à l'autre, accentuait la confusion très belle de l'enseigne.

Le Trap était un piège, l'idée d'être un gibier s'accorde avec la cynégétique de la nuit, l'idée d'un cloître terrible à l'exigence colérique qui impose le silence, l'abandon, l'oubli, est plus puissante que tous les décors érotiques de pacotille. Les chasseurs et les moines sont de la même espèce, la fusion virile est leur liturgie, ils chassent le grand silence ; l'alliance renouvelée avec le cosmos.

Dans la fusion virile autant que dans le gynécée, quelque chose de la mort est oublié, nous rêvons de parthénogenèse douce et non plus de cet insatiable et infect besoin de se perpétuer qui donne paraît-il au désir sa beauté bien que je n'aie jamais pu en goûter l'étrange amertume ; au point de n'aimer que mon sexe, de ne choisir d'aimer que mon sexe, et cet enchantement sans danger de la fraternité oublieuse de la mort.

Ce nom, *Le Trap*, à sa seule énonciation, je sentais mon corps en alerte et horriblement bourdonner ma tête. Ce n'était pas que jeunesse, c'est que pour aggraver son appartenance au secret, à l'innommable, au murmure oraculaire, le patron avait décidé de n'inscrire nulle part son enseigne, nulle part ailleurs que dans le bouche à oreille des clients. Une enseigne d'oralité, qui faisait déjà office de mot de passe, de cérémonie d'adoubement. Les trois lettres du mot BAR brillaient d'un bleu insignifiant sur une façade grise. On pouvait l'ignorer, passer à quelques mètres, s'accouder à sa frontière sans deviner ce qui derrière le mur hurlait. C'est une des forces de Paris, une vie ne suffit pas à ratisser une rue, les mondes s'y juxtaposent, indifférents à celui qui n'est pas guidé par la rage de trouver l'amande ou la jouissance de se perdre.

J'entrais par cette porte de fer et c'était comme entrer en soi.

Dès les premières mesures, dès la première frange du spectre lumineux, l'odeur de transpiration, la musique lourde, le rouge vénéneux m'ensorcelaient jusqu'aux atomes. J'étais enfin au *Trap*, j'étais enfin chez moi, il ne me restait plus qu'à boire et attendre, mais l'attente et la soif étaient comblées, la jeunesse résolue, l'exil avait trouvé sa halte, une halte dévorante de tendresse.

C'est à mes vingt ans que mes parents s'étaient décidés à vendre le jardin et la maison familiale où j'avais mené mes premières enquêtes célestes. Je savais que je ne reverrais plus le cerisier où je me balançais, je savais que je ne caresserais plus au pied du grand escalier la boule de la rampe brillante qui était la boule de cristal de mes divinations enfantines. Le souvenir de ce seuil de bordel et de la perte de ce jardin premier se confondent dans le regret de l'enfance qui ne reviendra pas.

Entrer au *Trap*, c'était affirmer que je serais désormais coupé de la voie de retour aux philosophies de mes premières sensualités. Le plaisir se ferait dur et rouge, il ne saurait plus chanter par les joies sans poisons de mes contemplations solitaires, sous un ciel naïf aux étoiles gaies. En franchissant ce seuil du *Trap*, je tuais un être. Je tuais l'enfant, et cela était évidemment la clef de l'envoûtement. Mais l'enfant est dur à mourir et il lui faut mourir tout à fait pour renaître un jour, sans les miasmes de l'immaturité. C'est ainsi que les adolescents se créent des portes, qu'ils les franchissent en grimaçant et disent au petit être souriant qui les accompagnait depuis le berceau, attends-moi là, je reviendrai. Promesse qu'ils croient ne pas vouloir tenir.

J'aimais et je redoutais les gardes de la porte. L'un était doux et accueillant, l'autre fermé et haineux. L'un m'observait longtemps et finissait par accepter que je rentre mais comme à contrecœur. L'autre m'accueillait, m'embrassait sur la bouche, m'appelait par mon prénom, ou ce qu'il croyait être mon prénom. Et s'il avait décidé de me surnommer Pablo, je gardais ce nom comme un signe et le redonnais passionnément quand on me demandait une identité de fortune. Lui s'appelait Achille, je trouvais valable qu'Achille soit doux et que par équilibre Patrick soit violent et sombre. A eux deux ils résumaient les codes secrets du lieu. D'une part une fraternité inouïe, de l'autre le danger de l'exclusion, il fallait être digne de la tendresse que nous nous donnerions les uns aux autres, ils étaient l'alpha et l'oméga de ce code d'amour qui va de la caresse au coup de poing.

Dans la première année de ma venue au *Trap* une seule musique en boucle servait la soûlerie auditive.

Les musiques de l'époque ne savaient pas encore être absolument répétitives, c'était la première fois qu'une pulsion aussi univoque frayait avec mes nuits. J'appris très vite à ne plus l'écouter et à ne pas cesser de l'entendre, elle était le coup de spasme de ce grand cœur saignant qui trie le bleu et le rouge. *"I've got the power"*, criait une voix mâle, comme unique affirmation, cela suffisait à faire de nous les sauvages que nous rêvions d'être. Mais je traduirai plutôt *Power* par puissance, la Puissance ne se rencontre que rarement. C'est le pouvoir partout qui est convoité, mais cette source souterraine qui gonfle le possible jusqu'à la folie donne autant qu'elle prend, n'est pas œuvre du jour. La puissance, la puissance dont le sexuel est une image maladroite, ne saurait se chanter autrement que dans l'enthousiasme immobile d'une musique primale. On découvrait à force de chimie et de musique martelée que le centre du monde est un cœur battant, que ce centre est commun à tous les hommes et qu'il suffit de fermer les yeux pour en entendre le pouls.

I've Got the Power est la chanson de ma jeunesse, un disquaire m'apprendrait des années plus tard, alors que je la cherchais pour en sourire, qu'elle était le fruit inconséquent d'un groupe "commercial" qui portait le nom de Snap.

"J'ai la puissance !"

Ceci comme je l'ai dit se fait au prix de l'enfance, avoir la puissance, avoir l'ithyphallique prétention de l'avoir, est un simulacre dansé, nécessaire aux jeunes hommes.

Skeptron est le nom grec qui désigne à la fois le rameau du chef d'orchestre, le sceptre de la royauté, le bâton de pèlerin et la baguette du sourcier. Il fallait donc être musicien, roi, assoiffé et pénitent pour entrer au *Trap* sous cette affirmation d'une puissance brandie. Certains l'avaient absolument, d'autres l'avaient pour quelques heures. Certains prenaient le *Skeptron* des mains d'une foule d'admirateurs sans illusions sur ce pouvoir temporaire qu'il faut jouer à recevoir. La royauté s'abattait sur eux comme un charme, on s'arrachait leurs corps, leurs semences et leurs odeurs…

C'est ce qui déplaisait tant au *Trap* à ceux qui ne venaient là que par tourisme. Mais chaque soir un Roi était élu tacitement, les autres si beaux soient-ils étaient réduits à des porte-cotons, et ce Roi se saisissait du pouvoir et en frappait ses victimes. Oui, ce sceptre imaginaire que chantait la chanson *I've Got the Power* était aussi un fouet, à moins qu'il ne faille le comparer à cette canne d'or, dont il est dit qu'elle est la mesure de la Jérusalem céleste ?

Les poussières d'or que le roi ébrouait dans son indifférence, le choix qu'il faisait de l'un ou de l'autre ou de tous étaient assez de dramatiques événements pour emplir une nuit d'illusion. Et cette nuit d'illusion ne valait-elle pas toutes les autres ?

Mais Pascual ne tenait pas dans ses mains un phallus d'or, emblème d'un pouvoir éphémère. Il était lui-même ce sceptre. Il était le phallus irradié et il n'y a pas qu'à moi que sa suprématie apparaissait. Il était la raison du lieu. Il était le Dieu qui hante le sanctuaire.

Il l'était, en bas comme en haut, car comme dans tout lieu qui joue les sanctuaires il y avait un espace profane et un espace sacré, un en bas et un en haut, un passage à accomplir.

Le bas et le haut.

En bas, on buvait, on parlait, on riait. En haut c'était le saint des saints, toute exubérance oubliée, les paroles ne devaient pas briser la cérémonie.

Le lieu avait connu une heure de gloire différente à l'époque de Saint-Germain-des-Prés sous le nom de *L'Echelle de Jacob*, c'était un cabaret. L'architecte de sa nouvelle vocation avait conservé un monumental escalier de fer qui reliait la chambre basse consacrée à l'amitié et la déploration à l'étage sombre.

Monter là-haut, c'était faire connaître ses pas dans un métal sonore, on s'annonçait.

Chaque garçon qui descendait revenait parmi les vivants, à son pas martelé on savait s'il rentrait vainqueur. Le songe de Jacob avait trouvé sa mise en jeu, les anges avaient parfois le visage des déchus, mais cette montée irrépressible vers un paradis d'obscurité avait la majesté des grands poèmes. (*L'Echelle de Jacob* vivait encore trente ans après sa création, mais secrètement, dans ces années sombres, cruelles, abjectes et splendides marquées du chiffre quatre fois vingt, ces années froides de ma jeunesse.) Il s'agit des années où la censure avait pris une forme encore inconnue, non plus autoritaire mais simplement indifférente, l'argent est le meilleur des couperets, la communication produit le plus grand des silences, la liberté meurt dans la désaffection du désir. Mais au *Trap*...

En haut, deux salles étaient isolées, chacune d'elles avec ses box et ses labyrinthes. L'obscurité allait en cercles concentriques jusqu'aux grottes où attendaient ceux qui ne voulaient pas montrer leurs monstrueuses laideurs. Ces poissons des grands fonds, sans âge, sans visages, produisaient eux-mêmes la lumière avec leurs cœurs désenchantés et se nourrissaient des déchets de la surface. Ces hommes étaient nécessaires à la chaîne alimentaire des désirs qui allait du délicieux à l'épouvante.

On les savait là, dans cette ombre liquide, au fond de nos désirs comme au fond de ces chambres obscures. Les monstres des grands fonds, qui n'a rêvé de les étreindre ? D'être dans leurs mâchoires ce morceau de lumière coulée, cette méduse à la chair inconsciente d'elle-même ? Souvent épuisé par tant de jeunesse fière et puissante, tant de muscles brandissant la puissance phallique, je me laissais sombrer jusqu'à ces mains rapaces et dans le cauchemar délicat d'être celui qu'on attend au festin cannibale. Parfois, une corne sur un doigt m'ébréchait la peau, une haleine de charogne passait dans ma nuque, une flasque ventouse de bouche édentée mordait mes cuisses, ces contacts inhumains agrandissaient l'horreur, l'effroi, le songe.

J'imaginais des êtres hybrides, méchamment mythiques, ils m'entraînaient à l'origine fétide de toutes délices ; l'atroce.

La lumière avait été conçue de manière stratège, seuls des lumignons rouges donnaient volume aux algues flottantes, trop faibles pour décrypter les visages précisément mais suffisamment présents pour fondre au rouge les gestes du plaisir. Ces lampes n'éclairaient qu'elles-mêmes, transformant les *back rooms* du haut en chambre photographique, lieu de révélation et d'images bues. On passait et repassait dans ce bain de lumière rouge, à travers les gémissements et les cris.

Rien n'était plus beau que ce silence dardé de soupirs, rien n'était plus parfait que cette lumière qui n'en était pas une, l'identité imbécile tombait, vêtement défraîchi oublié en bas de l'escalier, on entrait nu dans l'obscur rougeoyant, les mains agrippaient sans jamais contraindre, les bouches trouées appelaient.

Le principe de la *camera obscura* était ici respecté, en cela qu'un trou dans une boîte obscure reproduit sur la paroi noire une image de ce qu'il regarde, une image du monde. Et *Le Trap*, cette tombe, laissait l'image du monde danser sur ses plafonds dans un fouillis de couleurs qui n'avait plus d'autre sens que d'hypnotiser la volonté.

Quand par les raies des ventilateurs je voyais les arbres aux fleurs mauves de la place Fürstenberg, le monde, extérieur à cette chambre d'apparition, était devenu un motif incertain auquel il m'était évidence que j'avais eu tort de croire.

Cette obscurité sanguine déniait toute force au réel. Ce n'est pas le réel que nous cherchons à atteindre mais cette chose d'un souffle qu'est la Vérité, et comment croire que la vérité puisse se donner, se fonder, s'inoculer quand les preuves l'accablent ? Ce ventre de vérité était un siphon noir où la fatigue jouait les entremetteuses. Alors venait la douceur…

C'était une douceur d'avant la mort, d'après le plaisir, l'odeur de pisse et de sueur, emmêlée à cette quiétude soûle, l'iode parle d'une mer qu'elle sait toujours plus vaste.

Parfois, trompé par les fausses perspectives de la lampe rouge, je me cognais au mur du fond (qu'on appelle au théâtre "le lointain") et je restais le front contre la paroi humide, peinte de noir mat, dans le creux d'une horloge brisée, avec la fleur de la consolation entre les dents. Je frottais mon torse nu, je léchais la sueur et le sperme, je badigeonnais mon sexe de toute cette liqueur oubliée et je restais enterré vivant, debout, vénération ou somnolence, contre le mur dernier de mon imagination. Il arrivait que la foule m'aspire dans son oursin, je m'abandonnais à un corps multiple, je tombais, me laissais piétiner, et revenais à la vie, ressuscité d'entre les corps. Ou bien l'apnée trop longue et le murmure des monstres m'endormaient d'un sommeil voyant où j'étais évidemment le vainqueur célébré.

Dans les box, un couple toujours plus humiliant de beauté s'était enfermé, j'écoutais à leur porte les cris qu'ils voulaient faire entendre et être forclos de cette splendeur me donnait une jouissance âcre dont j'avais honte. Il y avait, comme j'ai tenté de le dire, fatalement, un être de pure royauté qui s'arrogeait le droit de prendre et de laisser, la couronne lui était dévolue par le désir tourbillonnant de la foule. Parfois il n'était pas vraiment beau, mais, nimbé du désir de tous, il apparaissait avec le droit de vie et de mort et celui qu'il choisissait pour compagnon resplendissait douloureusement. L'or du phallus porté en procession est mal séché, les doigts viennent s'y entacher de lumière. Il m'est arrivé d'être l'élu, j'étais pour quelques passes le centre des convoitises, sans illusions sur ma beauté.

C'était l'occasion de mépriser ceux qui m'avaient méprisé, de me refuser à ceux que je désirais, d'inverser les rôles et de transformer leur indifférence en solitude.

Epuisé par un jeu qui n'a pas de fin, je redescendais les marches pour une trêve avant un dernier assaut. En bas, le monde n'avait pas la même densité et mon rythme cardiaque ralentissait. J'écoutais des plaisanteries éventées, et la philosophie de comptoir me servait de chauffe-pieds. Celui qu'une heure plus tôt j'avais vu régnant sur une horde d'esclaves, celui-là qui piétinait tant de beaux corps soumis, le maître du moment, commandait une limonade d'une voix aiguë à l'accent du Sud. Son corps s'était avachi, son regard se cherchait dans le miroir au-dessus du bar, sa bouche se donnait des allures nobles, et ses gros doigts visqueux jouaient avec un glaçon au fond d'un verre vide d'une manière féminine et obstinée.

Il faut savoir rire.

Le rire peut être l'allié des explorateurs, s'ils savent l'oublier à l'instant où le désir fait sa moisson d'ombres chinoises. Les hiérarchies s'aplatissaient, nous n'étions plus que ce peuple d'affamés qui dévore des fantômes. Et celui qui ne sait pas en rire est un damné.

En fin de nuit, les *back rooms* se rallumaient d'un coup.

La lumière crue marquait la fin des combats, d'abord quelques coups de semonce indiquaient qu'il fallait trouver vite l'issue de sa jouissance, et puis tout se rallumait en catastrophe. La petitesse des chambres d'amour, leur crasse humide, l'ordure des mouchoirs en papier, des verres brisés, des capotes, les murs décomposés, et là dans un coin, accroupi, un vieillard livide essuyant sa merde d'un geste absent, échoué sur le matin…

Le jeu miraculeux avait pris fin, j'avais vécu une vie en une nuit, la mort n'avait plus le masque brillant du chevalier, la déchéance seule, la mienne, m'apparaissait dans toute son horreur irréfutable. De cette déchéance pourtant, j'attendais une saxifrage certaine, un embaumement, mot commun aux fleurs et aux cadavres.

Dans ton île, ô Vénus ! je n'ai trouvé debout
Qu'un gibet symbolique où pendait mon image…
– Ah ! Seigneur ! donnez-moi la force et le courage
De contempler mon cœur et mon corps sans dégoût !

Il me semble que le vieillard avait fredonné ce poème de Baudelaire que je savais par cœur et dont le titre magique est *Un voyage à Cythère*. Amère découverte, oui, et comment cette épave n'avait-elle pas encore connu toute l'amère vérité de ce rivage ?

Le plaisir de la chair promet une révélation qui ne vient pas. Le rideau se lève au dernier acte, sur son propre gibet, c'est pourquoi je souhaitais déjà à cet âge quitter le spectacle avant qu'il n'avoue le crâne sous le fard et la putréfaction sous l'encens. Mais je regardais cet autre moi-même, d'un gibet l'autre, et ce soir-là je n'avais pas su quitter la piste assez tôt. L'insatiabilité m'avait conduit à ce vide funèbre, beau comme toutes les douleurs indicibles. Lui ce n'était pas un soir qui l'avait piégé dans la promesse de plaisir, mais son existence qui venait à ce matin horrible confesser qu'elle n'avait pas assez aimé.

Tant de fois, je suis rentré sans avoir trouvé le Graal passable d'une nuit, tant de fois, je me suis vautré dans les restes de repas. L'ennui m'avait pris dans ses glaces, clochard humilié par l'aube je jouissais pour avoir joui.

Mais devant moi cet épouvantail avait accompli le voyage définitif, sa vie entière avait été une de ces fêtes ratées où le roi apparaît mais nous dédaigne, où le sceptre est dans la main d'un autre, décavé, on ne quitte pas la table à temps… la sentence vient de la bouche du balayeur. Matin crucifiant, l'ennui puissant nous conduit aux pires abominations, un rat nous regarde, tout aussi éberlué que nous que, dans cette infinité du désir, le temps soit comme ailleurs compté. On m'a trompé ! Les roses n'étaient que peintes ! Trop tard !

N'importe quelle jouissance plutôt que de revenir à sa chambre où le miroir nous a vus arrogants en début de soirée, n'importe quelle jouissance fera l'affaire mais ne pas montrer ses mains vides à l'ordonnateur des fêtes, ou bien la mort...

La lumière qui blanchit torture l'iris du vieillard qui me ressemble, il a la paupière écarquillée de celui qui ne veut pas quitter des yeux l'objet désiré, mais il n'y a rien. Plus rien que moi qui dans la pièce vide et parfumée le regarde. Il essuie avec le dos de sa main sur sa cuisse flasque de la merde fraîche au reflet beige. Il murmure, il parle encore à l'absent qui l'a baisé, il parle, il parle dans la lumière impitoyable. Je devine que le tas de toile marron à l'autre bout de la *back room* est son pantalon, dois-je le prendre et le lui donner ? Non. Ces os saillants, ce corps sali, ce ventre décentré et luisant, cette bouche déchirée, ces yeux ouverts sur le vide, tout ce corps de vieillard hideux ne me cause pas de pitié. Je sais que, là où il est, est un royaume, je l'admire quoiqu'il me fasse horreur. Cette splendeur dégradante me laisse interdit, je regarde l'Humain. C'est quand il lève ce regard acharné sur moi, moi qui le regarde, que je veux partir, mais il me retient.

"Tu vois ce que nous sommes."

Ce "nous" qu'il a prononcé me sauve. Il fait de moi autre chose que le voyeur que je m'apprêtais à devenir, le frère par-delà l'âge et la beauté, ce frère qui ne juge pas mais aime, aime au-delà de tout possible.

"On a rallumé tu vois, je n'ai pas joui."

Il dit : "je n'ai pas joui" avec une plainte qui me brise le cœur. Moi non plus je n'ai pas joui, moi aussi un manque exorbitant me fait revenir dans ces chambres closes, et le bordel me murmure sa fausse chanson. “Il n’y a pas de clémence !” La salle rallumée exhibe son vide nauséeux, les anges sont redevenus des vieillards que rien ne comble et qui courent vers la mort sans avoir joui. “On ferme”, crie la voix du garde en bas des marches de fer. C’est la voix métallique de Patrick, celui qui ne sourit jamais.

“Ils ont rallumé, je n’ai pas joui. Crache-moi dessus. Crache sur mon trou, vas-y.”

Il se retourne, les genoux sur le verre cassé, et à deux mains m’ouvre son cul, viande rose et noire, il le bouge en gémissant et je vois ce trou frémissant, dilaté énormément, il s’était fait fister et le trou était encore de la taille d’un poing fermé. Je n’avais jamais vu de trou du cul béant à ce point, cette soif terrible, ce besoin atroce avait une bouche sans mesure. La béance douloureuse avait des spasmes vertigineux. Les lèvres brûlées de la plaie muette baisaient le vide autour des doigts crispés qui la tiraillaient, une grimace d’effroi dans un visage défiguré. Trop humain.

Je n’ose pas cracher sur lui. Je ne veux pas être complice, je ne veux pas trébucher dans sa fange, je veux rester au bord de l’expérience, je veux préserver ce qui, ténu, me sépare de lui.

“Petit pédé ! Frappe-moi, petit pédé ! Crache !”

Je crache sur lui, en riant, “c’est ça que tu veux”. Je ris faux, c’est une défense dérisoire, ce que j’entrevois, c’est que j’aurais plaisir à être là comme lui, en fin d’épreuve, et qu’on me crache dessus. Je ne ris plus. Je sais que lui et moi sommes frères, il est la face épouvantable de ce que j’implore.

“On ferme”, hurle Patrick. Le mauvais garde est toujours celui qui ferme, l’autre, le tendre Achille, doit vider les poubelles et nettoyer le sol.

“Tu n’as pas craché, tu as fait semblant, petite pute !”

Il se retourne et je vois sa bite rouge et gonflée, seule partie vivante de ce corps de transi, il est un cadavre qui bande. J’ai l’image d’une bite de chien sans peau. C’est peut-être que je ne peux concevoir ce sexe autrement qu’écorché, entièrement douloureux, la jouissance et la douleur sont synonymes, ce sexe brûlant ne peut être que plaie et plainte.

“Donne-moi des coups de pied !”
A ce moment le garde apparaît.
“Qu’est-ce que vous foutez ! On ferme.”

Il me regarde, j’ai honte, comment nier ? Je suis en train de me mélanger avec ce vieillard, devant les yeux du garde magnifique, son mépris m’écrase, je crains qu’il ne me refuse l’entrée, si seulement c’était l’autre, le doux, il nous aurait laissés finir. Les trois hommes dans la petite pièce peinte en noir sont prisonniers du plaisir du plus vieux. Le garde n’hésite pas, il donne des coups de pied au vieux qui en geignant se réfugie dans un angle. Le garde le rattrape par un pied, le traîne jusqu’au centre de la pièce et le piétine en l’insultant.

“T’es vraiment une pute, on veut plus de toi ici, t’as compris, vieille pute, vieille pute !

— Oui, je suis une pute.”

Le garde frappe à nouveau dans les côtes. Et d’un coup il enlève sa ceinture, en fait une boucle et avec cette boucle frappe le vieil homme au visage qui crie. Il se relève sous l'impulsion de la douleur et marche à quatre pattes pour se réfugier dans un angle, là, je vois un radiateur électrique que je n'avais jamais remarqué, blanc, neuf. Je comprends que le vieux est allé se réfugier près du radiateur comme si la présence prosaïque de l'objet devait décourager le maître des lieux de le battre. Mais il vient et frappe, plus fort.

A ce moment je vois la bite cracher son foutre jaune en jets maigrelets.

Le garde remet sa ceinture. Il s'avance vers le fond de la pièce, prend le pantalon et le donne au vieux. Il se penche vers lui.

"Ça va, je t'ai pas fait mal ?

— Non, non. Je suis désolé, je te fais fermer tard.

— C'est pas grave, ton pantalon est là.

— Je vais faire vite.

— Prends ton temps."

Et je vois alors la main terrible du garde, qui caresse l'occiput aux cheveux épars.

"Ça va aller."

Et, d'un regard, il m'invite à l'aider à se relever. Le garde est redescendu, j'entends des bruits de verres et de chaises.

Le vieux parle.

"Il est gentil. Tu sais pourquoi il fait ça ? Personne ne sait, au fond. C'est peut-être de la pitié. Mais pour lui-même. Il sait qu'un jour il sera là où je suis, toi aussi, tu seras là, et ce que tu auras donné te sera rendu, peut-être."

Il me regarde avec cet œil terrifiant, terrifiant parce qu'il y a de l'amour.

"Si tu n'es pas mort. Si tu n'es pas mort avant. Je t'ai vu lécher le foutre sur les murs…"

Mourir ne me fait pas peur, j'ai vingt ans.

A ce moment des connaissances médicales, un baiser même était fatal, arrivant à vingt ans dans la Cythère du plaisir je n'avais pas d'autre choix que d'admettre une mort probable, imminente. Deux années durant je me suis donné entièrement avec la certitude d'en mourir avant trente ans. Cela me baignait dans une mélancolie obsolète, une raison de vivre se dessinait en ocres laissés, dans ce paysage de forêt brûlée. De grandes tristesses s'abattaient, orages passagers, on appartenait à la caste magnifique des damnés, rien n'aurait su m'interdire le monde, j'allais au-devant du danger, je buvais le poison merveilleux, l'œil révulsé de joie, brûlant adepte des romantismes minables. Tout avoir aujourd'hui, demain appartient aux rêves écornés, il faut se crucifier du temps que la chair est jeune, etc. je cherchais, en montant et descendant l'échelle de Jacob, à avilir ce jeune corps blanc et sucré, la bourgeoisie a de ces fruits étranges, qui pourrissent plus vite que les autres.

Cette bravade sur la mort n'avait pas amusé l'homme déchu qui s'appuyait sur mon bras.

"Qu'est-ce que tu cherches ici ? Tu ne le sais pas toi-même. Tu cherches ce que l'on cherchait autrefois sous les vitraux compatissants des chapelles, non ? Mais nous avons été poussés dans ces catacombes, la cohorte des lécheurs d'abjections est le dernier chœur qui chante. Pourquoi cela ? Pourquoi faut-il venir ici, tous les soirs et sans plaisir. Le reste du monde est un désert si grand ?

Pourquoi tu ne m'as pas frappé ? Qu'est-ce que ça te coûtait à toi ? Peut-être que tu es de ceux qui viennent ici pour avoir du plaisir, moi ce n'est pas le plaisir que je cherche. Si seulement le monde n'avait pas maquillé mon visage avec ces grimaces imbéciles. J'aurais dû mourir. Maintenant il faut que je trouve, il faut que je trouve…

— Quoi ?

— La Joie."

Jamais je n'avais entendu prononcer ainsi ce mot, ce mot qui est devenu le point d'horizon de ma vie.

Pas une seconde je ne l'ai confondu avec une émotion passagère, l'allégresse du printemps n'a pas ce poids. L'exubérance et le succès n'ont pas l'éternité à leur clef. La légèreté peut au mieux être un principe philosophique, mais ne remplit pas d'un coup et pour toujours notre coupe. Le bonheur avec son relent de confort intellectuel, cette facile pente de la négation, qui commence à l'indifférence et se termine dans l'atonie, n'a rien à voir avec ce mot que venait de prononcer cet homme épuisé. C'est d'une voix épuisée qu'il avait réclamé la Joie, sans la confondre avec aucun de ses reflets, ni les lueurs hypnotiques des eaux mortes, ni les douces virgules du feu réconfortant.

"Appelle ça comme tu voudras. Moi je dis la Joie. Moi je dis le Feu. Tu comprends, imbécile ? Le sens n'est pas donné, il nous appartient de le faire advenir. L'intelligence n'est rien. Plante-toi devant un bel incendie et tu sauras que l'intelligence n'est rien. L'intelligence est un luxe infect. La bourgeoisie, même la nouvelle, la bovine, rêve d'intelligence. J'ai vu un jour une oliveraie en feu, des arbres centenaires rongés par des chenilles d'or. Une grande écorce noire et dans ses entrailles les crissements de l'or dévorant. J'ai vu ça. Il n'est plus question de faire le malin dans les salons. Il faut atteindre cette indifférence du cyclone. Alors, je le promets, vient cette grande récompense qui embrasse l'être et ne peut pas se dire.

— Vous avez lu ça dans les livres.

— J'ai lu ça dans les livres, oui. Et ici parfois, quand je ferme les yeux très fort, je vois des méduses d'argent dans mon iris fermé, des spectres qui volent dans le ciel parfait de la douleur.

Cette Joie qui est la clef de notre partition…

— Mais vous. Vous l'avez connue ?

— Je la connaîtrai.

— Vous ne l'avez jamais croisée.

— Je la connaîtrai. Je lui appartiendrais. Il le faut. Il ne peut pas en être autrement.

— Quoi le prouve ?

— Rien ne le prouve. Tout le prouve.

— Mais le monde…

— Mais le monde ne veut pas entendre.

— Et moi ?

— Toi aussi tu es là pour ça mais tu ne le sais pas."

Je le savais, mais à quoi bon répondre. Le vieux est fou. Le vieux est soûl. Le vieux sort par la porte de fer, sa tête d'os passe sous le néon bleu. Le bar ferme. Il n'a rien dit. Le garde gentil me pousse vers la sortie.

"C'est un écrivain. Alcandre, ça te dit quelque chose ? Il n'écrit plus."

Un coup au ventre.

Le nom d'Alcandre avait été pour moi un nom de héros mythique. J'avais découpé son portrait conventionnellement rebelle et collé la photo noire et grasse sur un de mes cahiers. Ce visage de souffrance consentie, sur la page de garde de mon journal, m'interdisait d'écrire rien qui ne soit extrême. La violence éperdue de ses poèmes de jeunesse continuait de haranguer une jeunesse en mal d'expérience et, bien qu'il ait renoncé absolument à ces ésotérismes, cette façon de toiser la lumière restait sa gloire déchue et imputrescible.

Il y aurait toujours une jeunesse pour s'émerveiller de ces textes, ne croire qu'en l'inspiration, mépriser le monde, choisir le Ciel, dire des bêtises sur un ton de certitude inquiète. Et puis découvrir que le Ciel ne s'oppose pas à la Terre, que le mysticisme est une peste, accepter que les conforts n'endorment pas forcément l'âme, et renier Alcandre.

Mes amis de khâgne avaient depuis longtemps abandonné les poèmes du “druide en colère”, mais je gardais pour ces textes de jeunesse une secrète, indicible complaisance. Une braise couvait avant son retour en grâce, quelques années plus tard, quand il serait mort. Mourir c'est chic, mais il avait vieilli, ce visage d'Orphée viril s'était efféminé et Paris avait cessé de le lire le jour où sa beauté n'avait plus su le défendre.

Quelque chose m'attachait à lui, la photographie d'une autre époque, cette chemise à grand col, ces cheveux longs, ce regard qui supplie, rien ne suffisait à dire la tendresse de son style violent. La violence avait su s'empeser dans un français académique qu'on lui reprochait aujourd'hui. C'était pourtant sa vertu. Vieux parmi les jeunes, il avait au fond moins vieilli que les avant-gardes bruyantes, vite démodées. Il était entré au panthéon des oubliés, je me sentais parfois son exégète profond, son petit lecteur inconnu. Les années de silence qui avaient enrobé ses premiers écrits grossissaient ses imprécations, leur donnaient une caisse de résonance incontestable. Ce n'était pas assez pour braver l'oubli. Le pseudonyme un peu voyant d'"Alcandre" avait jauni. Trop récemment célèbre pour être redécouvert, trop vieux pour tenir encore la férule de la mode, il était aux limbes de la célébrité, entre une postérité improbable et un succès passé, il ne restait plus d'Alcandre qu'un poème au désert.

Rentré chez moi je cherche le cahier où j'avais collé l'image du jeune homme, mais l'image est tombée, il ne reste plus qu'une laine de colle et de papier sur la couverture d'un cahier bleu.

Je venais de cracher sur le poète que j'adorais.

III

L'ICÔNE ROUGE

L'équivalence de la douleur et du temps se décline dans une mathématique inexplorée. L'oubli de soi, point d'éternité, est un zéro idéal. L'insupportable limite de notre courbe est la matière, cette mort dont nous sommes faits et qui ne sait que subir l'arithmétique. Mais, inconscients de notre origine comme de notre asymptote, nous vivons entre ces deux absolus, dans une douleur supportable ; le temps imposé à notre corps par le monde, les autres, la tâche à accomplir.

Il est temps de parler de son visage.

Le visage met en échec la littérature. Quand j'aurai décrit son crâne parfait, ses cheveux rasés d'un noir presque bleu à la nuque, sa peau qui perdait souvent toute couleur et devenait lait, méduse, craie mouillée, ses yeux à demi fermés toujours, très chinois, bleu mer, avec parfois des ouvertures brusques, réveil de malade, son cou trop long, sa bouche dont la lèvre inférieure fendue brillait toujours d'une nacre de bave, ses dents parfaites, étroites, rangées, égales, d'un blanc sans faute… je n'aurai rien dit. L'essentiel échappe, et il faut s'en remettre au terme de beauté, de beauté dont on ne peut détacher les yeux, toise de notre précarité. Tout cela est banal à pleurer. Mieux vaut parler de son mode d'apparition, mieux vaut parler de lumière, de lumière rouge. Au *Trap* les petites lampes rouges perdues dans le labyrinthe des corps et des murs permettaient de voir sans voir, d'être vu sans être reconnu.

C'est dans l'orbe rouge d'un de ces lumignons qu'il m'est apparu, debout, le haut du corps presque totalement immobile, le visage collé à la lumière, enculant un homme qui sous lui gémissait.

Visage effrayant, beauté fermée sur elle-même, tragique dans le nimbe rouge du fanal. Flamme de promesse sur obscurité résolue, sa face apparaît et disparaît, parfois éblouissante au point que je n'ose pas la regarder, à d'autres moments si parfaitement inondée d'ombre que je doute de l'avoir aperçue. Ce va-et-vient d'apparition et de disparition me tient prisonnier, c'est la première fois que le visage de Pascual m'enferme dans sa puissance. En apparaissant ainsi, par interruptions, il me rend supportable le foudroiement de sa splendeur. Je le vois pour le perdre, je le perds pour le suivre, je l'attends et je suis pris de court, je crois ne plus pouvoir le soutenir et c'est le moment où il s'évanouit. Il apparaît ainsi à la manière de la vie même, non pas donnée d'un coup, mais encadrée de marées nocturnes, le temps d'une scansion entre deux néants.

Je me demande encore si ce n'est pas cette intermittence qui m'a signalé sa présence. Il est possible que dans les instants de disparition j'ai eu le loisir de construire une attente, un espoir, qui a modelé la perception de son retour. Cet allerretour de l'image rêvée et de l'image réelle, chacune confirmant l'autre, est le danger hypnotique dans lequel nous nous abîmons pour appartenir à la chose aimée. L'idole se donne, dans un battement d'ailes qui la voile et la dévoile, la voulant toujours renouvelée, toujours belle, toujours offerte et toujours inaccessible. Je n'ai de souvenir comparable que celui de ma mère attachant des draps qui claquent dans un vent de printemps à la lumière parfaite. Sa beauté blonde alternait avec son ombre brune à travers le linge blanc, et il me semblait la voir d'un point d'éternité, tour à tour vivante et morte dans le souffle et la lumière.

Il n'y a aucun halètement, aucun soupir alors qu'il fait jouir un homme penché et anonyme qui, lui, crie sourdement. L'impassibilité mâle et puissante sourit presque, je le compare à ces bouddhas indiens, la pierre souriante à peine dans le granit d'un mirage séculaire. Le mouvement de son corps possédant l'homme penché sous le poids des coups oblige sa tête à franchir le rai de lumière écarlate, on croirait qu'il s'y baigne, on croirait qu'il se baigne dans le sang. S'agit-il d'un sourire ? C'est plutôt un retrait du monde, une absence de toute expression, de tout affect, qui fait cette icône de rien comme repue d'être, au centre d'elle-même.

La beauté…

Tout mon corps est devenu le pénitent de cette beauté, sa beauté. Beauté qui comme toutes les vraies beautés n'est que d'être inlassable. La mer, le ciel, les étoiles n'en finiront pas de nous émerveiller, de même, Andreï Roublev, Fra Angelico, le Tintoret n'ont pas peint une œuvre passante.

Le signe même de la splendeur est qu'elle se donne comme inlassable. Et dans cette forme d'éternité présente elle déchire le temps commun et contraint à l'adoration.

Cette contemplation est scandée par le ballottement originel, le rythme d'avant le temps, l'outrepassé de la mort.

L'œuvre est alors affirmation d'éternité dont l'image proclame : "Tu m'aimeras toujours."

Et ce "tu m'aimeras toujours" auquel, malgré nous, nous acquiesçons est la Réponse. L'unique Réponse peut-être, est-il possible de dire autre chose en littérature ?

Le visage de Pascual, je savais que je le désirerais toujours et toujours comme une première fois, puisque dès cette première fois je l'avais désiré infiniment.

Le Baptême du Christ de Piero della Francesca, la grande *Trinité* de Roublev ou *L'Enlèvement du corps de saint Marc* par le Tintoret, celui qui a une fois contemplé leur beauté la retrouvera toujours intacte, toujours inatteignable.

La source de cette émotion ne saurait être autrement qu'inextinguible, sans quoi cette splendeur ne serait pas La Splendeur, et ne rivaliserait pas avec les perfections de la nature. La beauté n'est belle qu'à la condition d'être inlassable.

Et le misérable que j'étais face à ce visage rouge n'avait plus le choix que de reconnaître sa condition tragique, ou de goûter cette part de lui-même qui n'appartient pas au fini. Peut-être et plus sûrement, car il y avait en moi l'impiété tenace autant que l'éblouissement renouvelé, c'est l'un par l'autre que je rencontrais cet enfant de Dieu qui vient en moi, et je le rencontrais au travers de cette boue vibrante de mélancolie que l'on mettra en terre.

Il y a bien une révolte de l'art contre le temps, et qui sait, puisqu'il y a des œuvres sublimes, il y a peut-être une victoire de l'art contre le temps.

Dans ce cas la formule qui dit “Il y a la *Trinité* de Roublev donc il y a Dieu” se vérifie terriblement.

L’émotion esthétique existerait-elle hors l’extase totale (comme on dit éclipse totale) qui en est l’ultime phénomène ?

Le visage de Pascual m’arrachait à ma chronologie puisque sa beauté n’était belle que de s’affirmer inlassable. Ainsi je découvrais la vérité puissante des formules utilisées dans les romans d’amour, la métaphore du temps arrêté n’étant en rien une image mais la vérité éprouvée de l’expérience spirituelle. Jamais aucun visage n’avait provoqué en moi cet envol de la vérité vers ses terres d’origine, cette flamme de la naissance, cette douleur joyeuse qui est le cri de victoire du corps.

Jamais plus, le narrateur de ce texte ne retrouvera cette révélation, aucun visage jamais ne la lui rendra aussi purement.

Cette émotion ne sait être qu’une fois, avec un seul visage, la combustion qu’elle fait laissant la souche sans espoir de renaître. Mais je pense plus probablement que cette immense blessure est deux fois, au début et à la fin, connue la première fois et reconnue un jour, à la veille de la mort.

Reconnue une première fois comme le chant de la vie même puis des années plus tard, avec son autre face, la même, celle de la mort.

N’y a-t-il pas Alcandre debout dans l’ombre, les yeux toujours ouverts espérant toujours Réponse ?

Le visage de Pascual passait et disparaissait dans la lumière rouge.

Ses épaules parfois allaient jusqu’aux derniers rayons du spectre, il était dans ce balancement lent avec une simplicité ou une exactitude de bête. L’absence d’expression de son regard presque fermé lui aussi tenait du fauve dévorant abstrait dans sa nécessité. Je le voyais anéantir l'homme qu'il enculait, son regard vide affirmait qu'il était conscient de cela, il le détruisait tout au moins le temps de ce plaisir où les cris montaient étouffés par la suffocation, la noyade achevant d'éteindre l'appel.

L'impassibilité de la paupière de Pascual et de ses lèvres apprenait à découvrir ce paradis véritable où la férocité ne connaît pas le mal. Il renouait avec la nature par la cruauté, s'identifiait avec la nature dans cette puissance qui tue, et de là échappait à toutes les prospections morales. Quand je percevais par moments le bruit des coups que les poings de Pascual frappaient au ventre de l'homme sous lui, le bruit de la tête lourdement frappée contre le mur, je ne pouvais les entendre autrement que comme la mesure magique de l'amour. Pascual frappait l'homme, l'une de ses mains le tenait par les cheveux et cognait sa tête contre le mur noir, l'autre frappait du poing sur le dos, le ventre, et la nuque, avec une telle violence que le vide s'était fait autour d'eux, un dégoût et une peur que les petits caboteurs du plaisir n'auraient pas avoués mais qui les faisaient débander. L'œuvre de Pascual était d'imposer une flaque de vide dans l'entrelacs du labeur de l'ennui et de la nécessité.

Alors son regard se tourne vers moi…

Le regard de Pascual s'est tourné vers moi, mais les fauves en cage ne nous regardent jamais, ils regardent au travers de nous, ils ne nous regardent pas plus que les barreaux de leurs cages. Nous croisons leurs regards sans qu'ils nous aient vus et la nature nous regarde ainsi, car le regard conscient appartient à l'homme proprement dans cette singulière déchéance qui est de convoiter ce dont il n'a pas besoin.

Pascual ne m'avait pas vu, mais j'avais vu son regard et l'ordre qui y régnait pouvait être pris dans les deux occurrences du mot. L'ordre, celui de la perfection principielle, et l'ordre, l'autre, peut-être le même, qui est, sous le regard de notre liberté individuelle, l'injonction divine.

Il me demandait quelque chose, le ciel étoilé l'avait fait avant lui, il ordonnait quelque chose, simplifiait aussi mon devoir, il ordonnait de le suivre, il disait “je ne t'appellerai pas deux fois”.

Il lâche sa proie.

Je vois son sexe luisant, une seconde, ou bien je crois le voir, je vois maintenant ses mains qui referment la braguette de son pantalon, les pressions de cuivre glissent sur ses doigts visqueux. Il se rhabille avec la précision, l'ordre éloquent d'un vieillard qui fait son lit, range sa chambre, trie ses papiers. Ces gestes-là nous apprennent plus que toute littérature, plus précieux que la virtuosité du danseur, ils sont peut-être la danse même qu'un jeune corps incarne rarement.

Et là pour la première fois son regard me voit. Il me regarde, un instant très court, il me permet de le regarder en train de se rhabiller, j'assiste à ces gestes simples, d'une intimité si profonde qu'elle touche à la liturgie.

A cet instant Pascual n'a plus le visage carnassier et serein mais la même absence d'expression prend une couleur de tristesse ineffable. Le visage vide n'est pas celui qui exprime le moins, au contraire il est le miroir de tout ce qui tourne à la surface de ses eaux, les désirs et les paroles inexprimables. Parce qu'il n'exprime rien, il exprime cette chose plus effrayante et plus belle que tout, la liberté inaliénable d'un être. Pascual me laissant le regarder me mettait à la croisée de mes désirs. Il avait détruit le monde en un instant. Il avait tourné mon visage imbécile vers son devoir, la Connaissance. Je devais me délester de tous les savoirs et m'offrir à la part d'ombre où gît le trésor redoutable.

Tous ces mots, j'avais l'intime conviction, non pas que je les murmurais mais que lui les fredonnait à mon oreille qui les comprenait à peine. Et je consigne ces instants, non pas pour les dénouer sous le peigne de l'analyse mais pour les faire vivre éternellement sous la lampe de ma table de travail.

Pascual a fini de se rhabiller.

L'homme à ses pieds le regarde et supplie, il n'a pas de visage. Pascual se dégage de lui en le frappant mollement du pied. L'homme accepte d'être rejeté et fait ce mouvement de retrait qu'a une bête blessée cherchant le terrier. Ce n'est pas assez. Pascual veut mettre un point final à son poème. Il revient vers l'homme qui a marché à quatre pattes un mètre en arrière et lui donne un coup terrible dans le flanc. Si terrible que, contrairement aux autres coups, il laisse l'homme muet pendant quelques secondes. Secondes pendant lesquelles Pascual ne bouge pas, semble rempli d'une haine paralysante, tient en joue son gibier, est sur le point de l'achever, le menace.

Enfin l'homme commence à gémir, il gémit d'une plainte courte qui se fait entendre d'abord par un souffle puis par distinctement un “Oh !”. C'est un cri articulé, non pas un simple gémissement de douleur mais clairement un mot dit sur la musique de la douleur. Et ce mot est “Oh !”. Ce

"Oh !" est l'interjection qui hante les tragédies classiques et que les mauvais acteurs transforment en cri. Le héros tragique ne crie pas, il dit. Il est, au-dessus de sa douleur, dans cet espace, parfois étrangement nommé honneur, où la formulation de sa souffrance le place au-dessus de la misère mortelle. Ce n'est en rien un cri inarticulé mais bien la reconnaissance formulée de sa douleur que l'homme aux pieds de Pascual nomme. Il y a une victoire, non pas une revanche, une victoire. Par ce "Oh" il ne soulage pas la souffrance physique, il dit "regardez comme *nous* sommes crucifiés", "voyez en moi l'Humain", "c'est ainsi qu'il nous faut souffrir", etc. C'est bien plus son désir de souffrance qu'il affirme comme une croix que la pesanteur du corps. Il se déplore lui-même par ce "Oh" magnifique, et Pascual l'entend, il ne peut pas ne pas l'entendre, il l'entend et le prend sur lui.

Pascual n'est-il pas l'homme le plus intelligent qu'il m'ait été donné de rencontrer ?

Alors il libère sa proie. Peut-être que par ce "Oh" l'homme a prouvé qu'il a atteint l'acmé où Pascual l'attirait. Everest de l'âme ; se regarder dans sa pauvreté. Une pauvreté acclamée comme divine.

Je ne vois plus de Pascual que son dos à contre-jour de la lampe rouge. Il se retourne et sort de la *back room*. A l'instant où il vient vers moi je recule pour le laisser passer, pour éviter qu'il n'ait à infléchir son mouvement, pour éviter aussi qu'il ne me bouscule tant ce contact désiré me terrifie. Je reste immobile et je ne le suis pas du regard, j'écoute simplement son pas qui s'accélère. Quand il atteint l'escalier de fer, j'écoute ce martèlement, lourd et rapide dans les marches métalliques et le silence qui suit est celui de l'hiver.

L'homme se rhabille. Il pleure. Il pleure sans bruit. Il constate que Pascual a déchiré sa chemise, il y a quelque chose d'incroyablement comique à le voir s'occuper de sa chemise déchirée tandis qu'il pleure sans larmes sur lui-même. Son corps est très raide, encore contracté pour résister aux coups, il réapprend à marcher, il lutte pour ne pas tomber, il se donne une contenance. Il a les lèvres pleines d'écume, et quand il passe devant moi je vois luire du sang sur son menton.

"Je me suis fait tirer, tu as vu ça, une bonne salope, une bonne petite salope. Pourquoi je dis ça ? Pour te faire croire que c'est consenti. Ce n'est pas consenti, il m'a pris et je me suis laissé prendre et toi tu nous as regardés. Je l'ai laissé me frapper, je ne fais pas ça d'habitude. Si, je le fais, mais pas comme ça. Là j'ai perdu pied. Je suis mort."

Le reste de ce qu'il dit je ne le comprends pas, il cherche à se rassurer, il se berce, il endort ce mouvement terrible qui l'a conduit au bord de la démence. Ah ! le prix à payer…

Il va vers l'escalier, mais le bruit de ses pas est tout autre que celui de Pascual. Lent, accablé, tout le poids du corps qui pèse sur la conscience. Je le suis, mais en bas Pascual a disparu, l'homme ne le cherche pas. Il ne cherche rien d'autre que se perdre dans la foule.

Il va se perdre dans la foule, se cacher dans la foule, ne sommes-nous pas tous les mêmes ?

IV

LA BOUE

“Ecrire, c’est chercher la Joie.”

Je retrouvais Alcandre tous les soirs au *Trap*. Il me divertissait de cette attente aux dents d’acier, il servait de parapet à ce gouffre, je ne vivais plus que d’une seule idée, revoir Pascual. Et plus il tardait à réapparaître plus sa figure grandissait, dans un auratique souvenir. Elle ne pouvait se nourrir de sa présence réelle et dévorait pour survivre tout ce qui faisait ma vie intérieure, aliment qui n’avait sans doute pas d’autre destination. Non, je ne doutais ni de l’avoir vu, ni d’avoir connu cet embrasement, la douleur de l’absence affirmait que l’expérience n’avait pas été un leurre. Le mot espagnol de *Fantasma* qui désigne à la fois le fantasme sexuel et le fantôme est précisément le mot qui me manque. Je devais à ce *fantasma* d’être arraché à mes routes habituelles. De même tout ce que j’avais pu connaître de turbulences intérieures, de contact avec l’invisible, d’écoute du monde enfoui, me semblait une répétition ridicule de l’instant où j’avais croisé ce visage de pierre sur fond d’ombre rouge.

L’icône est question.

Mais question vivante, question renouvelée, question qui ne se laisse pas défigurer d’une réponse, question de la Totalité. Et, par cette question de la Totalité, elle devient aussi question de l'Invisible, alors nous pouvons être prisonniers de la contemplation. Le Visage de Pascual, pendant ces jours où je faisais l'exercice de me le ressouvenir, devenait le Tout de mon désir, et la seule véritable aspiration à l'Autre Chose. J'étais entré dans cette fureur obstinée, cette idée fixe que le mot d'idée dénature puisque c'est un visage qui me poursuivait.

Un visage ou un parfum ? Onze jours avaient passé sans lui, *Le Trap* était plein d'odeurs, je retournais sous la lampe qui l'avait auréolé au premier soir, mais comment retenir le parfum…

"Ecrire, c'est chercher la Joie."

C'est ce dont la phrase d'Alcandre m'avait fait souvenir, la littérature n'est pas connaissance, elle est souvenir. Mais on voudrait plus, on voudrait qu'elle prépare la reconnaissance, une pirouette spirituelle, une répétition de la mort… cela faisait rire Alcandre. J'aimais sa façon de mythifier un objet pour un temps plus tard, avec la même souplesse, en rire. Et ce double mouvement était peut-être le volcan sur lequel son style avait dansé. Il avait mythifié le sexe et puis il en avait crevé la baudruche. Il avait mythifié Paris, la ville de déraison, et il avait pissé sur le beau paysage qu'il avait peint.

Le poète affirme. Il n'a pas besoin des précautions oratoires du professeur, les hypothèses l'encombrent, elles l'empêchent de voyager léger. Alcandre affirmait. Mais très vite il laissait place à la dénégation de sa belle formule comme pour se libérer du lien qui l'avait uni avec son auditeur.

Seul le vivant est sacré, Alcandre le savait trop pour laisser les idées prendre la place dans l'oratoire. Il construisait des palais de papiers bâclés pour les incendier, ce jeu le réchauffait. La Jeunesse aime les paradoxes, elle goûte le sucre sous une forme raffinée, je me régalais de l'entendre dire qu'il fallait écrire pour trouver la Joie et dans le même temps affirmer que cette Joie qu'il avait toujours à la bouche, la seule chose nécessaire, cette Joie dont il m'avait parlé dès le premier jour ne se trouvait jamais sur la table de l'écrivain.

Il aimait disserter sur saint Augustin aux oreilles d'un petit gigolo imbécile et soûl. La plupart de ses paroles précieuses sont ainsi allées à l'ordure d'une écoute payée et méprisante. Il y a là une incontestable élégance. L'élégance, quand on aime se faire mettre un poing dans le cul, c'est de ne parler qu'un langage utopique, la fange de nos désirs doit être balancée par le ridicule de nos rêves.

Alcandre dans son babil.

“Il y a longtemps que je ne crois plus en l'île de Vénus. Il y a longtemps que les promesses de la nuit ont avorté. Un gibet, oui, un gibet où je suis moi-même pendu. Et pourtant je reviens, ici, tous les soirs et je fouille encore dans cette puanteur… Ce n'est pas ce que je voulais… J'espérais tuer la bête… je n'ai fait que l'engraisser, c'est elle qui me dévore… Il n'y a plus le choix, aveugle, au fond de la caverne il y a peut-être un signe… quelle banalité ! s'enfoncer dans les ténèbres. Parfois il me semble entrevoir quelque chose… une perle de sueur sur le dos d'un garçon roux… c'est peut-être une pièce d'or pour payer mon passage à Charon… c'est peut-être la perle de connaissance, l'eau miraculeuse tendue à la Samaritaine, je m'approche du dos du garçon roux, la perle a roulé jusqu'au creux des reins, il y a un peu de duvet d'or qui l'a retenue dans ses broussailles, je m'agenouille, je lèche… cela ne désaltère pas, non, cela ne désaltère pas. C'est bon, c'est l'absinthe de la Vengeance, mais cela ne désaltère pas. Ce sel dans ma gorge m'a donné encore plus soif."

Mais il n'y a en lui aucune tristesse. Il a trop de travail pour s'enivrer d'apitoiement. Aucune tristesse apparente, même s'il n'est pas près d'admettre que cette façon de frapper à la porte, incessamment, est une des couleurs du spectre de la béatitude.

"Peut-être, oui. Mais la couleur la plus froide."

Cet indigo est préférable à la monochromie du désespoir.

"Cherchez sans cesse, priez sans cesse, frappez et l'on vous ouvrira !"

Le crâne d'Alcandre lui sert de heurtoir. Il saigne, il a du sang dans les yeux, mais la porte est close.

"Et la Joie, toujours inaccessible, je gratte cette plaie épouvantable. A quoi ça ressemble, cette Joie des écritures, à quoi ça peut bien ressembler ? Une irrépressible envie de danser ou bien une plaine sous la brume, la fin de toute haine et de toute envie, le pardon ?
Je suis exilé de toute grâce. Je suis un trou noir. Mais n'est-ce pas à partir des trous noirs que l'on spécule sur l'histoire de l'univers…"

Entre un jeune homme à la peau très claire qui n'est qu'un rire.
Il parle d'une voix de clairon.

"Il ment, le vieux ! Je ne connais pas un homme plus proche de Dieu que lui."

Alcandre l'embrasse sur la bouche.

"Et moi je ne connais pas un être plus répugnant que ce jeune garçon. Ne pas se fier à sa peau de sucre, à sa jolie éloquence angélique, à ses boucles lyriques... il est le plus grand bouffeur de merde jamais répertorié par les muses du *Trap*.

— Tu m'encenses.

— Je t'encense avec un drôle d'encens. Il n'est pas dans son état normal, la plupart des nuits il est allongé dans les chiottes à la turque. La bouche ouverte, les jambes repliées, couvert de merde. Je l'admire profondément pour sa scatologie, il est en revanche très ennuyeux quand il parle de la foi."

Le jeune homme sourit. Il connaît la propension d'Alcandre à inverser les signes, Alcandre parlera de sa foi comme d'un vice nauséabond et de son vice comme d'une ascension subtile.

"Son vice suprême, j'ose à peine le dire... c'est la grande basilique de Vézelay."

Le jeune homme pince le nez d'Alcandre.

"Soyons discrets là-dessus, Alcandre, je ne connais pas ton ami, je ne sais pas s'il peut tout entendre."

Alcandre me présente.

Je suis désigné comme un débutant prometteur mais corrompu par un "romantisme de vide-ordures".

"Ah ! Et puis un soir, il m'a parlé de qualité littéraire, là j'ai failli le cogner. Il y a des sujets tabous, cette maison a un rang à tenir. Des impudibonderies remarquables et un refus farouche des pensées faciles... n'est-ce pas Grégoire ? Il s'appelle Grégoire, ça lui donne un côté enfant de chœur.

Je l'ai enculé deux fois, mais il ne veut plus me laisser toucher son petit trou rose, une bouche de poupée, il a pour moi trop de tendresse."

C'est au tour de Grégoire de faire l'historique de cette alliance contre nature.

"La première fois que j'ai rencontré Alcandre il avait bu un élixir mystérieux qui lui faisait dire toutes sortes d'insanités et des blasphèmes très vieille littérature, ça m'a donné envie de lécher son vieux corpus littéraire. Et puis j'ai vu que c'était un homme exquis, ça m'a rebuté, je veux des brutes qui ont l'air de brutes et sont des brutes !"

Alcandre fait la moue.

"Un homme exquis ! Quelle horreur même ma mère ne m'a jamais traité comme ça. C'est lui l'exquisité ! Il n'y a aucune différence entre moi et ce cacochyme emperruqué qui m'a salué tout à l'heure et à qui j'ai eu quand même la dignité de ne pas répondre."

Alcandre nous désigne un gros bonhomme à la moumoute voyante. Depuis un certain temps, il nous regardait avec insistance, j'avais assisté à cette passe d'armes digne des raouts les plus sanglants. L'homme avait salué Alcandre qui s'était tourné avec un dédain de duchesse. Cette humiliation parfaite avait laissé l'homme à la perruque au bord des larmes, il s'était assis dans l'angle le plus sombre, pour nous observer de trois quarts. De cet exil incompréhensible, je ne voulais pas avoir la clef.

Mais Alcandre tenait à signifier la présence de sa victime à Grégoire.

"C'est un éditeur. Il me connaît, il s'imagine que je vais le saluer ici, alors que je l'ai toujours ignoré sur le boulevard. Nous avons des idées très opposées sur la chose écrite… tiens ! En voilà un qui croit à la qualité littéraire, c'est normal, il en vit. Nous vivons tous d'une illusion, je ne sais pas pourquoi c'est celle-là que je hais le plus. Toi Grégoire, c'est ton genre."

Grégoire ne contredit pas.

"Il est assez écœurant… En vérité Alcandre et lui se sont disputé le même gigolo et il ne lui a jamais pardonné."

Alcandre s'en défend.

Il me vient l'idée que la réalité est encore plus triste, l'histoire du gigolo est inventée pour dissimuler quelque chose que Grégoire connaît bien. Alcandre frappe tendrement Grégoire sur la nuque et lui murmure quelque chose à l'oreille. Grégoire s'avance vers l'homme à la perruque et l'embrasse en mettant la main sur sa braguette, l'homme met sa main bosselée et tremblante dans le pantalon de Grégoire, il nous exhibe le joli cul blanc de l'angelot.

Grégoire a l'air heureux. Il parle à l'homme, le quitte, nous rejoint et rit, il rit magnifiquement. Alcandre le regarde avec tendresse.

"Il rit magnifiquement. Une souplesse avec l'infortune hors du commun, il vit à la cime de lui-même, perpétuellement. Et en plus il a un cul d'enfant de dix ans, une œuvre d'art. Il faudrait vivre comme lui, par jeu.

— Je ne vis pas par jeu.

— Alors qu'est-ce qui te fait rire comme ça ?

— Moi-même. Chaque fois que je gifle la nature, ça me fait rire. Et chaque fois qu'en retour elle me donne une dizaine de gifles, je ris encore plus fort. Je ne sais pas ce qui me fait rire…

— C'est que tu crois au Pardon."

J'avais lancé l'idée sans réfléchir, elle tombe entre nous et dégage une odeur bienfaisante qui nous laisse muets un long temps.

C'est Grégoire qui brise le charme. Par pudeur, peut-être parce que nous avons atteint une chose de lui qu'il serait un blasphème de révéler. Craint-il de perdre ce don extraordinaire, entendre le chant lointain du Pardon ?

Et moi qui ris si souvent au matin d'une nuit de débauche… mais est-ce du même rire ?

C'est Grégoire qui brise le charme de la méditation.

“Je vais me salir un peu, on se retrouve… sur ces chemins qui ne mènent nulle part.”

Alcandre le regarde s'éloigner. Il s'approche d'un jeune guerrier torse nu qui dort debout adossé à la paroi de bois. Il pose presque la tête sur son épaule et quand il profère l'une de ses sentences l'autre le regarde, imbécile. Imbécile puis écœuré. Ecœuré de son désir ? Ecœuré de sa parole ?

“Trouver que le monde est beau, si je pouvais une fois au moins… alors il n'y aurait plus de raison de venir ici dans ce trou puant… mon adorable dépotoir… tu ne trouveras rien ici… tu croiras trouver un signe… ils te feront mâcher du gravier, mais la pépite d'or…”

Le jeune guerrier s'éloigne. Alcandre avance vers un autre, je le perds parmi les ombres, il revient. Il a l'air jovial, parler à ces statues dédaigneuses, un exercice salubre, c'est sa manière d'envoyer les mots au désert. Il a l'air heureux de me retrouver, le désert a ses limites…

“La rédemption par l’écriture, c’est une connerie. La rédemption par le sexe c’est une connerie plus dangereuse encore. La seule vraie Miséricorde, c’est de pardonner à son père. Le mien a passé sa vie à accuser les autres de jeter des graviers dans ses nouilles, il mangeait des nouilles sous une ampoule nue, quand je lui ai donné mon premier livre, je l’ai posé sur la table, sous cette lampe, il l’a regardé. Il l’a pris dans ses mains. Ses doigts gras ont fait une empreinte noire sur la couverture vert tendre. Il y a longtemps que je ne trouvais plus aucune excuse à son ivrognerie et à sa bêtise. Il m’avait suffisamment badigeonné de sa vie d’enfant à la mine, de ses cicatrices prolétaires, je lui disais que les prolétaires avaient un autre visage, un visage chantant sous un drapeau, ils étaient l’espoir du monde. Quand je voyais cette face rouge avec la bouche pleine de nouilles trop cuites ce n’était pas le visage de la révolution, c’était le visage de la passivité, cet ennemi de l’intérieur, le pire de tous. Alors, il a pris le livre entre ses mains et il l’a reposé sur la table et il s’est remis à manger ses nouilles. J’ai décidé d’être plus violent que lui, de laisser le livre sur la table, il faudrait bien qu’il le déplace. Et pendant une année il a épongé sa toile cirée grasse autour du livre, il a bu son ballon à côté du livre, il a lu son journal local, ce journal qui cassait les grèves, faisait l’éloge de ses bourreaux, etc. Il a mangé ses nouilles à côté du livre et il ne l’a pas ouvert. Il faudrait que je lui pardonne. Je lui pardonnerai l’histoire du livre… ça oui… mais pas qu’il ait tué ma mère. Alors pour moi ce serait ça, la joie… lui pardonner, sentir le pardon m’envahir mais non pas comme un sommeil, comme une fête.

On écrit pour trouver la Joie.

Il y a deux raisons d’arrêter d’écrire, parce qu’on désespère de la trouver ou parce qu’elle a été trouvée.

— Et pour toi ?

— Qui te dit que j'ai cessé d'écrire ?

— Tu espères encore ?

— Et qu'est-ce que je pourrais espérer d'autre qu'une jouvence, ayant perdu la jeunesse. Je te souhaite à mon âge de ne pas être là.

— Là où ?

— Parmi les morts.

— Nous sommes parmi les morts ?

— Oui, ici c'est un purgatoire. Je crois qu'au purgatoire on cherche à jouir, on cherche à jouir et on ne jouit jamais. Au Paradis nous n'aurions pas besoin de toute cette… gymnastique ridicule.

— Et en Enfer ?

— En Enfer, je pense qu'il n'y a rien. Rien. Rien sauf la conscience de ce rien ; la responsabilité du vide, j'ai tué Dieu, ce trou noir, j'en suis l'orfèvre. Oui, c'est cela l'enfer, être forclos, le savoir.

— Alors j'aime mon purgatoire.

— Tant que tu l'aimeras, tu lui appartiendras.

— Tu n'en es jamais sorti ?

— Parfois, oui, il m'a été donné de…"

Là il se tait évidemment. Ses yeux changent de couleur. Il a mal aux tempes, plus que tout il se sent coupable, ce manque de force, la honte de ce manque de force le fait taire, je pense cela. Car s'il s'agissait seulement de l'inexprimable, il l'aurait exprimé, l'amour est l'Expression de l'Inexprimable, je sais qu'Alcandre aurait posé sur mon épaule sa main éloquente… mais il ne peut pas avouer qu'il a trop aimé cet état brisé à demi, ce seuil foulé d'un pied boiteux, ce pressentiment entendu d'une oreille fragile, ce purgatoire…

Nous nous quittons et je vagabonde de couple en couple pour retrouver Grégoire.

Un cadavre c'est-à-dire un jeune homme suffisamment soûl pour se laisser faire, j'en connais, des jeunes et beaux qui ne s'accouplent qu'avec les pires épouvantails et viennent précisément dans ce bordel chercher la dernière des créatures, la plus haineuse et la plus polluée et goûter dans sa bouche malade la connaissance de l'humain. Un cadavre, oui, un cadavre dépecé par un chirurgien d'un autre âge au masque de hibou, mais le cadavre vit, mais le cadavre pleure !

Je n'aime pas particulièrement les corps grabataires, ni ceux à qui la maladie impose la lenteur et la prostration du rapace. Mais j'aime regarder un garçon tendre et doux, le duvet d'or, l'épaule douce, le regard vert bouteille, j'aime les regarder s'offrir à des charognards enivrés.

Regarder Grégoire se faire baiser par l'homme à la perruque, regarder ce plus pur soumis au pire, regarder Grégoire qui me regarde, regarder Grégoire qui jouit de me voir le regarder dans sa soumission... une cathédrale.

"C'est ma pourriture qui te plaît, hein ? Hein ?"

Dit l'homme à la perruque et il plante ses ongles jaunes dans les aisselles d'enfant, blancheur de lettre décachetée.

"Ne bouge pas ton cul comme ça, tu me fais redescendre, arrête de bouger, reste comme ça, immobile, là.

— Je tiens plus, c'est trop dur."

La plainte de Grégoire me rend fou, je me branle près de sa bouche, je vois ses bras crispés aux murs qui tremblent. Ce tremblement me fait jouir, mon foutre brille sur le visage plein de souffrance de Grégoire, la nacre dans l'ombre parachève la lueur statuaire de sa peau blanche. Sa bouche est ouverte.

"Tais-toi, ne bouge pas j'ai presque fini. Je t'ai dit de rester immobile.
— Pardon."

L'homme à la perruque jouit dans le cul de Grégoire en grognant, les yeux se sont fermés, la victime qui demande pardon, cette image l'a fait jouir, un jet brillant de foutre a éclaboussé le dos de Grégoire.

Il a collé son oreille à la bouche du vieillard et écoute, écoute avec acharnement ce râle, ce râle plein d'équivoque, agonie et triomphe. Il goûte cela comme rien, l'homme jouit dans le labyrinthe de son oreille et ce son de douleur et de victoire, de ressac et de haine, ce son enivre Grégoire, le met en transe et finalement le fait jouir à son tour.

L'oreille était devenue sa bouche, son sexe, ses yeux. Comme le coq de bruyère il est devenu aveugle et n'est plus que l'écoute folle du mystère de la jouissance. Pourtant il continue de se faire baiser, et l'homme le baise encore, absent de toute jouissance, dans une humiliation plus incompréhensible. Enfin l'homme à la perruque est devenu silencieux. Il a l'air furieux que je sois venu près d'eux, il me repousse en s'écartant de Grégoire. Il me regarde avec haine et je pense que cette jouissance volée au sacrifice de Grégoire l'a rendu plus amer encore. Grégoire se rhabille, et rit. De son rire, l'impeccabilité est un enseignement.

Il aimait toutes les humiliations mais ne supportait pas la douleur. Il aimait lécher les crachats à même le sol, il aimait être exposé et vendu à la criée, d'un monstre à un autre monstre, il aimait se perdre dans les bras des derniers transis, des pires épaves, des plus écœurants charniers. Il aimait finalement la merde, cette boue éloquente.

“Pour moi, me perdre n’est pas différent de me donner.”

C’est ce qu’il avait dit, c’est ce qu’il dit encore en dessinant dans le sable avec une brindille des lettres sans but, des formes interrompues. Les hommes les plus répugnants étaient ses amants, et Alcandre l’avait gratifié du qualificatif d’exquis, car lui-même jouissait de le voir jouir dans l’abdication de sa jeunesse et de sa beauté, dans cette ivresse de se perdre qui était bien plus vocation que vice.

J’avais envie de lui murmurer à l’oreille un mot étrange que je remâchais depuis longtemps, et que lui seul et Alcandre pouvaient entendre, mais c’était surtout une excuse pour caresser ses tempes avec ma bouche.

“Aimer mourir sans aucun renoncement à la douceur de vivre.”

Il comprenait profondément cela.

“Dis-nous, mon exquis Grégoire, dis-nous ce que nous sommes venus faire dans cette tombe, sous cette échelle, dis-nous…

— Il s’agit encore de ridiculiser la mort. Et pour cela il faut des jeux naïfs et cruels.”

Il rit et on voit ses dents parfaites, ses gencives de pâte d’amandes. Quand il rit, il cache non pas sa bouche, ce que font la plupart des rieurs, mais ses yeux. Il est dans ce rire aux yeux masqués d’une beauté immense. Ce geste m’en apprend sur lui bien plus que son bavardage.

“Rien n’est beau comme un vieillard qui bande, il bande si dur, il a dans les yeux une telle vengeance ! Alcandre, c’est différent, il n’y a pas de haine chez lui. Je ne peux goûter à ma jeunesse que dans l’empreinte rouge qu’elle laisse sur leurs peaux usées. Ces vieilles mains sur ma peau blanche, ça a de la gueule non ? Plus c’est dégueulasse plus ça me plaît, sincèrement je ne pense pas que tu trouveras plus dépravé. Ce petit foulard marron à mon cou tu sais ce que ça veut dire ? Bouffeur de merde, eh oui ! Je n’aime pas avoir mal, la douleur me fait débander, ce que j’aime c’est l’abject. L’abject fait battre mon cœur, une musique. Enfant je me mettais à quatre pattes dans les toilettes et je léchais la pisse et la merde de mes camarades, non sans fierté. J’ai un orgueil très inflammable, il suffit que le démon me défie. Lui (il désigne son amant), tu ne peux pas imaginer plus monstrueux. Il a une perruque, tu ne vois pas d’ici ? Une perruque, c’est cette perruque qui me dégoûte et m’attire. Il me siffle, j’accours. Pourquoi ? Parce que c’est le plus laid de tous. Et son âme n’est pas bien propre non plus. Il aime la misère, c’est ça qui le fait jouir, les enfants pauvres. Je lui fais croire que je nourris une mère malade en vendant mon cul, je lui fais toujours croire que je le fais pour l’argent, comment pourrait-il imaginer que c’est pour en finir avec… comment est-ce que cela s’appelle ? L’erreur de la chair ? C’est clair, je hais le sexe, je ne jouis qu’à l’envers. Tomber, tomber, tomber ! Je n’ai aucune honte de tomber, je tombe en Dieu. J’épuise le corps atroce, il en veut, je lui en donne, je lui en donne tant qu’il va vomir. Et puis un matin ce cauchemar sera blanc et propre, il faut l’hiver ; la terre aussi se croit infertile, la terre elle-même doit avoir dégoût de sa nature. La terre. Oui, je voudrais être la terre.”

Chacun jouait à vendre un morceau de sa chair, lui à sa horde de satyres, moi à mon idole, et le vin était tiré dans la nonchalance et le dégoût et le rire.

Mais parce que nous sommes au bord de nous-mêmes, sur cette falaise élevée qui nous fait regarder notre vie comme la vie d'un autre, Grégoire confesse…

"J'y arriverai. J'atteindrai au point de dégoût dont on ne revient pas. J'ai essayé de vivre sans pensées noires, j'ai essayé, une fois, mais c'était trop tôt, j'étais trop jeune. Ne te moque pas de moi. Je peux parler des heures de mes goûts puants mais ce qui se passe sur cette colline… non ça je ne peux pas le dire…

— Tu t'agenouilles ?

— Oui. Je m'agenouille, j'entre dans le blanc, plus rien ne me fait peur, je souris.

— Tu dois être beau, là-bas. Ici aussi tu es beau, mais là-bas, sur fond d'or.

— Mais l'équilibre est difficile à tenir. Tu as déjà pensé que la prière était un artisanat comme un autre ? Il suffit de s'entraîner. C'est comme toutes les grandes choses, la persévérance est plus grande matrice que le génie. Il suffit de commencer et de ne pas s'arrêter. Mais j'ai si souvent rompu le fil de la courbe. Je ne sais pas, loin de cette colline… il n'y a que ce trou noir, il n'y a que la merde.

— La seule vraie action, c'est la prière."

Quoi en moi pouvait dire cette phrase à laquelle je croyais à peine. C'est peut-être Grégoire qui l'avait mise dans ma bouche, lui qui cherchait à vivre mieux, qui ne cherchait rien d'autre que cela, vivre mieux, mais cette exigence le poussait par de si terribles chemins…

“Je ne peux vivre que dans l’un de ces deux extrêmes, le cloître ou les chiottes. Je ne suis pas sûr qu’il soit possible de vivre ailleurs. De vivre vraiment de cette vie d’aventure, de cette vie de conquérant ! Partout ailleurs je m’ennuie. Quand je reste trop longtemps sur la colline, elle perd de son incandescence, elle ne chante plus. Alors je reviens dans ma porcherie, je lèche toute cette merde, et quand mon âme est repue d’abjurations je reprends ma besace…

Je ne vis vraiment ni sur la colline sacrée, ni dans la fosse, je vis dans ce train qu’il me faut prendre jusqu’à Montbard. Et puis le bus, qu’il faut attendre. En chemin, je rencontre tous les pèlerins de la Terre. Partir ! Il n’y a pas d’autre parole sacrée.

— Ce que tu veux c’est obéir !

— C’est cela que j’appelle partir. Combien de temps encore me faudra-t-il marcher dans la ville ? Ce n’est pas à moi de répondre. Mais vivre là-haut, à l’ombre de ces grands piliers purs et avoir le cœur sec, c’est plus dégoûtant que de servir de chiotte humaine. Ne pas être perpétuellement ivre de Dieu, ça c’est ce que je ne me pardonnerai jamais.”

Cette multitude en nous devient douloureuse quand nous rencontrons un être qui dans ces désirs semble s’échapper de notre foule intime et vivre pour nous un de ces destins dont nous ne connaîtrons que le parfum. Oui, Grégoire était une partie de moi, ce qui est vrai dans un roman où chaque personnage n’est qu’une projection de l’auteur l’est peut-être tout aussi dans la vie où nous ne nous sentons attirés que par des êtres qui nous hantent déjà, avec la part de ces possibles qu’une vie d’homme doit refuser d’assouvir pour ne pas devenir un labyrinthe de désirs. Grégoire était la part de moi qui voulait n’être qu’oraison et vivre en souriant, amputé de tous ses organes, dans la macération de sa perle. Le rêve de Grégoire était celui de la matière, rien ne lui semblait plus pur que le poids de la Terre, rien ne lui semblait plus saint que la Terre aveugle qui adhère par chaque atome à l'existence, cette paix des champs en hiver. Aveugle des devenirs, être ainsi, dans le repos et la béatitude de la boue.

"Oui, être dans la merde, être une merde est très proche de l'Anéantissement de la Prière. Avoir de la merde dans la bouche… j'en parle et je bande, regarde…"

Toujours en riant il ouvre sa braguette et me montre une petite queue beige, tendue et douloureuse. En le caressant, je lui avoue que j'ai la même rêverie à propos du feu et de la douleur. Nous comparons nos errances, son élément et le mien…

"J'ai peur du feu. J'aime la boue. J'aime m'offrir à la mort. Toi tu voudrais une joie perpétuellement brûlante et moi… moi je voudrais un repos, un repos d'ogre."

Que les larmes viennent, oh ! qu'elles viennent, qu'elles brisent enfin mes dernières attaches, les larmes !

Je ne reverrai Grégoire qu'un an plus tard, dans son autre oratoire, sur cette colline qu'il avait décidé de ne plus quitter, où le même rire moquait son mysticisme comme il l'avait fait de sa débauche.

Ah ! Grégoire ! Ah ! Humanité ! Que ce voyage vers l'ouest de nos cœurs est douloureux.

C'est tard dans la nuit, les lampes se sont rallumées. Il ne reste plus qu'Alcandre près de moi, sur les tabourets gluants du bar, et plus loin, dans ce qu'il reste d'ombre, l'homme à la perruque. Sa chevauchée avec Grégoire lui a donné les forces de la revanche. Alcandre sent qu'il ne pourra pas lui échapper. Il regarde son adversaire avec une haine lasse. L'un en face de l'autre pendant un temps interminable, jusqu'à ce que l'éditeur se décide à avancer. Je me lève mais Alcandre me retient. Il veut que j'assiste au combat. C'est un combat d'escrime d'une rapidité qui défie l'œil. Le coup mortel est si rapide que l'on n'a pas le temps de voir le fleuret saillir, la tache de sang s'épandre.

“Alcandre, je suis désolé pour les poèmes, des amphigouris, je ne pouvais pas publier ça.”

Le “ça” est appuyé, précis. Alcandre est touché, il est au sol, il a le souffle coupé. L'éditeur mesure dix mètres de haut, il a des poings de marbre ; il n'a plus qu'à porter l'estocade.

“Même par amitié.”

Alcandre ne s'attendait pas à une telle ruse, en appeler à l'amitié, unir d'un mot leurs âmes si différentes. Qu'ils se soient trouvés ce soir encore sur les mêmes chemins ne les rend pas semblables. L'éditeur est maintenant son maître, il connaît son secret, il connaît sa plainte, il peut le torturer en place publique, il le fait résolument. Tout autour du *Trap*, Saint-Germain, la profusion de restaurants d'écrivains résonnent encore des moqueries, le grelot effroyable du secret d'Alcandre. Non, il n'a pas cessé d'écrire, mais c'est devenu si ridicule, si prétentieux, personne ne prend le risque. C'est même un peu douteux politiquement, on imagine aisément Alcandre enfilant le costume du réactionnaire, crachant sur ses anciens camarades et finalement abandonné, roué de coups, oublié.

Le mythe de l'oracle drapé dans le mutisme s'effondre, la grande cathédrale de silence se fissure, Alcandre ne peut plus sauver son image. Il a commis une faute. Il a donné ses testaments (mûris parmi les plaintes) à celui qu'il croyait son ami de longue date, son dernier ami, qui sait ? Son seul ami ? Sous la perruque rance traînaient de vieilles jalousies qui ont trouvé, intempestives, l'heure de chanter. Vingt ans plus tôt, la beauté et l'arrogance n'étaient-elles pas du côté de celui qui aujourd'hui mendie ? Et quand, dans sa voiture de sport jaune d'or, il passait parmi les envieux, ce jeune acteur blond à ses côtés, il fallait bien que la brise lui ramène ses crachats au visage. L'homme à la perruque, et qui depuis ces temps édéniques semblait confit dans l'admiration, n'avait pas hésité une seconde à brûler d'un coup toutes ces années de fausse amitié, il lui avait renvoyé une lettre courte et infâme. Pleine de formules jolies de celles qui rassurent les jeunes écrivains, mais ne peuvent tromper l'homme usé aux roueries et aux trahisons de l'édition. Mais Alcandre venait de lui offrir un théâtre plus splendide à sa vengeance, j'étais le spectateur idéal, celui qui voit à la fois les souterrains du drame et les plaies des acteurs.

A cette heure, *Le Trap* rallumé, le portier hurlant pour nettoyer les *back rooms* de leurs derniers sectateurs, la mort a cette allure froide et propre que le monde moderne lui a permise. Alcandre n'est plus l'écrivain exilé dans son exigence, celui dont on déplorait le silence, il est un vieillard que l'aube terrorise. Il y a quelque part dans mes archives la photographie provocante d'un jeune poète en gilet de shantung rose, il y a la main de mon ami cherchant la mienne pour me dire au revoir sans me regarder.

Qui ose croire encore que l'on peut mourir de déshonneur ?

V

PUISQUE JE SUIS FOU

Puisque je suis fou aujourd'hui, tout me semblerait consolation.

La patience pour une grande œuvre, une petite chambre ailleurs, de l'ouvrage tant que je dégorgerai mon savoir-faire, l'amour d'un enfant intelligent, une chapelle des tortures arrangée avec goût et laquée de beau noir, ou bien un salon parisien tendu d'indiennes vertes et une bibliothèque rare. Acheter des œuvres d'art, et faire le bien. Faire le mal aussi. Chanter définitivement. Un ami sincère, un guide spirituel, apprendre que mon père n'est pas mon père, savoir jouer de la clarinette...

J'y crois vraiment. Je crois vraiment que tout cela me consolerait. Je crois, convaincu à chaque nouvelle lubie, que la panacée est en bouteille. J'y crois, et je me hais de ces songes vains. Puisque tout me ramène à ce manque fondamental, et que jamais ce manque n'a trouvé allégorie plus cruelle que la face peinte en rouge de mon Prince.

Des livres ? Des vertus ? Des professeurs ?

Tout cela je l'ai déjà. Et rien n'est résolu. Ah ! me dévisser la tête !

Mais la toute dernière trouvaille, assurément cela me sauverait du désespoir ; c'est un grand malheur.

Ah ! qu'ils ont de la chance ceux qui connaissent un grand malheur, il prend toute la place, il fait l'image à lui tout seul, plus la peine d'agiter les pinceaux ! Je me surprends à imaginer la mort de mes proches avec délice… heureusement ce n'est pas un poison assez fort.

Et finalement l'unique solution à mon tourment, vraiment je dis qu'il n'y en a pas d'autre, c'est une jambe de bois.

Je rêve sérieusement à une jambe de bois, je la ferai décorer, j'en aurai même plusieurs. Avec une jambe de bois tout serait plus simple, et une bonne saignée de possible à cette âme écartelée ! Une jambe de bois me sauverait. Je saurai que je suis l'homme à la jambe de bois. C'est au moins ça. Quand le destin s'embrume on espère une honnête malédiction.

Ah ! Seigneur quand diras-tu à quoi tu me destines ?

Et si tu le dis, dis-le à haute et intelligible voix, puisque je suis fou.

"Ecrire, c'est manger les rossignols en ragoût", dit Alcandre, il rit aux éclats quand je prétends faire quelque chose comme un livre avec ce maelström de mes sentiments. Ecrire ?

Il joue au professeur.

"Le talent n'existe pas, il n'existe que l'animal de trait, on n'écrit pas dans la peau du léopard, mais cette répugnance à lâcher la proie, cette pugnacité à vaincre, cet entêtement d'un imbécile, l'ours qui fait cent fois le même tour dans sa cage, le perroquet qui essuie son bec quoiqu'il soit propre. Aucun exploit, rien que patience, amertume de l'endurance. Et je sais secrètement (mais qui l'a murmuré ?), je sais qu'il me suffirait de m'asseoir à cette table et travailler, travailler, travailler, jusqu'à perdre le souvenir de mon nom. Alors peut-être le sens serait-il donné, enfin. Et comment ne pas penser que c'est quelque chose de la faiblesse du temps, une météorologie des idées, l'air irrespirable d'une époque sans souffle, comment ne pas penser que c'est cela cette interdiction, cette paresse de la main."

Je crois qu'il n'a pas tort.

Mais qu'est-ce que la main ? C'est ce que semble dire Alcandre en regardant sa main droite.

"La main est seule coupable, car l'âme n'en finit pas de dicter les trésors de sa passion, mais le secrétaire a mal à sa pauvre main, cette main découragée par les abjurations de son siècle. Comment ne pas croire que cette faiblesse de la main est la faiblesse même de mon temps, l'héritage de la culpabilité de ma race, le dégoût pour la langue maternelle dans sa compromission politique."

Mais soudain il pense qu'il ment, qu'il saisit tout ce qui pourrait enluminer sa propre lâcheté. Ah ! La trouvaille est raffinée, c'est la mauvaise conscience occidentale qui serait la source de ses démissions ? Ce pastiche d'histoire le fait rire et il rit à ses dépens, parce qu'il a menti, il a été pris en flagrant délit de mensonge. Pauvre Alcandre, la somme de toutes ses démissions…

"N'accuse pas le temps de tes faiblesses, jeune poète, les temps ont toujours été au moins très odieux." Alcandre sait.

"Et c'est cela même qui poussait les écrivains à écrire."

Cette censure intériorisée de la douleur politique est une histoire trop belle pour être vraie.

Moi-même en le formulant je n'y crois plus, il me suffit de voir le sourcil terrible d'Alcandre. C'est au *Trap* surtout qu'il ne supporte pas de m'entendre dire des niaiseries romantiques. Le lendemain, nous prenons notre café au *Chai de l'Abbaye*, la parole est plus relâchée, on se permet quelques incursions dans les idées reçues, quelques blagues douteuses, et on avoue avoir lu le théâtre de Montherlant. Mais quand au *Trap* il défigure mes faux-semblants, c'est sa propre impossibilité d'écrire qu'il cherche à voir sous la lampe, dans la lumière épouvantable d'une responsabilité totale, d'une lâcheté tragique.

"Je sais que si je parlais nul ne m'écouterait."

Alcandre me répond par une grimace.

"Romantisme indélicat."

Parle, et laisse l'écoute à la providence, lui dit un ange gardien plus dur et plus cruel que la lucidité.

"C'est l'Espoir qui me torture ! Il y a encore dans cet écheveau un fil, une idée qui n'est pas vendue à l'endormissement marchand. Il doit bien y avoir un moyen de réveiller en soi, une chose…"

Il doit bien y avoir moyen de déchirer le voile… mais, quand j'y pense, je ne vois que le sexe prodigieux de Pascual qui émerge de l'ombre. N'est-ce pas parfait de l'avoir vu, ce phallus idéal, de l'avoir vu une seconde émerger et disparaître dans la nuit. L'idole sombre sait se draper dans les brumes du remords et du désir, les nuits de l'âme fardent son image d'un noir d'encre.

Je me souviens de cette apparition et ferme les yeux. Je ne ressens qu'une chose sous ma chemise propre et blanche, la face brûlante au regard vide qui me croise me désigne et m'ignore. Je revois le coup de pied dans le flanc de l'esclave, j'entends la respiration coupée de la victime.

Est-ce que j'étais au désert, avant de le rencontrer ?

Non, c'est Pascual qui m'a jeté au désert, c'est Pascual qui a déchiré mes extases imitées, qui a ridiculisé mes combats, et fait de la littérature à laquelle je m'offrais en novice prétentieux une aventure sanglante. Et le désert est le plus spirituel des théâtres.

Je parle à Alcandre de la puissance de l'ombre mêlée de Rouge qui à l'étage fait de nos compères des figures mythiques, qui, dès l'ascension de l'escalier métallique en spirale, nous fait entrer dans un vortex funèbre. L'imaginaire alors a la densité d'une douleur et le réel, la fragrance indécise de la grâce. Je conclus par une formule un peu naïve.

“Rébarbatif, le visible.”

Mais Alcandre ne semble pas absolument de mon côté, il opine tandis que son âme exige quelque chose de plus aérien, de plus vertigineux.

“Oui, rébarbatif le visible. Mais l'Invisible sait-il se manifester ailleurs que dans le Visible ?”

Et comme le mystère de l'art est dénoncé, je n'ai plus qu'à m'enfuir vers ce ciel distant de quelques marches, éviter de renchérir sur une parole aussi parfaite, éviter d'alourdir cette nacelle délicieuse dans laquelle Alcandre vient de s'envoler. L'étage, que je bénissais de n'être ni visible ni invisible, m'offre son plein asile, et je m'apprête à une de ces nuits furtives de combats angéliques dont rien ne reste au matin que taches et plaies.

Pascual est debout dans un angle, entre une *back room* bondée et le couloir qui abouche à l'escalier de fer, la même mortelle raideur, le même regard absent.

Je reste environ une demi-heure à le regarder, je suis à un mètre de lui, je suis à des années-lumière de lui. Que faire ? Je souhaite aussi profondément qu'il se retourne vers moi et qu'il ne me remarque pas. Mon corps est rougi, j'ai dans le crâne un bourdonnement unique, le sang frappe glorieusement dans mes tympans.

Son visage est celui que j'ai connu, à la fois plus banal et plus extravagant. Il est dans la même inconscience de sa beauté qu'au premier jour, cette inconscience qui est la beauté. Il lui arrive de se masser la nuque, c'est son seul geste, dans une immobilité repue. Quoi en lui témoigne d'une plus grande appartenance au monde indompté ?

A mesure que la certitude s'enfonce en moi, tout agir s'éteint. Il est le visible qui témoigne de l'invisible, mais comment recueillir le miel ?

C'est là que j'ai le temps d'apercevoir au niveau de son épaule, il porte un débardeur noir, un drapeau français tatoué.

Pendant le reste de l'heure, je regarde ce drapeau français dans une délirante confusion des sentiments. Le dégoût du cocardier se mêle à la vénération de sa peau dans un brouhaha de sensations. Depuis quelques années, des jeunes hommes se font tatouer un drapeau français à l'imitation des skinheads d'autres pays. Mais toute nation a un rapport différent avec son drapeau et par conséquent avec sa littérature. Le Drapeau français glace les Français. Ce dégoût me fascine et me pose une autre question. Dois-je par je ne sais quelle pirouette de l'érotique me réconcilier avec ce drapeau ? Et ne s'agit-il pas de se réconcilier avec le français en tant que langue, ou le lyrisme serait-il possible ailleurs que dans une affirmation de son origine culturelle ? Mais est-ce pensable ? Il faut avouer que ces trois couleurs sur cette épaule m'enivrent horriblement, Pascual appartient-il au mal radical dont on nous fait chaque jour la leçon ? Ce signe ne me laissera jamais en repos. Aujourd'hui encore, la part de reconnaissance qu'il faut à la langue des pères et l'acceptation de ce que cette langue peut comporter de violence latente me semblent figurées uniquement par ce tatouage sur la peau de Pascual. Oui je dois apprendre à être français. Oui, je dois admettre cette part d'abjection, d'appartenance nationale pour accéder aux trésors de la langue. Ce débat s'ouvre magnifiquement sur l'épaule de l'être vénéré, je sais que Pascual est à la fois cette force contre nature du tribalisme et cette splendeur de l'unicat. Il faut être fils prodigue, il n'est d'autre moyen d'être fils. C'est en rejetant la France et sa grammaire que je trouve une chance de la faire survivre lavée de ses crimes.

Pascual me fait un signe bref qui veut dire "viens là".

Il s'enfonce dans un box et m'attend, je crois entendre sa gorge qu'il racle pour cracher.

J'obéis, je m'approche de lui. Je m'agenouille, j'ai le visage au niveau de sa ceinture, une odeur de poivre et de menthe m'envahit, l'odeur de ses vêtements. Il ouvre son pantalon et sort sa queue. Elle est blanche, lourde et plate. Un *cock ring* tient ses couilles compactes, il a les poils rasés. Mon ventre tremble. J'ouvre la bouche mais, au moment de le sucer, il prend mon visage d'une main et l'éloigne, je le regarde et je vois au-dessus de moi le masque terrible de sa beauté. Il crache dans ma bouche trois fois de suite. Je bois son crachat en fermant les yeux. J'ai dans la bouche son goût de fer et de lait. Mes seins se sont raidis, ma bite que je n'ose pas caresser est douloureuse, des larmes viennent de je ne sais quelle source.

J'avale sa salive. C'est probablement, je pense cela aujourd'hui, une sorte de geste sacré qu'il m'inflige, le baptême lugubre par lequel il me fait entrer dans sa possession. Je sens qu'en buvant son crachat j'accepte le joug de sa question.

Pascual me regarde différemment, il me regarde vraiment, une tristesse amusée, sait-il vivre autrement son pouvoir sur les êtres que comme une malédiction ? La Solitude du monarque donne à sa puissance des reflets de douceur. Pascual s'adosse au mur du box et soupire, ou bien je crois l'entendre soupirer. Sa queue qui ne bande pas vraiment pend, proche de mon visage, je n'ose pas y appuyer mes lèvres, je n'ose pas même la regarder. L'épreuve que Pascual veut me faire vivre, cette première initiation c'est de soutenir son regard ; une fois dominé par son regard, je pourrai tout accepter de lui.

L'attente, la douleur, l'humiliation. Ce regard me demande si je donnerais tout. Ce regard vérifie que je donnerai tout. Ce regard se regarde lui-même dans le miroir de ma soumission, et cette image que je lui renvoie, je suis à genoux, la bouche pleine de sa bave les yeux brûlés, lui confirme son exil.

Je sens l'odeur de sa queue maintenant, je sens cette odeur de viande et de fleur dans le jardin de ses cuisses.

Pascual sait maintenant qu'il a un esclave de plus. Il m'abandonne, maître du temps, c'est lui qui choisira le moment de notre prochain combat. Il se rhabille avec exactitude comme je l'avais vu faire. Je songe alors qu'il n'a sorti sa queue que pour me la montrer. Il ne l'a pas branlée, n'a pas voulu que je le suce. Il m'a montré sa queue. Il m'a montré qu'il était le maître, simplement en exhibant sa queue, en me l'interdisant, qu'il n'ait pas bandé vraiment accentuait la force rituelle de son geste, il me présentait, présenter est le verbe juste, sa puissance, et je m'étais agenouillé devant sa puissance.

Il reprend son poste, l'angle du mur.

Il me faut quelques minutes pour le rejoindre. Je n'ose plus rien. Je viens près de lui, sans le toucher et je lui parle sans le regarder.

"C'est quoi ce drapeau français ?

— C'est quand j'étais avec les skins.

— Pourquoi tu étais avec eux ?

— Pour la violence."

Car c'est la violence qu'il voulait, non pas l'abjection politique, mais la brutalité pure. Il n'avait fait qu'un voyage assez court parmi les dégénérés du nationalisme, mais, ce voyage, il l'avait pris comme un jeu. Etre haïssable avait dû lui plaire, c'est volupté très poétique, mais la manipulation évidente de ces imbéciles avinés ne pouvait pas lui échapper. Frapper lui plaisait, frapper pour une cause, frapper avec haine ne pouvait pas lui complaire. Qu'il ait frayé avec la sacralité monumentale des groupes paramilitaires, qu'il ait participé à l'absurdité éloquente des cercles maléfiques, je le savais déjà. Je ne pensais pas pourtant qu'il avait pactisé si pratiquement avec l'aveuglement, et je ne pense pas que sa puissance soit venue de cette alliance vénéneuse mais bien plutôt que c'est sa puissance ellemême qui en quête de fraternité avait échoué dans la rencontre de ses caricatures.

Qui possède ce regard n'a pas besoin d'armes et d'idéologie. La force titanesque de mon idole l'encombrait, il ne savait à quoi la destiner. Cette force n'était qu'un ricochet de l'obscure Volonté dont lui-même ne pouvait tirer grandeur, et qui n'avait peut-être pris appui sur ses épaules que pour moi, que pour celui qui le regardait.

Je sais que je dois lui parler. Je dois lui dire que depuis près d'un mois je ne vis que d'attendre sa présence, qu'il y a des vœux secrets que j'ai prononcés…

"Je ferai tout ce que tu veux."

Si la phrase est belle c'est par son inutilité. Il le sait. C'est une phrase performative, en confessant mon appartenance je m'humilie et au-delà de cette humiliation il n'est rien qui ne lui appartienne. Désormais, entre nous, toute parole est vaine, mais il a sa victoire et j'ai la mienne. Ma victoire est d'être reconnu, la sienne est de n'avoir pas à exprimer sa force.

Il me regarde une dernière fois avant de descendre rapidement les marches de fer, il semble appelé par un rendez-vous oublié. Dans son regard d'au revoir il y a une promesse.

La vérité me saute à la conscience et je la reconnais, je la reconnais à cette peur que j'en ai… Pascual est la Poésie.

Il n'est pas seulement le combustible de l'œuvre, cela est pour les malveillants prosateurs, les obscènes faiseurs de livres, les caboteurs de l'inspiration, Pascual est la Chose elle-même.

Pascual est le Sens, donné non pas comme une promesse mais irrésolument dans sa Présence.

Si le monde contemporain est coupable c'est de détruire toutes réelles Présences faisant de chacune des péripéties humaines, une image de seconde main. Il y a le ricanement insupportable des légions quand nous avouons chercher cette Réelle Présence du Sens. Ce que Pascual me donne n'est pas une promesse, en sa Présence, le temps s'ouvre, devient étale, la mer a ce reflet de mercure aveuglant et exact ; l'éternité retrouvée comme sortie de sa grammaire et avec son odeur d'iode tragique.

Et Pascual porte le costume mythique, la couronne, la lyre, la flamme de la puissante Inspiration.

La prochaine fois, il m'emmènera. Je ne sais pas encore que, la fois suivante, c'est cette fois où il m'a brûlé avec la lampe. Il était rare qu'il n'y ait dans les gestes de Pascual un sens secret à la manière d'une parabole. Qu'il m'ait brûlé avec une lampe m'est apparu plus tard, dans toute son éloquence.

Qu'il m'ait brûlé avec de la lumière, à l'exact endroit du cœur a ceci d'angélique que les anges écrivent toujours avec notre souffrance.

Je ne sais pas que des années plus tard j'écrirai un très long poème sur une lampe de théâtre, ampoule nue qu'on laisse pour veiller les décors et qu'on appelle une servante.

Dans ce long poème qui me fera entrer en littérature, je donne à l'ange de la révélation le nom de Pascual, ce nom si beau qu'aujourd'hui encore je n'ose pas le dire à haute voix.

VI

L'ÉCORCHÉ

Le garçon sans beauté, un peu gras, il a une chemise jaune avec des voiliers et un pantalon à pinces, les joues roses, il rêve de se faire baiser par Pascual, me désigne.

“Je ne veux pas de lui.”

Pascual n'est pas surpris de la rébellion. Toutes les nuits que ce garçon est resté à l'attendre, déserté, il n'imaginait pas un oui inconditionnel quand Pascual se pencherait sur son insignifiance. Maintenant il tente un repli, après avoir supplié “viens, partons” et laissé entendre qu'il serait très soumis. Mais Pascual veut quelques garanties.

Moi, j'ai le solstice d'hiver dans la tête, les aisselles de Pascual transparaissent sous sa chemise blanche, je vois les poils noirs et mouillés, je n'ai qu'à me pencher dans son dos pour en flairer l'âcre. Il ne faut pas qu'il me voie puiser l'odeur de cendre froide et de myrrhe que je respire avec la bouche, je vole à mon idole un peu de son mystère, sa nuque est d'un blanc de sépulcre, je vis à l'ombre de ma statue un enivrement de fierté, je suis celui qu'il tolère dans son dos, et il parle de moi avec un autre garçon.

J'écoute la transaction d'une oreille soûle, je sais que je suis au cœur du jeu, mais depuis que

Pascual a imposé sa marque sur mon dos (ce n'est pas une formule) j'ai appris à le laisser agir, si rares sont les jours où il me comprend dans son théâtre.

J'aime regarder Pascual au jeu, ce qu'il veut, c'est faire plier le genou du garçon à la chemise jaune. Même à quatre pattes et couvert d'excréments, on peut mener le jeu, Pascual cherche toujours le talon d'Achille, il faut que le garçon avoue qu'il est soumis à sa soumission.

Grégoire, le plus courageux d'entre nous, il suffit qu'il mette sa tête en arrière et rie, pour que ses maîtres découvrent qu'ils ne sont que des jouets.

Mais Pascual connaît trop bien le jeu, il veut voir la peur, il veut voir le confort abject mis à mal, toute cette petite construction d'identité minable, il veut la dérouter. Jouit-il ? lui, le maître, de son jeu de massacre ? Il ne sourit pas, il fixe le garçon qui pèse et contre-pèse son désir et sa peur. Il a peur de ma présence, comment pourrait-il imaginer que le but de Pascual est de nous humilier l'un par l'autre ? Il doit pourtant deviner que Pascual n'a pas besoin d'un complice pour ses violences.

La maison à crédit, cette femme qui était la plus belle du lycée, ce patron qui promet toujours un avancement à demi-mots, l'enfant qui parfois semble combler le manque et à d'autres moments – c'est alors un désespoir très grand – affirmer qu'il a été vaincu, que ce n'est pas son désir à lui qui a hissé les voiles, mais celui de sa femme, de ses parents, des amis. L'enfant qu'il aime et que si souvent il voudrait tuer. Pascual sait qu'il y a là tout près de la veste vert sombre – le noir est trop voyant – dans un portefeuille en simili, la photographie tragique de son amour pour l'enfant. Un soir de Noël. Le baiser du père au fils et ce regard comblé du petit visage les yeux inondés de larmes joyeuses. La présence du photographe, la mère sans doute, quelque part dans le reflet du miroir. L'une des mains du père caresse la nuque aux cheveux fins, l'autre main, beaucoup plus bas dans l'image, est crispée sur la ceinture, et dans l'inévitable sacrifice d'Isaac qu'il accomplit malgré lui, parce que l'ange de la vie est Violence (impatient, plus soucieux de justesse que de justice), dans ce sacrifice que d'une certaine manière il accomplit en cherchant Pascual, la main qui caresse n'est pas moins sainte que la main qui frappe.

Pascual l'a choisi parce que, pour étendre son pouvoir, il aime les garçons perdus, les nouveaux du *Trap*, ceux que les cabinets d'encre rouge aux parfums orduriers enivrent à la première seconde, d'un danger sans mesure. Il m'a moi aussi choisi, parce que l'innocence me coulait du nez, et parfois il est difficile de ne pas le rêver en passeur, et de ne pas trouver que la main qui frappe est chez lui celle qui caresse, qui caresse l'homme nouveau que nous cherchons à accomplir.

Mais c'est folie, nul ne peut dénouer l'énigme de sa royauté, on ne fait que s'agenouiller sur les braises et oublier le parfum du cerisier au jardin de l'enfance.

Le garçon hésite encore, il tente de démêler toute l'ambivalence du désir que Pascual a tissé pour lui. Il désire Pascual, ses lèvres claires, ses bras rapides, ses cuisses dures, ses mains carrées. Il le désire, mais il sait que dans les conditions qu'impose Pascual ce désir sera corrompu, c'est lui qui est le gibier.

C'est son innocence que les canines réginales du prince poursuivent dans la nuit ouverte. Il voulait l'avoir dans sa main, dans sa bouche, dans son carnet de souvenirs clandestins, il découvre qu'il n'y a aucune chance de le posséder, qu'il ne peut que lui appartenir, c'est une autre cynégétique. Le retournement de son désir est une révolution copernicienne pour le garçon timide qui cabote le long de ses certitudes, s'abandonner, être la proie de ce petit guerrier à la tête rase qui ne veut pas seulement une nuit de jouissance, mais tout, toute la moelle, toute la mort, toute l'innocence qui lui reste. Il doit se découvrir, se penser comme désirable, et non pas à l'endroit où il a appris à se connaître et se construire. Il doit apprendre à jouir dans cet égarement que depuis ses premières épreuves il a tout fait pour dissimuler. La femme en lui, ce trou, il ne doit pas le circonscrire à une petite agitation nocturne, il doit l'amplifier jusqu'à l'écœurant vertige, devenir trou, non pas avoir un trou, devenir plaie, laisser entrer l'épée en flammes dans l'ombre de l'identité.

C'est la sixième fois que je croise Pascual, depuis la nuit où il m'a brûlé avec l'ampoule, il m'a plusieurs fois frappé et humilié au *Trap*. J'ai bu sa pisse dans un verre, au bar, devant les autres. Il m'a obligé à me raser entièrement le corps. Je suis resté une nuit à l'attendre dans un des box, à plat ventre pour n'avoir qu'un coup de pied et un crachat. Deux jours plus tôt il avait taillé au cutter sur mon dos un P majuscule, cela était ma fierté.

"Montre-lui."

J'enlève le blouson de cuir que je porte à même la peau, et je montre mon dos.
Le garçon regarde sans comprendre.

"C'est ma m… m… marque."

Pascual a bégayé, c'est sa façon de confesser sa gloire. Une Vérité par ses mains impose sa marque incompréhensible, et quand il invoque cette force le bégaiement vient le dessaisir de toutes paroles superflues. L'oracle bégaie, la voile sous le fouet du vent crie son intelligence avec une détonation furieuse.

Le P de son prénom est d'un rouge doux, le garçon à la chemise jaune n'ose pas comprendre, Pascual prend le doigt du garçon et le passe sur la plaie. Il n'y a pas eu de souffrance, la lacération de mon dos était une musique de flûte enjouée. Rien à voir avec d'autres douleurs, brûlures, coups. Mon ventre courbatu de s'être contracté pour retenir le cri qui m'aurait déshonoré. Je baisais la ceinture de Pascual entre chaque coup, avec sa ceinture, il ne frappait que sur mon gland jusqu'à ce que la douleur me fasse débander.

Le garçon en suivant du doigt le fil de ma plaie découvrait son désir d'être l'esclave de Pascual, de perdre ses rêves diurnes, d'avancer vers le désenchantement terrible au large de ses rêves.

“Il va p… p… payer la chambre. Et il restera par terre…

— C'est bon, mais je ne veux pas qu'il baise avec nous.”

La lâcheté lui permet de respirer. Il a accepté, en construisant un radeau grotesque, Pascual pourrait lui faire accepter beaucoup plus, là maintenant tout de suite, mais il préfère attendre un peu, plus tard dans la chambre… il pourra rire de la ruse ridicule de sa proie.

"C'est quoi ton nom ?"
Il dit son nom avec timidité :
"Ellert."

C'est un nom suédois, il parle de sa mère qui lui a donné ce nom. Pascual le déshabille avec tendresse et inspecte ses poils blonds épars. Il lui fait prendre des positions indécentes, la pupille de Pascual devient minuscule dans son œil bleu-noir.

J'ai payé la chambre et j'ai fait ce que m'a ordonné Pascual, je suis au sol, à plat ventre, les mains dans le dos, je vois à peine ce qui se passe sur le lit. Ellert pendant le trajet n'a pas cessé de déballer sa vie, sa mère, sa femme, son enfant. Pascual s'est tu, le bégaiement est très fort certains jours et le contraint à se taire, je pense que ce bégaiement l'humilie. Quelquefois je ne peux pas m'empêcher de penser que des vagues de violences pures le submergent, il est sous l'attraction de sa planète terrible, il devient la Nature, une Diane au bain que l'on ne peut découvrir qu'au prix du martyr.

Ellert est nu sur le lit. Pascual lui écarte les jambes, cette inspection lente humilie furieusement Ellert, il tente de se défendre en demandant à Pascual qu'il se déshabille. Je l'entends murmurer sa supplique avec une voix d'enfant qui tremble, il a peur. Pascual le gifle et lui ordonne de se taire. Ellert s'assoit sur le bord du lit, l'exhibition méticuleuse et cette gifle l'ont fait débander, il veut arrêter le jeu. Mais Pascual l'attrape par les cheveux et le force à lécher ses chaussures. Ellert lèche, mal, sans conviction. Pendant qu'il lèche, Pascual prend sa ceinture et lui frappe le trou du cul. Le visage d'Ellert est tout près du mien, au sol, je vois ses yeux pleins de larmes, sa bouche qui bave.

Pascual frappe très méticuleusement le trou, avec des coups rapides, secs, en donnant peu d'amplitude, une cinquantaine de fois, jusqu'à ce que Ellert n'ait plus aucune réaction ni cri, ni gémissement mais s'offre à la douleur dans le renoncement et la docilité.

Pascual ne frappe plus, il ne tient plus la tête d'Ellert qui reste au sol, désarticulé et vide. Un temps, puis Ellert se relève et marche à travers la pièce, un portemanteau pour accrocher sa conscience. Pascual s'est couché sur le lit, il fume, absent. Ce retrait brusque laisse Ellert sans force, son visage est rouge d'une honte magnifique. Les coups portés si précisément sur son trou l'ont détruit, il pourrait tout supporter, Pascual l'a vaincu absolument, Ellert appartient absolument à son roi, toute résistance incendiée, toute pudeur dévorée. La soumission est allée vite au point d'ultime reddition, il n'est plus qu'une algue dans l'eau boueuse de la chambre. Il regarde par la fenêtre, je vois ses joues coloriées par la honte et la joie.

Je sais qu'il est devenu insensible à toute douleur, j'envie son envol.

Mais dans le carmin de la honte apparaît une consistance visqueuse et je pense d'abord à des larmes avant de comprendre que c'est une sudation ensanglantée qui par petites perles rousses fait briller sa peau. Quand il s'approche de la fenêtre, je vois le rose d'un sang pâle et visqueux, je comprends que son visage en frottant sur la moquette synthétique s'est écorché abominablement. Il a le front, le nez, la joue droite et le menton émondés de cette peau délicate et lactée que j'admirais, la joue gauche est intacte. Le contraste est idéal, cette peau claire et innocente conjointe à l'incendie de l'autre joue, l'avant et l'après de son Expérience.

Lentement son visage se recouvre de ce sang et de cette lymphe qui ne coule pas. Il se croise dans la glace et voit son visage saignant. Il pleure debout dans la pièce, sans toucher à ses yeux, les bras sont paralysés le long du corps. Le visage brûlé n'a plus aucune expression, cette heure presque clémente quand la certitude du malheur ne balance plus, ce relâchement de tout le corps résolu à souffrir mais libéré de l'angoisse, ce rythme plus lent et somptueux de l'homme qui ne se bat plus contre l'infortune, le stabat mater calme et si proche des portes closes du ciel que leur ombre oblige au silence. Sait-il que le mot qu'il prononce au-delà de ses lèvres, le mot que ses larmes prononcent, que son sang prononce est Amen ?

Où est Pascual, tandis qu'Ellert tourne entre les murs et le miroir de la chambre, animal hébété qui ne sait plus vivre sans joug ? Le maître fume et regarde le plafond, il ne pensait pas la victoire aussi facile, il ne pensait pas qu'il conduirait si vite ce débutant au jardin où l'on n'est plus rien. A quoi bon l'humilier encore, la coupe a débordé très vite, maintenant il est libre d'errer dans la découverte impitoyable de sa jouissance. Pourquoi Pascual exigerait-il plus ? Ellert a tout donné, sitôt que ses mains se sont relâchées, Pascual a compris qu'il le possédait totalement. Maintenant il le dirige à distance et l'autre flotte d'un angle à l'autre de la petite chambre sale, il n'a plus peur, il n'a pas mal, il n'y a plus rien, plus rien dans cette tête qui bourdonnait de projets et de remords. C'est peut-être l'ordre de la rémission et de la paix. C'est peut-être pour Ellert, très en deçà de toute formulation, puisque la syntaxe du silence s'impose, et que les mots sont devenus des coups de ceinture, les portes de la paix.

La ceinture au sol a la forme d'un grand S très beau et régulier, un chiffre parfait, une écriture mystérieuse, la majuscule du silence.

"Dis j'ai aimé ça." Pascual a parlé d'une voix très faible à travers ses dents.

Ellert répète, "j'ai aimé ça" et il est cerf-volant en flammes dans le ciel noir.

Je pense à ce tableau si beau nommé *La Chute d'Icare* où l'on ne voit que deux ailes brisées dans le coin d'un immense paysage indifférent à sa folie et à sa perte. C'est vrai que tout autour de notre chambre d'amour il y a l'agitation de Paris, les modes, les discours, les complots.

Ellert prend son pantalon, mais ne se décide pas à se rhabiller.

Ellert ira dès le lendemain, et pour un nombre de nuits harassant, au *Trap*, chercher cette dépossession qu'il a appris à aduler en quelques minutes, le feu est un Dieu qui court et ne revient pas sur ce qu'il a prononcé.

Le lendemain, le visage noirci par la plaie qui ne cicatrisera qu'un mois et demi plus tard, Ellert cherchera Pascual. Il le cherchera plusieurs jours, défiguré, le corps ralenti d'une pesanteur effrayante. On verra son regard effrayé dans sa face noircie scruter la ténèbre rouge du *Trap* à la recherche de son bourreau. On le verra en fin de nuit s'avouer sous la lampe crue que ce soir encore il a attendu pour rien. La splendeur est un venin dont l'accoutumance est immédiate, toute sa vie sera devenue un désert, il marchera des nuits entières dans la ville, en deçà d'un sentiment de bénédiction, dans l'exil, mais très au-delà des conforts intellectuels que son éducation lui avait donné à défendre. Il rejoindra la cohorte des mendiants, mais il sera parmi eux d'une caste très haute, très peu ayant consenti pleinement à leur quête. Il verra aussi au *Trap*, comme je les vois, la foule des garçons qui ressemblent à Pascual, qui lui ressemblent à s'y méprendre, qui ont le visage de Pascual, mais n'ont pas cette couronne de feu au-dessus du crâne. Il l'attendra avec une certitude au cœur, mais je ne peux pas jurer qu'au bout de son calvaire il entrevoie la lumière.

Dans son cas, je pense que c'est la mort sans contrepartie qui appelait, non pas cette passion de Connaissance qui est un des repentirs de la mort, mais la Mort elle-même, imperméable à toute métaphore, non pas ténèbres, mais absence de ténèbres même, néant mathématique.

L'ivresse du néant était devenue, le temps de quelques coups de ceinture, une drogue qui ne pouvait pas longtemps cacher son nom. Tant que Pascual pouvait le maintenir dans cet état de néant, il n'avait pas à embrasser le néant tout à fait. C'est pourquoi en quelques instants Pascual était devenu son maître, obscurément, fatalement, tendrement. Les forces de mort avaient déjà rongé sa charpente, et c'est la théâtralité subtile de Pascual qui lui évitait l'effondrement. Dans le poing fermé de la photographie où Ellert embrassait son fils, il était possible de comprendre qu'une distance ineffable le séparait des siens, de ses souvenirs, de ses projets et de lui-même. C'est peut-être par une jalousie perverse que je lui dénie cette Joie de mon calvaire, mais que serait-il advenu de moi si je ne l'avais pas vu mourir de ce qui me fait vivre ?

Le désespoir a des masques multiples, l'intelligence est le plus effrayant autant que la débauche en est le plus colorié. Le désespoir peut être sans douleur, errance avec un corps absent, étranger, presque léger, ainsi le pas d'Ellert dans la chambre d'hôtel après les coups et ce même pas tous les soirs à l'affût de son Roi.

Et moi je le verrai errer dans la forêt d'ombres et tandis que mon cœur le bannira et le maudira, par l'oxymore d'une passion sourde, l'invisible correspondance de nos douleurs n'en finira pas de m'émouvoir. Je jalouserai sa soumission, et la réponse plus brutale que Pascual lui a donnée, il sera mon ennemi et mon frère. Ce visage brûlé m'appelle et me met en garde, je ne peux pas ne pas le voir et il est à la place de tous les visages brûlés que je me refuse à aimer. Un dialogue sans mots entre nous deux est instauré, nous baissons les yeux refusant de nous considérer en complices et ne pouvant faire mine d'ignorer le lien effrayant qui nous étrangle.

Mais je ne veux pas lui parler, il est tombé, moi, je suis le nouveau funambule.

Il retrouvera Pascual, je ne peux me cacher que leur aventure a été plus terrible que la nôtre, combien d'autres garçons gardent de Pascual une plaie qu'ils interrogent ? Combien ont vécu avec sa dépendance ? Il est probablement vrai que l'homme ne sait pas vivre sans drogue, quel subtil équilibre peut nous permettre de survivre à cette malédiction ? Nous désirons voir la mort sans en mourir, nous devons voir la mort sans en mourir, l'injonction qui nous pousse au bord extrême est celle-là même qui murmure une brise de Sens. Pascual se tenait donc ailleurs, sur une grève du temps, d'où il jugeait les vivants en leur tendant un miroir. J'avais une fois fait ce rêve, Ellert était mort et pour vérifier qu'il ne reviendrait pas à la vie Pascual mettait un miroir sur sa bouche et montrait qu'aucune buée ne l'avait troublé.

Ellert prend ses vêtements et se rhabille avec une lenteur parfaite. Comment a-t-il entendu que Pascual lui demandait de partir ? Il y a entre eux une si grande communion, Ellert sait aussi qu'il n'a plus rien à donner et part après l'offrande qui le laisse vide.

Il est rhabillé mais ne se décide pas à partir.

Il est debout au centre de la chambre, la nuque légèrement courbée, il ne regarde rien, ses doigts bougent légèrement, fleurs bercées, il ne pleure plus, sa respiration fait un long sifflet d'une tristesse insoutenable. Il se demande probablement comment marcher dans la rue, retourner au monde, justifier à sa femme les brûlures terribles, travailler, compter les jours, revoir ses parents, aller écouter Mozart à un festival d'été.

La vie nous cache la vie, quand est entrevu le filon, l'orpaillage ne laisse plus en paix, il faut aller s'abîmer les mains dans une boue froide, qui sait ?

Pascual fera-t-il l'obole d'un mot ?

"Tu as une photo de t… t… ton fils ?"

Leur dialogue n'est plus un combat comme quelques heures plus tôt, Ellert se contente de répondre à des questions qui ne le touchent plus.

"Qu'est-ce que tu veux en faire ?"

Pascual ne répondra pas. Alors Ellert sort de la poche de sa veste un portefeuille de similicuir roux, il l'ouvre et montre à Pascual une série de photos sous protection plastique.

"Laquelle tu veux ?
— Demande-lui de choisir."

Toujours vide, Ellert s'agenouille vers moi et me tend le portefeuille, nous restons un grand moment dans l'immobilité. Je vois le visage d'un enfant dans une piscine bleue, plusieurs photomatons, et celle que j'ai décrite plus haut, le fils et le père, c'est cette image-là que je choisis en la désignant d'un index qui tremble.

Mais Pascual change d'avis.

"Toutes."

Ellert vide son portefeuille de toutes les photos, certaines étaient cachées sous les plus grandes, il y a une dizaine de photos dans sa main morte.

"Pose ça sur la table. Et va-t'en."

Il les dépose sur la table avec douceur, on dirait qu'il a peur de les briser, il les regarde et puis sort. Il ferme la porte avec la même douceur, ses pas dans l'escalier ne font aucun bruit.

"Branle-toi maintenant."

Je me branle. Je jouis vite presque sans avoir bandé. L'odeur du sperme me fait du bien, elle me dit que la violence est finie. Mais contrairement à d'habitude je ne ressens pas ce soulagement délicieux, une sorte de plainte est en moi. J'ai mal et Pascual le sait, il sait que je souffre d'une inexprimable soif.

"Qu'est-ce que tu veux ?"
Dit Pascual sans bégaiement aucun.

J'entends qu'il faut lui dire mon désir unique, cette Chose Nécessaire dont parle l'Evangile, cette lumière unique dont tous les autres désirs sont l'alphabet en désordre. Il faut dire cela, à qui d'autre que lui puis-je dire cela ? Qui l'entendrait et surtout qui oserait extraire cet or de mes désirs confus ?

Et le temps est compté, les veines de son cou s'impatientent, c'est une chance qu'il faut saisir au vol, la brèche, le don, l'envol, l'éclair redoutable ne questionnera pas deux fois. Je sens aussi, et tout cela passe dans une enivrante célérité, je sens que pour répondre vraiment, répondre en vérité, je ne dois pas penser. Mais, avant d'avoir ouvert la bouche, je pressens que je vais mentir, je pressens que le mensonge est la seule stratégie, le risque en est considérable, il y a entre Pascual et moi un fil tendu et cassant, si je m'éloigne trop il casse, si je m'approche bêtement il mollit et ne résonne plus sous l'archet de son exigence.

Je vais mentir, je mens. Je sens que si je mens – ce n'est pas dissimulation –, il dira peut-être la vérité à ma place. Il la dira cette vérité que je n'ose pas dire, que je n'ose pas entendre.

“Qu'est-ce que tu veux ?
— Comprendre.”

Voilà le mensonge ! Il rit. Il rit de ma voyante supercherie. Comprendre ! Qui songe à comprendre, qui songe encore à s'enivrer de vérités de papier, à se nourrir d'hypothèses idéelles ? Il sait que je mens… La chance est étroite, brûlante, fiévreuse, il me voit mentir, il sait que je lui demande de répondre à ma place, que j'ai retourné la question, que je l'ai réfléchie vers sa lumière.

Il rit, et ce rire crucifie les tentatives philosophiques. C'est le rire de Dionysos soufflant sur les châteaux de cartes du savoir et de l'intelligence.

Et puis c'est le calme. Toujours ce même calme effrayant, ses yeux se ferment, s'entrouvrent, je vois le blanc-rose veiné de rouge entre ses paupières. Ses dents apparaissent. Elles brillent avec fureur. L'éclat du ciel a transgressé ses azurs convenus, il vient en livide stupeur sur son visage détruit par les pressentiments de la Parole.

"Il faut être un saint."

C'est ce que j'attendais.

L'idée de la sainteté flotte autour de moi comme une odeur de violette rance, écœurante, organique, sucrée, fade, depuis les heures de l'adolescence, ces heures où j'ai flagellé la nature avec des inepties de pureté. Je me souviens de la main froide de ma grand-mère dans laquelle j'avais fait entrer un bouquet de violettes. La fleur de la mort. Comment transformer cette idée en une exultante simplicité, comment retourner le renoncement au parfum de mort vers une Acceptation fière. Grégoire, pour qui l'idée de sainteté devait être prise au sérieux sans esprit de sérieux, Grégoire lui-même ne pouvait considérer cette tentative de feu perpétuel sans en rire. Pourtant, Pascual a offert au mendiant que je suis un jour nouveau à l'horizon de la sainteté. J'avais trouvé dans sa gravité qui n'était ni morbide, ni affectée, ni savante, un espace où rouvrir les rêves de transparence, un ciel aussi accessible que celui sur lequel nous marchons en mettant nos pieds dans la flaque nouvelle.

Oui, Pascual avait rapproché le Ciel de la Terre, et ce rapprochement c'est mon corps qui en jouissait avec un repos de gloire neuve.

La sainteté ; oui, se donner se donner entièrement, il n'y a jamais eu d'autre désir.

La transparence impeccable, l'Impeccable au monde, non pas l'Impeccable comme un Ciel, mais l'Impeccable ici-bas et parmi toutes les choses, et dans toutes les pensées et dans chaque cellule de chaque membre. Il ne suffisait pas de retourner toutes réalités vers le ciel, mais aussi de maintenir vivante, radieuse et adressée cette joie d'être, cette simple présence enfantine, ce retour à la source souriante, le Mars incommensurable qui si souvent m'a appelé et à qui je n'ai pas osé donner la clef de mon royaume. Pourquoi renoncer à cette joie ? Pourquoi l'attendre au-delà ? Quand il nous appartient ici d'en faire l'aveu et de la laisser irriguer chaque geste et chaque pensée et chaque sommeil.

Il savait qu'en moi ce désir était à l'œuvre, rempailleur aveugle penché sur un trône oublié, plus grand que la mort, je n'étais pas Ellert. Chacun ne venait-il pas demander à l'oracle ce qu'il savait déjà ?

Je n'ai jamais été si proche de Dieu que dans la souffrance et la souffrance seule est la terre de mon sacre. Je n'ai pour patrie que cette longueur de mon corps écrasé de douleur et de désir, cette croix de chair.

C'est quelques mois plus tard que Grégoire, les mains posées sur les genoux, toute hilarité bue, me demande :
“Quand tu entrais dans la *back room*, Dieu était-il avec toi ?”

Je ne comprends pas. Jamais je n'ai été plus proche de Dieu qu'en entrant au *Trap*, qu'en m'offrant à la nuit dont Pascual était le grand ordonnateur.

“A quoi le sais-tu ?
— Je rendais grâce.”

Grégoire sourit, et pose sa main sur mon épaule. Il s’efforce de dire encore quelque chose, mais les larmes viennent, les larmes du Magnificat.

VII

LE COMBAT D'ALCANDRE

"Je n'appartiens qu'au silence."

Est-il vrai qu'une phrase pauvre puisse seule nous soutenir, nous guider, nous rassurer, nous tenir éveillé et plaindre notre exil ?

"Je n'appartiens qu'au silence."

Cette phrase, sitôt murmurée, me sauvait du chaos.

Je la prononçais dans mes errances, sans en distiller tout le sens, les jours où l'absence de Pascual me rendait fou. Elle m'apaisait, étoile de mer blanche et sèche ramassée sur une plage. Les vanités répétées, jeu de loi infernal, me ramènent toujours à ce point de silence intérieur, c'est parfois en plein tourbillon, au cœur même de la spirale, tout s'interrompt. Voilà que je suis mort, déjà, et je regarde ce lopin de douleur et de désirs épars, je regarde cet arpent absurde… Alors je ne suis comblé de douleur et de Sens qu'en laissant venir à mes lèvres cette phrase pauvre, cette pauvre phrase, écrite en lettres d'or dans le ciel de ma tristesse.

"Je n'appartiens qu'au silence."

Phrase comprise à peine, en avant de moi, c'est l'oiseau de mer qui devance le bateau ivre. Ivre de cette vocation de silence, familière, enfantine qui n'est en rien renoncement. Il serait amer le silence né du dégoût ou du découragement, moi je veux l'hydromel !

C'est parfois le corps épuisé (comme ce soir merveilleux où je ramenai sur mon torse, encore brillante, sous les lampes, âcre de sa splendide odeur de pain, la semence de cinq garçons que je n'avais pas même embrassés…), c'est dans l'épuisement du corps que la phrase revient à mes lèvres, douceur, clémence d'une chanson populaire où se pavaner.

C'est dans l'ivresse d'une débauche méticuleuse, affranchie des dernières illusions sur le plaisir, j'entends… océane injonction du Verbe… j'entends ce Manque rugissant qui désigne l'horizon.

Les songes clos, les débauches rompues, les faux désirs tus, il ne reste plus que cet appel, l'ange immense qui sur le bordel de mes jours fait son silence.

Qui comblera ce Manque ?

Quel don de soi pourrait rassasier cette soif ? Quelle part de moi au large du silence devine une promesse impeccable ?

"Ce Manque affamé, effroyable, mystérieux, ce manque qui est l'ombre des mortels… qui que nous soyons, c'est ce Manque qui nous attache heureusement à la Pauvreté."

Voilà ce que disait Alcandre au sortir d'une nuit sanglante où il avait payé deux garçons pour le frapper et le piétiner (c'est dire si l'on accède difficilement à la Pauvreté, c'est dire à quel point il faut entendre le mot de Pauvreté comme une vertu, c'est dire à quel point le siècle a trahi ce mot en le faisant synonyme de misère, la misère d'où rien ne peut naître).

Ce qui excitait Alcandre c'était la laideur de ces gigolos, alors que les danses de paons des professionnels l'écœuraient, cette manière brutale de parler argent et cette odeur de parfum bon marché lui avaient prodigué l'ivresse dès le début de la transaction, et le danger était trop visible pour ne pas l'applaudir.

Quand le gigolo avait insisté pour que son "meilleur copain" les accompagne, Alcandre avait compris qu'il serait battu et dévalisé. Il jouait le naïf devant ces deux naïfs, et éclairait son tunnel avec la joie transparente des deux escrocs trop jeunes. Dans la rue, ils marchaient dix pas derrière lui, "pour ne pas se compromettre", Alcandre les avait entendus murmurer quelque chose comme "en finir vite avec le vieux". L'hôtel n'était pas loin et il s'étonnait de ne pas trouver cette drogue de la peur au fond du sac usé de ces rencontres contractuelles. La première fois qu'il avait payé, toute cette gymnastique pour ne pas être volé… Et aujourd'hui il espérait avec un romantisme rance que les deux garçons le laisseraient sur le carreau, le crâne ouvert.

En montant l'escalier, Alcandre s'était penché pour lécher la chaussure de sport d'un des deux. Il n'avait pas songé qu'en faisant ce geste il précipitait les événements.

Les deux gigolos l'avaient laissé assommé dans l'escalier, ils lui avaient volé ses papiers et, par jeu, brisé ses lunettes. Avec le verre coupé ils avaient entaillé sa joue gauche.

Cette scarification n'était en rien gratuite. Les deux garçons trouvaient là une échappatoire au plaisir qu'ils avaient eu à se vendre, ils s'efforçaient par cette entaille symbolique de laver la corruption à laquelle ils s'étaient prêtés et que le butin dérisoire ne pourrait justifier.

Ainsi certains hommes ivres de se souiller ne l'acceptent qu'en se faisant payer, l'argent sert de masque à leur déchéance, et la cruauté gratuite peut achever de les rassurer. Certitudes dérisoires, le désir de l'autre n'est pas hermétiquement séparé du nôtre, c'est le même démon qui présente d'un côté sa face rose et de l'autre son trou noir. Moi-même en frappant Alcandre le premier soir j'avais découvert que mes désirs ne m'appartenaient pas en propre et que je ne désirais rien d'autre que d'humilier ce corps en ruine. Alcandre savait cela dans ses liens avec les gigolos, il savait que l'argent sert d'excuse, et plus mal ils faisaient leur besogne (quand ils la faisaient) plus s'entendait, criante, la preuve de leur désir travesti sous la haine et le dégoût. C'est de cela qu'Alcandre jouissait. C'est pourquoi, pour lui, le mal était présent dans le voyage, non par un banal arbitrage de morale, mais par ce mélange de son âme avec la cruauté naissante de ces enfants inconscients de leur corruption.

Les deux garçons s'étaient enfuis.

Le veilleur avait retrouvé Alcandre, à peine éveillé dans l'extase de sa victoire monstrueuse. Certainement alors, le grand silence l'avait couvert de son aile…

C'est un rire souvent qui précède cette phrase céleste “Je n'appartiens qu'au silence”… Un rire de fauve satisfait, un rire qui mystérieusement, dans sa sauvagerie, m'alliait au plus noir et au plus joyeux du vivant, cette force d'anéantissement que l'on découvre en soi quand le soir est grand. La mort ordonne une fête costumée, son orchestre est en joie ! Le rire alors est la plus sainte des oraisons, c'est une farce que nous faisons au monde, nous vengeant de la farce qu'il nous joue, le sérieux avec lequel nous avons joué notre châtiment est le sérieux que l'on met à préparer une grande mystification…

Je sais alors, la Seine roule ses flots d'étoiles et d'ordures, qu'il ne me reste plus que jouer à vivre, tandis que la part vivante, déjà en gloire, est dans ce cloître de silence.

Comment faire entendre cela ?

Et que l'on ne trouve le chemin de ce cloître qu'au cœur d'une forêt nauséabonde, comment en témoignerai-je ?

Peut-être Alcandre avait-il réussi en me murmurant cette phrase délicieuse, rompue et partagée à la table de notre amitié nocturne ? Il la murmure quand les deux gigolos le frappent, et moi dans un autre temps je murmure aussi cette sacramentelle sentence, nous nous enroulons lui et moi, par-delà les générations, dans cette toile magnifique.

"Je veux mourir au combat", avait répondu Alcandre au veilleur.

"N'appelle pas la police, je t'en supplie, j'ai peur de la police, ils posent des questions, ces questions troubleraient mon cristal, là où je suis il n'y a pas de question, regarde, ils m'ont pris mes chaussures…"

Ses pieds vieux dans des chaussettes ocre, burlesque tragique.

"Ils ont dû laisser les leurs quelque part, dans l'escalier… vas-y, retrouve-les, je t'en supplie, retrouve leurs chaussures…

— Pourquoi ?
— Parce que je les vénère !”

Seul dans la chambre soixante-dix, il regarde ses pieds meurtris, il regarde le sang pâle et ses jambes de vieillard tremblent de joie sous la douleur. Il regarde autour de lui, ce monde déjà évanoui, il le regarde comme un mort déjà qui reviendrait au lieu de sa jeunesse, il hante sa propre vie, il la surplombe de ce rire amusé, miséricordieux éclat de rire, et s'il reste encore en lui quelques attaches ridicules il les brise avec ce rire, sécateur des derniers orgueils, le corps saigne, le silence entre dans la chambre, saccage ses affaires, déchire ses chemises vieillottes, le silence brûle ses livres et déchire les photographies de sa mère, le silence gagne tout l'hôtel, le silence inonde la rue de Seine et Paris est compris dans l'orbe immense qu'il décrit, le silence a traversé les mers, le silence est sur les planètes lointaines d'outre-temps, le silence retourne à la source paternelle, là-bas aux portes de l'Amour…

Le veilleur entre, il a dans ses mains les deux chaussures de sport sales. Un regard d'inquiétude et de dégoût.
“Qu'est-ce que tu veux en faire ?”

Alcandre se lève avec un gémissement. Il voit que sa chemise est tachée de sang, il ne sait pas que la moitié de son visage est ensanglanté (la moitié de son âme aussi).
Le veilleur tient toujours les chaussures de sport, quoi le pousse ainsi à suivre les ordres d'Alcandre ? C'est une tendresse filiale, un devoir de frère, la curiosité tout simplement, le désir de savoir, ce mauvais feuilleton l'enchaîne, il veut connaître la fin d'Alcandre.

Depuis une décade, il voit dans la vie d'Alcandre cette dégringolade parfaite et la promesse de Sens, mais quand viendra la phrase finale, la légende laconique en bas d'une image malpropre, comprendra-t-il davantage ?

Comme les autres veilleurs de nuit de l'*Hôtel La Louisiane* il est là pour payer ses études de musique. Je pense souvent que lorsqu'il sera chef d'orchestre il cherchera dans la virtuosité de la musique savante ce qui chez Alcandre vit, sauvage, à l'état pur. Qui aurait dit que sur la route de ce travail alimentaire il trouverait le maître d'art qui lui faisait défaut parmi les rhéteurs du Conservatoire ?

Il lui a toujours semblé que s'il fermait les yeux d'Alcandre il lui serait donné quelque rétribution invisible… et c'est peut-être un leurre. Moi seul comprends Alcandre, car il ne s'agit pas de comprendre. A l'holocauste obscur, il faut donner sa livre de chair, qui peut comprendre ? Qui prétend comprendre le vivant ? Le veilleur de nuit ne comprendra pas. Il ne sait pas. Il voudrait pourtant que lui soit donnée un peu de cette monstruosité si belle et si douce, si éloquente, si coûteuse…

Les chaussures de sport sont à moitié mortes et confites dans la crasse. Elles puent, une odeur invraisemblable, le garçon a dû les porter pieds nus, le martèlement de ses jours imbéciles sur le pavé les a remplies d'une sublime odeur de précarité. Le veilleur les tient à bout de bras. Et Alcandre s'amuse de son dégoût.

"Ça te dégoûte, mon ange ?
— C'est dégoûtant.
— Donne."

Alcandre les prend et les porte à sa bouche. Le veilleur de nuit qui apprend la musique préfère sortir et referme la porte.

C'est une odeur de fruit, c'est une odeur de mort, c'est une odeur de misère. Elle dit tout ce que l'enfant voulait taire, qu'il est pauvre, indifférent à son corps, qu'il a perdu espoir de plaire à la vendeuse de cigarettes. Une odeur de viol et de cruauté, deux fois Alcandre est pris d'un haut-le-cœur et pourtant à la dernière tentative il ne lâche plus sa proie, le visage perdu dans ce parfum comique et odieux.

Alcandre, le nez enfoui dans la puanteur de ses bourreaux, jouit sans plaisir, rien qu'une petite pique dans le bas du ventre qui achève de le détacher de tout ce qui a fait sa vie.

L'aile de l'ange frappe, tout s'éclaire avec la cruauté de Mars, tout s'ordonne horriblement, le poids énorme de l'endettement de son âme fait plier ses genoux. Que lui reste-t-il ? Quelle était cette figure d'outre-monde qui le guidait mais se refusait à une forme précise ? Et la littérature, le projet littéraire, l'aventure du verbe, la flibuste de paroles intelligentes, tout cela était un jeu qui lui interdisait de regarder en face cet ange terrible, cette vérité évidente que son destin appuyait rougie à blanc sur ce ventre ruiné et ses mains tremblantes. Il n'était pas sans beauté, ce corps déchu, pietà d'escalier, Bernin oublié dans le vide-ordures, Praxitèle brisé englouti dans un crassier. Oui, il avait sa beauté, car la beauté est à la fois cri de défi et aveu d'impuissance ; son pantalon taché, ce goût de sang et ce sperme sur cette peau écaillée et jaune, cela n'est-il pas un défi ? Cela n'est-il pas le furieux discours d'un orateur sans voix aux vagues puissantes ? Défi de tout ce corps mourant transformé en tempête de boue, défi de toute cette déchéance transmuée en jouissance, alchimie dérisoire, dernière alchimie, œuvre au noir avec le plomb de son orgueil, mort, mort, mort, mort bue à petites gorgées, comme pour s'en mithridatiser.

Et comme toute affirmation porte en elle sa dénégation, ce défi très beau est aussi l'aveu d'un combat perdu, et ce combat perdu est pour ceux que le monde a vomis. Avouer, oui, avouer, laisser le corps avouer, laisser le corps baver sa bile, l'amertume de n'avoir pas pu laisser trace, l'amertume d'être moins que le marbre, moins que la musique, moins que le rivage, moins que ce chien qui vivra encore le printemps prochain tandis que pourrissant…

Il se voit lui-même dans le désenchantement de l'après-jouissance, une lucidité plus chantante, et il voit cet ange terrible, cette évidence qu'il doit saluer : il faut tout perdre, tout perdre et rire !

Une partie de lui qui est encore trop tiède, à quoi bon, à quoi bon ? Tout perdre ? La mort s'en chargera. Oui, la mort, combien de temps encore ? Un peu de patience, la grande créancière monte l'escalier quatre à quatre, elle frappe à la porte, c'est fini.

Alors, à quoi bon tout vouloir perdre quand tout vous sera pris ?

Il s'endort. Il est toujours à plat ventre. Celui qui parle maintenant, c'est l'homme tiède, non plus l'ange, le péché sous la peau, celui qui préfère dormir, non pas cette façon de fermer les yeux dans le lit du fleuve, ou de compter les étoiles avant de tomber de la falaise, non pas cette façon de s'offrir. C'est ce que la part tiède lui fait croire, c'est ce que cet être, "l'à quoi bon", susurre à l'homme fatigué :

"A quoi bon ? la mort s'en chargera, repos, patience et oubli."

Et puis l'ange parle à nouveau.

Non ce n'est pas s'offrir cela, se laisser glisser ce n'est pas s'offrir, s'offrir c'est autre chose ! Au nom de la beauté, au nom de ces heures d'éblouissement qui ont été données, au nom de l'homme, au nom de l'enfant qui jouait à briser les vitrines avec son lance-pierre, s'offrir c'est vivre encore, c'est mourir d'impatience, c'est la Soif proclamée.

Maintenant c'est l'ange qui parle à nouveau, c'est l'ange qui lui présente sa dette, puisqu'il n'a joui que de cet ange et que tel Jacob il n'a boité que de ce combat, c'est l'ange qui exige et écrase de son pied blanc l'homme tiède à visage d'à quoi bon :

"C'est parce que le combat est perdu qu'il est beau, c'est parce que la mort prendra tout quoi qu'il en soit, qu'il faut tout lui remettre. Ne pas ressembler à ces vieux imbéciles qui grimacent la sagesse, opinent sur la caducité et finalement ne croient plus en rien, cet enfer de la négation qui est l'avant-goût de la damnation éternelle. Réveille-toi ! Réveille-toi ! Ne te laisse pas mourir ainsi, accède à ta mort. Va à elle, dépouille-toi, donne tout, et laisse dans cet espace de blanc suave, laisse entrer la Miséricorde. As-tu une autre chance de miséricorde que celle qui chante à l'heure dernière ? Celle qui ne peut pas se transmettre, celle dont le mot Miséricorde est un reflet pâle et que l'on ne connaît qu'à l'encan d'une pauvreté infinie. Pauvreté infinie. Oui, car l'homme est ainsi, pauvre et infini, prends ta douleur et jette-la contre la porte de l'enfer, qu'elle les prévienne que tu viens, sans espoir, mais toujours debout, meurs debout !"

Il se lève, va à la salle de bains, regarde son visage dans le miroir. Il aime son propre regard, il aime les spirales noires de son sang, il aime être là, planté devant son image, et au fond du mercure du miroir, derrière cette image désossée, il voit l'enfant et le mourant dans un chant continuel.

"C'est beau."

Il a murmuré cela. L'ange terrible a joui de cette parole. C'est beau, ah ! S'il pouvait le dire encore, s'il pouvait le dire toujours ! Est-ce cela la Joie qui fait de l'homme un Dieu ? Non, c'est un pressentiment, mais il y a si longtemps qu'il meurt de soif, cette secousse, ce réveil de son âme déchue, ce surgeon insolent sur la souche noircie, c'est un Alléluia plus grand qu'il n'en a jamais connu. L'ange est là qui le soutient. Il voit. Il voit la beauté du monde.

Il voit la beauté du monde.

Il avance. Ses pas sur le marbre froid. Ses pas sur le tapis. Il ouvre la fenêtre, cette fenêtre usée, cette clenche polie par tant de mains, et dehors cet air de la ville, chaud remugle, fumée de travaux, vapeurs de goudron, et le soleil ! Le soleil, unique et première bénédiction. Il s'appuie à la balustrade, il sourit, c'est simple de voler. Enfant, oui, il savait battre des ailes ainsi et laisser son assentiment l'aspirer vers les hauteurs, il lui suffisait de mettre son torse à nu sous le premier soleil d'été, ce petit corps blanc, il lui suffisait de le laisser flageller par les branches de saule sous le vent du midi, il lui suffisait de laisser saigner ses pieds sur les diamants du chemin. Un morceau de caramel et la symphonie de sa présence était chantée par les kyrielles communiantes à la messe des choses simples. Un ballon, un son de cloche, l'odeur du crayon coupé, un pied qui cherche la fraîcheur hors du lit.

Cette poussière d'un gris si bleu…

La poussière de la balustrade, il y a si longtemps que nul ne l'avait caressée, et Paris immense, sous ses pieds et toutes ces heures où il avait attendu l'inspiration, et tous ces cafés, ces souvenirs, ces passions.

C'est beau, c'est beau.

Demain ! Demain ! Même s'il n'y a qu'un seul demain, quel espace magnifique, le possible au goût de cerise se contente d'une heure. Tout peut arriver. Il ne doit pas cesser de penser cela. Il ne doit pas cesser d'être penché en avant, il ne doit pas cesser d'être à la proue de lui-même, tout peut encore arriver. La mort est une hypothèse. Il a vaincu, pour un temps, il a vaincu l'Ananké, il a démêlé la tragédie, il est le maître du monde, au-dessus de Paris indifférent, au premier étage du ciel et de sa morgue, il rit, il rit à gorge déployée, la vie est rendue, le balcon de fer vibre sous son rire…

Il a fermé la fenêtre, il est entré dans la chambre, toujours la même chambre même si la brise odorante est là, odeur d'amour insoluble.

Il s'assoit à ce bureau qu'il hait, ce vaste désert d'un mètre carré, où l'a condamné une exigence irréelle, ce chevalet où rien depuis vingt ans n'est né qui soit digne de vivre jusqu'à un livre. Voilà les mains affreuses, maculées de sang et de sperme, son sang joyeux, son sperme amer, ces mains radieuses, croisées et décroisées sur un ouvrage absent. Les mains, encore et toujours, les dernières à avoir abandonné cette grande tâche qu'était raccommoder son destin, ces mains qui pianotent bêtement dans l'inquiétude et l'attente. Qui jamais dira combien les mains connaissent et disent l'inquiétude, alors qu'elles battent la mesure d'une musique inaudible, enfuie, déchirante.

Il n'y a presque rien entre le balcon de fer qui gracieusement surplombe le monde et cette table où le poème supplie qu'on le délivre derrière la page du néant.

Presque rien, quoi ? Deux mètres qui séparent.

Sur ses lèvres, et les mots avant qu'il ne les ait prononcés font pleurer ces yeux, sur ses lèvres, la question éperdue.

"Quoi faire de ça maintenant ?"

Il n'y avait que quelques pas de l'émerveillement à l'Ethique.

Il n'y a de l'espoir à l'action que l'épaisseur du papier.

Quoi l'empêche d'écrire ?

L'effroi.

Voilà l'effroi. La grande solitude de la responsabilité. Oh ! Maintenant qu'il sait, il ne lui coûterait qu'un petit effort de la main pour consigner cela, pas plus qu'un douanier laissant entrer la Joie étrangère au monde, sur un cahier bleu…

Promettre cela, promettre à tous, simplement, avec des petites phrases courtes, promettre qu'il y a ce qu'il a vécu sur le balcon. La Promesse n'est-elle pas plus forte que tous les engagements et n'est-elle pas plus irremplaçable que les subtilités dogmatiques où les religions contraignent l'Esprit.

Il élèverait sa voix harassée sur le brouhaha des temps modernes…

“J'ai vécu quelque chose et je jure que tout homme le vivra qui veut bien l'accueillir. Je promets cet instant qui n'est pas l'explication de la vie mais la vie même. Le Sens ! Son parfum épars, vous ne l'oublierez pas.”

Ce ne serait pas de la grande littérature, non, ce serait l'occasion de fustiger la qualité littéraire, la contemplation du chaos érigée en exercice stylistique, toute l'œuvre des Trissotins du Rien, qui brodent sur l'absurde, qui s'arrogent le droit de priver la littérature du devoir de sauver les âmes, ce ricanement insupportable des intelligences.

Lui, il s'élèverait sur cette ordure élégante, il ferait entendre cette voix ; la voix d'Alcandre, oui, c'est le moment de reprendre son nom de plume. Benoît Dambre est mort !

Il se lève et chante son Gloria : “J'ai quelque chose à dire !”

Non pas pour sa gloire personnelle mais parce qu'il ne peut le garder pour lui-même, parce qu'il tient cette bonne nouvelle qu'il a si passionnément attendu de pouvoir proclamer et qui lui interdisait d'écrire. Il pense à ce gospel magnifique qu'il a entendu un jour dans une petite chapelle de New York et qui s'intitule *Can't Keep it to Myself !*

Mais la main est là inerte, et près d'elle le crayon noir et, encore brûlants, ce devoir sublime, cette raison d'être, ce rachat par le geste d'écrire, ces multitudes qui attendent…

Quoi l'interdit ?

Et s'il défigurait l'ange en le forçant au nid ? Et s'il découvrait en écrivant que tout n'était que pathologies. De la chimie, le cerveau est fait de sucre ! Et s'il ne trouve pas les mots, c'est la preuve que tout n'était qu'illusion. Et s'il n'y avait aucun mot ? Un mémorial comme celui de Pascal, trois fois le mot Joie, cela suffirait. Mais le mémorial de Pascal était épinglé dans sa doublure, écrit pour lui et lui seul, pour le monde ce n'est pas un mémorial qu'il faut, c'est une élégie ! Une élégie ? Mais elle tombera en poussière au sortir de la chambre. La tête de l'éditeur ricanant qui refuse le livre.

Est-ce la peur ? La peur ! Il y a si longtemps qu'il n'a plus peur. Et de quoi au juste pourrait-il avoir peur, peur de brûler ses vaisseaux, peur de manquer sa sortie ? Non, ce n'est pas cela, mais il faut le secret, il sent qu'il faut le secret autour de sa pauvre jouissance, il sent que l'odeur angélique s'envolera s'il ouvre le flacon.

S'envolera ?

Non, elle est morte déjà. Elle est enfuie cette seconde de bénédiction, elle est morte, il n'y croit plus, il ne sait plus. Il tombe au sol. Au sol, encore une fois. Il se sent coupable, si désespérément coupable.

"Le vase est ébréché", il écrit ça.

L'eau lustrale il l'a contenue une minute, il a voulu la contenir elle est répandue, trop tard. Et à jamais, qui sait ? peut-être à jamais, dans le jamais des jours qui lui restent. Ecrire, c'était cela, cela, tenir dans ses mains l'eau qui sauve. C'était cela, mais ces mains ! Ces mains ! Si faibles et tremblantes et lâches…

Il pleure et ce n'est plus de gratitude, mais de haine.

Il n'écrira pas.

Il n'a rien vécu.

Silence.

Dans sa chute apparaît une dernière lueur. Tout au moins dire cela, a-t-il un ami qui veuille, qui puisse entendre cela ? Une oreille une seule, une oreille et un cœur digne de ce qu'il vit, ce soir même, un cœur ami qui pourrait recueillir le récit de cette âme exilée.

Ce soir, il trouvera peut-être au *Trap*, sous l'échelle de Jacob où montent et descendent les garçons transis, ce cœur qui mérite le sien et pourrait dans son écoute sauver le trésor dérisoire qui paiera ses funérailles.

C'est là que je l'attends.

VIII

DIALOGUE A VÉZELAY

J'ai retrouvé Grégoire à Vézelay un après-midi d'automne, un peu avant les vêpres. Nous sommes accoudés au parapet qui borde la colline inspirée, dans son odeur de terre humide si apaisante et belle. Au-dessous de nous, le printemps qui vient, le pays replié sur sa terre, vert et noir, abouché par ses marnes à une vérité première, le repos de la terre. La brume qui cache les bases de la basilique la fait flotter sur un froid délicat et serein.

En entendant la cloche qui appelle mon compagnon à sa prière du soir, je suis rempli d'une tristesse qui déborde. Cette cloche m'appelle moi aussi. Mais quel est ce destin qui veut que je l'entende et n'y réponde pas ? La plupart de mes contemporains nient la force encore claironnante de l'appel. Le moine est exotique, sa vocation désuète est nécessairement esthétique, on ne peut la concevoir inquiète, intermittente aventure. Mais c'est bien plutôt de ne pas répondre à l'appel qui est le profond mystère. C'est bien plutôt la matité de nos cœurs qui est à méditer, tandis qu'autour de ce petit nœud d'orgueil et de vide l'éloquence de la grâce… Et la question véritable est posée à ceux qui n'entendent pas. Pourquoi n'entendent-ils pas ? Quelle est cette force qui nous retient ? Le bonheur est là, il flotte sur son nimbe de brume et dans la bouche ce goût de clairon.

Mais c'est peut-être la peur de cette Joie qui dépossède, la peur de l'Accomplissement. Alcandre sur le balcon qui domine la ville et moi sur ce promontoire, quoi nous interdit de nous baigner à jamais dans ces eaux que nous connaissons sans les reconnaître comme notre destination profonde ?

Quoi ?

Je pose la question à Grégoire avec une naïveté qui le fait s'esclaffer.

"Quoi me retient ?

— Le péché, mon joli."

Et je ne savais pas que l'on pouvait prononcer ce mot de façon si amicale avec autant de douceur, comme on peut dire "mon corps". Il m'embrasse, et me pince le sein droit. Il se recule et sourit.

"Je crois qu'il faut que nous parlions un peu du péché, toi et moi. Qu'est-ce que tu imagines, que tu vas échapper à cette vieille formulation ? C'est que tu confonds le péché et la faute morale, pour un garçon qui a fait des études de philosophie et qui se fait frapper de temps en temps par un skinhead, c'est du gâchis."

Je n'arrive pas à croire que Grégoire puisse me faire une leçon de morale. Celui que j'ai connu à quatre pattes dans les toilettes du *Trap* léchant la merde avare d'un centenaire veut m'apprendre à relever sur son trépied la notion de péché.

"Le péché n'est pas la faute morale… Parfois la faute morale recouvre le péché mais le péché est une énergie pure et libre… il ne se laisse pas embrigader dans les affaires séculières… Le péché c'est la liberté, mais la liberté retournée contre son Libérateur.

— Quelle différence fais-tu entre le péché et la faute morale ?

— La faute morale est à l'égard de l'autre, le péché est péché contre moi, contre cette part de moi qui est l'enfant de Dieu et que j'ai liberté d'anéantir. La faute à l'égard de l'autre est en un sens une faute à l'égard de mon âme… mais reconnais que dans la débauche il est difficile de parler de faute à l'égard de l'autre. Je suis même à l'égard de l'autre assez généreux… mes petits amoureux… le problème est exactement le même pour une petite gourmandise et pour la destruction totale de son corps dans le plaisir. Il faut repenser les péchés capitaux. Certains d'entre eux ne sont pas répréhensibles moralement… la gourmandise… bien sûr il s'agit de la gourmandise à l'égard de Dieu mais aussi de la gourmandise, sans métaphore. La seule vraie question, c'est pourquoi manger sans faim ? Quoi mange, quand je mange au-delà de ma faim, quel est ce vide que je crois combler, n'est-ce pas une faim de parole que je trahis ? Non ce n'est pas le plaisir qui est péché, non. C'est de tenter par le plaisir de combler ce que seul la Joie peut combler. La question est de savoir si tu mets un M majuscule au mot Manque. Parce que ce Manque n'est jamais que l'empreinte inversée de la Grâce…

— Mais la faute à l'égard de l'autre est aussi faute à l'égard de Dieu.

— Oui. Parfois cette faute recouvre le péché de si près que leurs substances sont confondues…

Mais il est un autre péché, qu'aucune faute morale ne circonscrit, ce blasphème, cette liberté retournée contre elle-même, libre de refuser d'être libre, l'Esprit qui endommage l'Esprit et cette enveloppe charnelle de la faute morale n'est qu'une image de cette Faute plus terrible, de même que notre corps est une image de ce corps céleste qui veut vivre toujours.

— C'est quoi ? C'est quoi cette Faute majuscule ?

— Simplement ne pas répondre à l'appel. Simplement ne pas entendre. Ne pas vouloir entendre, gâcher ce trésor de liberté.

Reprenons l'étymologie du mot péché : «manquer la cible». Nous manquons la cible, nous remplissons nos oreilles de bruit pour ne pas entendre la cloche… Les désirs !

Mais ce qui est mystérieux c'est que cette manière de ne pas vouloir entendre trahit que nous entendons, que nous avons entendu. Cette cloche, je l'entends depuis toujours et au *Trap* tout autant. Au *Trap* plus qu'ailleurs parce que je vais au *Trap* pour assourdir son cuivre. Je crois fuir et je me jette dans Sa Main. Mais la nuit et la boue, plus j'en avale plus j'avoue que j'appartiens à cette cloche. Tu comprends mon joli ?

Ceux qui se roulent dans la merde sont les plus impatients de se rouler dans le Ciel.

Manière classique de retrouver la lumière en accumulant l'obscurité. Une lumière est venue dans les ténèbres et les ténèbres ne l'ont pas empêchée.

L'abysse où il faut descendre, quand le monde assourdit le chant divin, il faut aller là… là… plus profond plus loin, vers la matière, vers la douleur et le sommeil, vers l'ivresse folle, carnassière, il faut risquer, déchirer, mordre."

Il parle avec de plus en plus de douceur.

"Les puritains nous condamnent… c'est paradoxal. Nous ne commettons pas le mal, nous nous contentons de tourner le dos à Dieu, à un Dieu trop éblouissant.

— La plupart de nos contemporains ne connaissent pas ce que tu dis…"

Grégoire ne sourit plus. Le désenchantement du monde n'est pas pour lui figure de style, c'est peut-être qu'il aime l'humanité. Je l'ai vu pleurer vraiment en regardant des jeux télévisés… mais les récits de massacres le font sourire !

Il a repris son souffle.

“Plus terrible encore, plus proprement œuvre du Diable est cette indifférence fière d'elle-même. L'oubli est maître, le désespoir a pris le visage urbain du mépris, arrogance des miséreux qui se croient nantis, la question n'est pas même posée et le péché est une question. La société morale dicte sa loi logique, le bétail oublieux mange à la mangeoire hideuse du progrès. La question du péché n'est plus posée et cet oubli de la question est maquillé en liberté.”

Il appuie son ventre sur le parapet. Ses yeux rougis par le froid sont grands ouverts, son corps est basculé au-dessus du paysage. Il a ouvert les mains avec lyrisme, il a embrassé la brume et respiré fort et il s'est recroquevillé d'un coup.

“Une jeunesse défigurée se croit libre en rejetant aux ordures passéistes la férule du péché. Elle se croit libre de jouir, elle appelle jouir ce frénétique mouvement du corps acceptant la mort, elle jouit de sa dépossession, elle avale les déjections de ses pères sans songer à la révolte. Acceptant le péché, acceptant de combattre le péché, acceptant sa condition de pécheur elle accepterait un destin spirituel, acceptant le péché elle aurait encore cette chance de connaître la grâce.”

Il parle et ses mains tremblent. La barre de ses sourcils s'enfonce comme s'il venait de recevoir un coup au ventre. Parler lui demande un effort très grand, il a toutes sortes de grimaces qui disent sa déception de ne pouvoir dire parfaitement, de rester à la frontière. Un mouvement de la main éperdu…

“Ce n’est pas ça, c’est plus que ça, si je pouvais dire, dire plus…”

Mais il ne s’agit pas de dire, il faudrait faire partager, les mots l’écœurent, il fait une dernière tentative, mais déjà et bien qu’il prêche un convaincu, déjà, la rhétorique lui semble dérisoire.

“Comment leur rendre le goût du combat ? Ils ne voient pas l’ennemi. Les termes même de combat et de victoire semblent vieillis. Beaucoup sont plus rétrogrades et plus moralisants que moi, pourtant ils n’accepteraient pas qu’il y ait à leurs actes un autre juge que leur conscience. Qu’il y ait cette perte d’énergie première, cette perte de lumière essentielle, qu’il y ait ce refroidissement à la clef de leur alliance avec l’indifférence. Voilà le démon ! Le péché est un fils de Dieu racheté la nuit du Vendredi saint… mais l’indifférence ! L’homme d’aujourd’hui tourne le dos et ne s’effraie pas même de la grandeur de son ombre.”

Grégoire contemple la grandeur d’ombre de ses paroles et elles l’aspirent dans une méditation douloureuse. Douloureuse parce qu’il ne parvient à faire partager sa parole et que si elle devait m’apparaître dénuée de sens il valait mieux se taire. Non qu’il me sente fermé à ses principes mais c’est la source même de ses mots qu’il voudrait me donner à boire. Ce n’est pas convaincre qui est la passion du croyant, c’est de chanter si haut que la raison s’égare, il ne faut pas convaincre, il faut aimer… je sens qu'il ne parlera plus si je ne l'aide.

“Parle encore.

— Le saint reste dans la Joie.

— Tout ce qui n'est pas Joie est péché ?

— Oui. Chaque fois que nous mettons à la place de la Joie une autre jouissance, une rétribution de plaisir ou de tracas. Comment renoncer à sa douleur ? On peut renoncer à tout bien plus facilement qu'à sa douleur. Renoncer à sa douleur, c'est renoncer à cette marionnette que nous avons eu tant de peine à bricoler. Nous manquons la cible chaque fois que la flèche de Joie n'atteint pas le cœur de la Gratitude.

— Mais cette Joie à quoi la reconnaître ?

— On ne peut pas la confondre, elle donne son Nom.

— Et il n'y a que cela.

— C'est la seule chose nécessaire.

— Tout le reste est péché.

— Péché au mieux, rien au pire.

— Rien ?

— Rien, rien ! Le monde aujourd'hui étend son désert, son désert d'endormissement, heureux celui qui peut encore souffrir, les posologies virtuelles les plus extravagantes endorment la souffrance…

— Quelle souffrance ?

— Ne pas être un saint, voilà la terrible souffrance. Avec cette souffrance s'éveille la liberté.

— Tout est péché.

— Tout est péché qui éloigne de cette Joie. Ni bien ni mal, mais le feu ou le vide.

— Il y a bien des joies terrestres qui ne sont pas péchés.

— Toutes les joies terrestres sont une image de la Joie et peut-être aussi une part d'elle-même. Mais comment se contenter d'une part de Joie ?

— Mais les jouissances terrestres ne sont pas péchés.

— Non, pas en elles-mêmes, elles devraient même nous indiquer, nous donner image de cette Joie, une image qui contiendrait déjà un peu de ce qu'elle représente. Non, les jouissances terrestres ne sont pas aussi évidemment un péché que le mal.

Mais beaucoup s'accordent cette paresse délicieuse et en font leur chapelle, leur raison d'être, beaucoup érigent le plaisir du corps en religion qui ne voudraient pas jeter une pierre sur un vitrier. Non, le mal leur fait horreur, parce qu'il est encore trop spirituel. Aller jouer au baccarat la pension de sa vieille maman, jouir avec les cuisses mal cicatrisées d'une enfant asiatique vendue par ses frères, gratuitement désespérer une âme avec une fausse nouvelle, acheter la soumission de ses employés et exiger d'eux des tâches absurdes.

— Et tu préfères le mal, le mal radical à la tiédeur ?

— Qui juge ?

— De moi-même je suis le juge."

Grégoire se perd dans un souvenir, il a presque un visage de jouissance, il parle à bout de souffle, une inspiration douloureuse, le froid métallique de l'air dans sa gorge, le souvenir terrible dans son cœur.

"La police a arrêté un enfant armé, elle le frappe dans la rue, le sang décore les vitrines, et les boutiquiers attirés par les cris de la bête sans défense s'approchent, la sirène enivrante de la douleur du petit sauvage leur arrondit les yeux. Le policier qui n'aime pas beaucoup les peaux noires frappe avec une joie rassurante, il prétend lire dans les yeux du martyr je ne sais quel consentement mué en arrogance. Les habits sont déchirés et toute la peau désirable frotte contre le sol terrible de la ville. Et l'on voit, sorti de quelque trou anonyme, un vieillard inoffensif qui du bout de son parapluie vient à son tour donner le petit coup supplémentaire qui fait pencher la balance de l'horreur vers la violence originelle, la grande et majestueuse noirceur du mal...

Peu à vrai dire sont capables d'infamie et d'abjection.

En temps de paix et de prospérité, l'abjection gratuite, peu en sont capables. Et beaucoup admettent que face à de tels actes les idées de péché ont quelque chose de bon, de louable. Mais les mêmes thuriféraires de la morale n'admettent pas que ce matin ils ont trouvé le sens de leur vie, l'équivalent d'une joie mystique, en devenant acquéreurs d'un portefeuille d'actions tout neuf et du costume qui va avec. Le plus inexpiable c'est de désigner le monde comme son Ciel. Pourtant il n'y a qu'à lever les yeux, c'est le Ciel qui contient le monde.

— Il n'y a donc aucune moralité chez toi.

— Non. Aucune. Je ne suis pas soucieux de la justice des hommes. Que me sert de condamner et de punir ? Ce que je veux, ce que j'ai à faire moi c'est exalter les âmes. Oui exalter les âmes !"

Son bras me tire vers l'église qui chante. En courant il me dit à l'oreille.

"Mon père s'est toujours fait une gloire d'être en retard à la messe !"

IX

SYNTAXE DE L'HUMILIATION

Je suis au *Trap*, torse nu, au bar, Alcandre regarde mon dos, il passe sa main à l'endroit où Pascual a gravé son initiale, je sais qu'il n'y a plus rien.

Alcandre me ment, il dit qu'il voit encore quelque chose, une cicatrice blanche. Je sais qu'il n'y a plus rien et je le remercie de me mentir encore.

Le sourire d'Alcandre est l'expression même de ma tristesse, Pascual m'abandonne, la trace magnifique s'efface.

Au début de l'érotique, avant le vortex des plaisirs, dans le soupçon, il y a cette chose, cette chose désirante qui est la littérature.

Et si la littérature s'est si souvent vautrée dans des amours impossibles, c'est pour préserver cet instant de pure inspiration qui est identique à l'approche d'Eros. L'écriture est un moyen de préserver cette force pure qui dans l'amour promet de nous rassasier et dont nous voulons ignorer la désillusion tragique. Pascual en me soumettant à une passion toujours déçue m'enfermait dans ce paradis de tristesse de la littérature où gît peut-être la clef de notre présence au monde.

L'aporie qui veut que nous ne sachions convoiter et avoir d'un même élan, mais seulement soupirer dans le désir de ce que nous n'avons pas pour ensuite mépriser ce que nous possédons, cette aporie à laquelle la littérature est une illusoire échappatoire est en fait l'aporie de la mort sous un visage plus beau. De même que nous ne pouvons pas connaître la mort sans en mourir, il est au-delà de notre limite de pouvoir désirer ce qui est possédé. La poésie est l'acte par lequel nous nous tenons en deçà d'être rassasiés, préférant vivre dans l'or d'un départ inassouvi, d'un repas ajourné, d'un être jamais étreint. La poésie est ce lieu héroïque où nous affirmons préférer le désir à la possession pour, du haut de cet orgueil, nier la mort.

Pascual savait qu'il devait vivre dans ce lieu hors du temps, à la proue de toutes les tentations, là où ma passion le laissait intact et radieux, dans cet espace littéraire qu'il ouvrait et rendait inaccessible en incarnant cette figure toujours fuyante que je lui demandais d'être pour moi.

Il était mon salon rouge, cette utopie où je bois mon absinthe sous des lustres de cristal, cuivrés d'être presque éteints, enclos de tentures qui dissimulent les portes et les fenêtres et saturé d'œuvres d'art qui restent dans l'ombre.

S'il n'y a pas d'autre manière de vivre que de vivre poétiquement, il nous faudra rester au seuil de tout accomplissement et demeurer dans les lueurs sourdes de ce désir embrasé de pressentiments, là où le Possible est d'un or si pur qu'il semble être le ciel de notre rédemption.

Mais parfois il me semble que ce rêve de vivre toujours sur la grève de mon désir est une erreur autant qu'un scandale. Et ma paresse, ma lâcheté me deviennent visibles d'un coup, image dans le tapis qui sitôt vue ne peut plus être rétractée et défigure l'abstraction joyeuse des motifs. Non, je ne peux me contenter de ce soupir, ce soupir n'est pas ce pourquoi je suis venu, ma complaisance pour ce soupir est le frère borgne de la Grâce.

Ainsi je m'offrais à un amour qui devait être de plus en plus différé, qui réclamait une distance toujours plus infranchissable, un fil toujours plus tendu.

L'argent maintenant était entre nous.

Pascual voulait de l'argent et quand je lui demandais pourquoi, ce n'était pas par curiosité et inquiétude. Parfois même je craignais qu'il ne me réponde une raison véritable à l'odeur ménagère. Mais Pascual ne répondait rien, il avait prétendu une fois "s'acheter des filles" et cela m'avait semblé un faux-semblant. Peut-être parce que le motif que Verlaine dans sa correspondance avoue pour refuser de l'argent à Rimbaud est qu'il le dépensera "aux filles". Cette coïncidence littéraire m'avait semblé trop belle pour être vraie. J'avançais souvent des théories absurdes pour connaître un peu du versant nord de Pascual, elles s'évaporaient à mesure que je les prononçais. Pascual avait la platitude ensorcelante d'un décor de théâtre, rien ne vivait au-delà de la face qu'il me présentait je ne pouvais construire aucune ligne de fuite, aucune perspective où une famille, une attache et même un vice feraient le paysage d'une vie intime. Il n'était rien, ténèbres, au-delà de son aura, secret opaque de la splendeur. Une fois seulement il prononça une phrase d'une banalité si crue qu'elle apparut à mon oreille détraquée un incompréhensible code. Il avait le visage plus brun que d'habitude et je le lui avais fait remarquer…

"Je suis allé à la m… mer."

L'extrême simplicité de la réponse me laissait entrevoir une vérité insupportable. Pascual allait à la mer et, pire que tout, il avouait son plaisir enfantin sans honte et sans peur de briser l'image. Mais l'image fortifiée par son contraire (cette enfance retrouvée et proclamée) avait gagné en puissance. Il avait même bégayé le mot mer pour rajouter un peu d'émerveillement gamin. Une douleur était née, nouvelle et brûlante, j'étais pour la première fois jaloux. Avec qui allait-il à la mer ? quel était celui qui pouvait partager avec lui la douceur de jeux enfantins ? Par cette simple phrase, j'avais été nié, il affirmait que je ne serais pour lui qu'un jeu, il réservait la mer à un autre que moi. Et pour un autre que moi il n'était pas seulement ce bourreau splendide mais peut-être un amant.

Il me venait à l'idée qu'un autre le dominait, qu'il y avait peut-être quelque part un être qui l'avait dompté. Mais peut-être aussi Pascual avait-il parlé pour m'humilier, humiliation nouvelle, ce n'était pas assez qu'il ne me désire pas, il fallait qu'il puisse désirer ailleurs. Une fois de plus il avait trouvé moyen de m'échapper, d'échapper au rôle que je lui imposais, sitôt la petite phrase dite des larmes étranges étaient venues et Pascual les avait inspectées.

Il avait regardé mes larmes avec un sourire ténu mais précis. Une autre vie s'était donc dévoilée pour un instant, une vie diurne, une vie douce où la mer n'était pas métaphore de la mort. Où la mer pouvait être vue avec des yeux d'enfants qui ne rêvent pas de départs déchirants mais jouissent sans honte de la lumière et du sommeil. Le plus douloureux, quand dans la soirée j'avais tenté de me convaincre qu'il mentait, était de voir sur son visage bruni l'évidente preuve qu'il avait connu des heures de lumière avec un compagnon, qui sait peut-être même un égal. Avait-il posé son visage sur une épaule, et avait-il pris une main dans la sienne ? Cette pensée me mordait et j'atteignais une fois de plus à une de ces douleurs impossibles à érotiser dans lesquelles Pascual affirmait son absolu pouvoir.

Lui poser une question de plus était au-delà de l'équilibre, la sentence de son départ irrévocable planait toujours, une erreur mettrait en péril le temps qu'il me consacrait encore et qui s'amenuisait. Il ne m'emmenait plus dans ces chambres d'hôtel minables pour assister à l'humiliation d'un autre garçon comme il l'avait fait avec Ellert. Mon corps le laissait en manque d'inspiration, la plaie qu'il avait gravée au cutter s'était refermée et avait disparu, j'avais pensé l'entretenir, mais, inscrite au centre de mon dos, je ne pouvais l'atteindre. La disparition sans cicatrice de son sceau m'avait laissé hébété. Alcandre avait prétendu la voir longtemps avant que je ne devine son mensonge.

Il ne me restait donc que l'argent pour le retenir, j'étais pauvre, mais si la somme que j'avançais était importante pour moi cela suffirait peut-être à ne pas le voir disparaître.

Un soir, les lampes du *Trap* rallumées, je le suis, redoutant d'être vu, dans toute l'horreur imbécile de ma fièvre, je me jure de le suivre jusqu'à son repaire et là… mais il se retourne et s'arrête. Il a senti ma présence, deviné ma pensée misérable. Il m'indique du menton que je n'ai pas à le suivre, je suis à une dizaine de mètres de lui.

Je crie que j'ai de l'argent.

Il doute. Je sors de ma poche trois billets verts, je les exhibe et faisant ce geste je me trouve infâme, je sais qu'on ne l'achète pas, je crains qu'il ne disparaisse. Il s'approche. Il vient près de moi et s'assoit sur le capot d'une voiture. Il me demande ce que je veux. Je lui dis que je veux seulement une chemise. L'idée de lui acheter quelque chose m'avait sauvé dans ce moment de honte où je m'étais vu l'acheter, lui. Il se tait.

"Je veux une chemise. Une chemise sale."

L'idée d'avoir près de moi jour et nuit son odeur me fait bander à l'instant où je la formule. Il voit que je bande et fait non de la tête.

"Ça sert à rien… C'est f… fini."

Je ne le crois pas.

"Si je te vends… une chem… mise, tu foutras le c… camp ?"

Son but est de me voir mentir. Je dis que oui.

"Alors, dix… fois ça."

J'accepte sans savoir ni quand je le verrai ni comment je trouverai l'argent.

Tout n'est pas perdu, il y aura encore un épisode, j'ai trouvé un filon indemne, l'or peut encore briller dans les fanges de la rivière.

Mais je ne pourrai retourner au *Trap* qu'avec l'argent dans la poche.

Il s'éloigne avec ce pas rapide et précis, pas de celui qui court vers un rendez-vous vital, non plus le pas de celui qui ne va nulle part, mais le pas du fauve, le pas qui asservit la pesanteur.

Mon père supporte assez bien le mensonge d'une dette de jeu. C'est un peu trop romanesque, ça fait outrageusement mensonge et il pense que je veux préserver ma pudeur, ce qui est vrai et faux, et que l'histoire d'une dette de jeu cache autre chose de plus grave auquel le devoir d'un père ne peut se dérober. J'ai honte de le trahir. J'ai honte d'utiliser la corde du devoir paternel et de la faire vibrer sur une partition aussi monstrueuse. En le quittant je ressens une amertume dévorante, je tente de vomir dans un bistrot en m'enfonçant les doigts dans la gorge, mais je ne crache qu'un peu de bave bilieuse.

C'est de ce jour que je perds tout espoir de reconnaître en mon père un père. C'est de ce jour que je sais inavouable la part de moi la plus brûlante, que seul un père céleste peut entendre et pardonner.

Je suis au *Trap* tous les soirs, l'argent est sur moi dans la doublure déchirée de mon blouson. Un élastique bleu électrique enroule les billets. Je touche mon butin machinalement dans les heures d'attente. Deux semaines passent, le doute commence sa chanson, il a peut-être oublié ?

Cette nuit-là, je retrouve des amis de khâgne, nous rions de souvenirs nauséabonds qui nous rapprochent malgré moi, mais je ne me roule pas avec eux dans une nostalgie médiocre. Quand Pascual apparaît (il descend les escaliers de fer) j'espère avoir le temps de me débarrasser de la petite bande. C'est trop tard, il s'avance vers moi.

"L'argent."

Il attend. Mes faux amis n'ont pas la décence de s'éloigner, ils parlent plus fort, mais veulent assister au drame. Je tente une sortie, Pascual m'assoit sur mon siège.

"Tu ne l'as pas ?"

Je sors de mon blouson le rouleau de billets. Il le prend et le tient négligemment dans sa main.

“Ce n’est pas assez.

— Je n’ai plus rien, je te jure. Je te jure que je n’ai rien.”

Les spectateurs n’ont pas fini de jouir, la conversation fatique qu’ils avaient entretenue pour écouter plus à l’ombre commence à s’évanouir. Ils n’ont plus de honte à me regarder, à regarder Pascual qui tient les billets, l’obscénité les aimante, leurs canines brillent joyeusement. Pascual a conscience du public, il leur jette des regards complices. La sourde haine de mes amis (y a-t-il autre chose que rivalité et envie dans le cœur des jeunes gens ?) s’épanouit dans le silence que Pascual m’impose. Voulez-vous plus de sang ? Qui dirait non ? Plus de sang oui, de ce sang artériel, ce sang d’un rouge qui dépasse l’imaginaire.

“Comment tu as eu l’argent ?”

Mes amis respirent avec plus de fébrilité, la concision du drame est à leur goût. L’objet du commerce les tient en haleine, le roulement de tambour, le saut périlleux, la mort et le coup de balai sur la piste, ils aiment trop les livres pour ne pas savoir apprécier l’intrigue qui se joue.

Je pense mentir. Ne pas prononcer le nom de mon père. Pascual me regarde, pour me prouver qu’il a compris que je cherche une échappatoire, il pose nonchalant son bras autour du cou de l’un d’entre eux.

Je pense dire que j’ai vendu quelque chose, mais je sais qu’il voudra en savoir plus. Qu’est-ce que tu as vendu ? Je cherche à jouer deux mensonges à l’avance, sinon il me perdra, j’aurai vendu un bijou. Un bijou ? il fallait qu’il soit de prix, ça ne tient pas. Ma machine à écrire, des pièces anciennes, une collection de timbres, le temps passe.

J'ai trop attendu pour que le mensonge ne soit criant. La vérité s'écoule, avec une voix horriblement douce.

"Mon père."

Alors Pascual ajoute au jeu effrayant un geste de théâtre insensé. Il me prend dans ses bras très exactement comme s'il m'avait fait pleurer, il contrefait le remords, le caricature en me tapotant la nuque, il pousse des petits gémissements. Je m'enfonce dans son odeur, ses mains caressent mes cheveux, cette comédie de tendresse fait venir les larmes malgré moi. Il surjoue la compassion devant mes bourreaux, et dans ce simulacre de tendresse je vois apparaître la tendresse qu'il m'a toujours refusée, et qui sous le masque la représentant se donne, tout aussi angélique que la violence.

Mon corps tremble de froid. Je laisse retomber ma bouche dans le cou de Pascual, le contact de sa peau sur mes lèvres est au-delà de toute jouissance possible. Je ne sais toujours pas si je pleure vraiment ou si, acceptant le jeu de mon maître, je simule la douleur. Mes bourreaux me voient embrassant mon maître, embrassant celui qui vient de m'humilier, et je suis dans un tourbillon de fierté.

Pascual sans changer de position me parle à l'oreille. Mais suffisamment fort pour que les autres entendent.

"Ce n'est pas assez. Ta chaîne et ta montre."

Je me dépouille de la chaîne en or et de la montre. Je pose le butin dans sa main. Il tient d'un même poing serré l'argent, la chaîne et la montre.

D'un coup l'horreur de m'humilier devant ces témoins se métamorphose, voluptueuse, gantée, élégante, je me sens lavé de leur fausse amitié, ne faut-il pas apprendre à décourager les estimes qui nous encombrent ? J'aime qu'ils puissent témoigner de ma soumission totale, ils rempliront la boîte vide de leurs chambres d'amour avec ces minutes de splendeur qui ne sont qu'à moi. Effrayés de m'envier, ils découvriront cette part d'eux-mêmes qu'ils voulaient taire et ce sera le temps aveugle de ma revanche.

"Demain, à la même heure, ici."

Pascual désire-t-il révéler l'objet de notre transaction – il semble hésiter, il y a la demande du public impitoyable, clore le récit par une révélation odieuse, cela s'impose. Pourtant mon maître hésite.

Il met devant ma bouche sa main refermée sur mes trésors dérisoires.

"Embrasse."

J'embrasse son poing serré, j'embrasse les veines gonflées et le poignet où le pouls bat sa mesure calme.

Il sort.

La petite troupe des charognards n'a pas fini sa curée. Ils m'interrogent, sans mot d'abord et peu à peu plus précis.

Je sais que si je ne parle pas ils me tueront, ils me feront perdre ce court avantage d'arrogance que j'ai gagné en embrassant devant eux la main qui me frappe.

"Sa chemise. C'est sa chemise que j'achète, ça vous va ?"

Je triomphe. Ils s'éloignent, je ne les verrai plus, et même si je les retrouvais je ne saurais plus les reconnaître, ils ne sont plus rien. Il n'y a plus que la Chemise de Pascual. La chemise à fin quadrillage bleu, qui sent si fort, et laisse la pointe de ses seins apparaître par transparence. Je sais qu'il me la donnera, je ne doute pas de lui, m'humilier en me la refusant est trop convenu. Il me donnera la chemise, demain je m'endormirai dans son odeur. La promesse de ne plus le suivre ne m'inquiète pas. Je me parjurerai, il ne m'en coûte rien. Cette première aventure réussie ouvre de nouveaux possibles, je trouverai de l'argent. Ce qu'il veut ce n'est pas l'argent, c'est me voir m'agenouiller. Il me verra à genoux. Je peux tout. Je suis comblé. Comblé d'illusions, mais si le péché est de croire qu'une autre eau que celle de Dieu puisse assouvir notre Soif, alors je suis au cœur de ma mort et, que Dieu me garde, cette eau remplit ma coupe au-delà de l'Espérance et, force incomparable, elle m'abreuve encore aujourd'hui.

Pascual décide autre chose. Il n'est pas là le lendemain. Ni le surlendemain. Il apparaît la troisième nuit et me jette au visage un sac en plastique blanc. Pas un mot, pas un regard, je me surprends à espérer qu'il porte la chaîne et ma candeur me fait rougir. Quelques jours plus tard, je retrouverai la chaîne d'or au cou d'un garçon d'une beauté terrifiante, sans pouvoir affirmer que c'est bien elle.

"Tu l'as eue où ta chaîne ?"

J'avais louvoyé avant de poser la question. Je la pose en riant mais il se doute de quelque chose et ne répond pas. Ce silence me convient et j'imagine la scène de Pascual offrant le cadeau de ma première communion à son amant. La douleur me fait rire. Les taches de rousseur de la nuque délicate du garçon jouent devant mes yeux, il m'a tourné le dos, je vois le petit fermoir si difficile et j'imagine les doigts sublimes de mon maître dans un geste d'une délicatesse insupportable.

Je tiens dans mes mains le sac en plastique et je ne l'ouvre pas. Je marche dans la rue, mes lèvres murmurent "sa chemise".

Sur mon lit, j'ouvre le sac. Ce n'est pas une chemise, c'est un slip. On a fait entrer dans mes veines un venin paralysant, mes tempes bourdonnent, désormais j'appartiendrai à ce morceau de tissu.

Descendant toujours je quitte l'idolâtrie pour m'abîmer dans le fétichisme, une vénération aphasique où je sais tout perdre.

Sale et odorant.

Mais je réduirai la puissance du fétiche en en faisant un oripeau de sa présence, c'est bien plus que sa trace que je désirais flairer, bien plus que son intimité que je voulais violer.

Le fétiche commence alors sa vie propre, sa puissance s'élargit jusqu'à l'oubli de la source, il crée autour de lui un monde dont il est la clef unique.

Cette clef ferme toute porte et n'en ouvre qu'une. Sorcellerie vérifiée, le fétiche, dans sa proclamation de la mort, nous fait aimer son immobilité, nous fait abdiquer toute forme d'amour tourné vers le vivant. Mais avant tout ce fétiche est odorant. Le fétiche dégage toujours un philtre, imaginaire ou réel, dans le cas présent, je suis bien en peine de savoir si l'odeur après des jours à la respirer existe encore.

Tous les soirs en m'endormant il faut que je me répète "le slip de Pascual" pour trouver le sommeil, réveillé en pleine nuit plusieurs fois je ne saurais dire si je me rendors grâce à cette pensée ou si c'est justement cette pensée qui me réveille. Je me réveille, je m'agenouille devant le morceau de coton blanc, je l'embrasse, n'y laisse pas trop longtemps la bouche de peur de corrompre son odeur, je jouis.

La roue obsédante de cet objet, son inertie gorgée d'aura défient toute logique, l'instant où je bois cette odeur semble être une ouverture, un puits dans le temps, un "instant infini".

Oui, ainsi, détruit, en apesanteur, libre par ce lien fou, comblé par ce rien de l'odeur.

Je formule cette odeur comme "L'or", l'or de Pascual, son essence, tout de lui et rien de lui. Et c'est dans cet or que je m'abstrais, jusqu'à ce que le fer de la jouissance me fasse monter dans la bouche ce goût de sang clair qui dit que tout est fini.

Je suis assujetti à ce slip bien plus encore qu'à lui, l'or même de ce veau d'or, associé à l'or de l'urine et à l'or de sa peau ; l'or liquide devient là vapeur d'or, odeur lumineuse, odeur de parole, encens. Encens est parfait, le slip figurant un encensoir mais un encensoir qui ne désignerait que lui-même, serait messe à lui seul, un encensoir vivant, je songe avec terreur que cette odeur est vie, mortelle. Mortelle puisqu'elle s'amenuise de jour en jour, disparaît et m'endort dans une tristesse sans fond.

Idolâtre fou de cette odeur de pisse et de sueur et de sexe que son slip recueille, recueille au creux de son soupir pour un message éternel que je suis le seul à pouvoir comprendre, je ne me vois pas mourir.

Une odeur, s'agit-il d'un être ? oui, d'un être puisqu'il meurt, de l'Etre tout entier puisqu'il n'a pas moins de prestige à témoigner de l'être que n'importe quel être. Peut-être même plus, car nous sommes là aux grandes limites de l'être, une odeur est-elle un être ? suffit-il qu'elle s'évapore pour être, mais elle est plus qu'une trace, qu'un tracé, qu'un symbole, elle est dans l'indicible et n'est-ce pas toujours l'Etre absolument qui se donne en se retirant du langage ? Dernière limite du vivant, dernier être, elle est pourtant faite de fibre de chair et de substance charnelle, mais elle est déjà en voyage, recelant toute l'évaporation de sa source.

C'est donc bien plus que Pascual que je renifle à m'en défigurer, c'est sa mort elle-même ; la pierre noire, son histoire.

Enfin je constate que le mot slip que je dis avec tant de volupté est aussi *sleep*, sommeil, ce qui me berce la nuit et je dois alors reconnaître la puissance incontestable du fétiche de croiser encore et encore les armes du désir et de la mort…

C'est pendant les semaines qui suivent que l'abrutissement de ma volonté arrive à son comble. Pascual disparu, son odeur disparaissant, l'ascèse inversée de mon vice me conduit au point de non-retour.

Le désir est maintenant sans autre objet que sa propre survie, l'abstraction me place à un lieu de moi-même où il n'y a plus rien, ni plaisir ni douleur. L'odeur est-elle encore présente ou rêvée ?

Les dépendances chimiques ne sont pas poétiques, il faut vivre cet anéantissement de la passion pour espérer entendre un peu de la parole damnée du joueur. J'atteignais un état imperméable aux tentations du monde (puissance ?), le monde n'était plus qu'un morceau de tissu sale dont l'odeur me réduisait à un animal. Tenant d'une main le roman que j'écrivais et de l'autre le slip de Pascual, je jugeais ma vie dans la balance exsangue de cet asservissement. Le désir était devenu besoin.

Je jette le livre dans une poubelle, je ne me retourne pas, je jette avec lui mon carnet d'adresses et mon agenda. Je veux vivre enfermé dans ma chambre, le fétiche sur le visage. Je reste ainsi, plusieurs jours, gisant sous le voile, comme ces statues non encore inaugurées je ne ressens ni gloire ni opprobre.

Je ne mange plus, mon cœur ne bat plus.

Je n'ai plus faim d'autre chose, la nourriture a pour moi un goût de charogne, le pain seul m'est encore supportable. Je me lève, descends à la boulangerie, avale des morceaux de pain et remonte me coucher, le visage masqué par le fétiche.

C'est grâce au pain que je survis, dans une démence que j'agrandis avec pour point d'ancrage l'adoration du fétiche dans un océan de dégoût. Le dégoût pour moi-même a trouvé sa liturgie la plus puissante, couché sur le dos, je respire à travers l'étoffe l'air néfaste du monde. Je suis mort ? Il n'y a plus de larmes donc je suis mort.

De ce songe sans vagues, c'est Pascual qui me sauve.

Un soir de pluie, toujours au *Trap*, c'est lui qui rompt le vœu de silence. Il s'approche de moi et me prend dans ses bras avec la même douceur feinte et réelle que le soir où j'avais acheté le fétiche.

"Tu es ma petite pute."

Je reviens à la vie.

Je baisse mon pantalon et je lui montre que je porte le fétiche. Mon odeur avait remplacé la sienne, ce que je trouvais plus supportable que sa disparition, je pensais plus exactement que mon odeur ressuscitait la sienne.

"Il me faut de l'argent encore. Ce soir. Tu vas sucer un mec."

Il me fait monter les escaliers et je vois l'homme à la perruque qui attend en frottant ses dents avec son index.

Ils m'entraînent dans un des box, je m'agenouille.

Pascual est derrière moi, il me tient par les cheveux. Je n'ai aucun dégoût en avalant la bite de l'homme le plus repoussant qu'il m'était possible de rêver. Pendant que je suce j'entends le bruit des billets au-dessus de ma tête. Sitôt les billets empochés, Pascual disparaît. Immédiatement le goût atroce de la bite m'envahit et j'arrête de sucer.

"Si tu ne finis pas je lui dirai."

J'ouvre la bouche.

L'homme à la perruque met un temps très long à jouir, dans mes cheveux un foutre transparent. Il se rhabille à toute vitesse. Son regard haineux apparaît, je connais ce regard, c'est celui qu'il a en présence d'Alcandre.

"Je dirai à Alcandre que je t'ai eu, ça lui fera mal. Tu me dégoûtes. Toi, qu'est-ce que j'ai à faire de toi ? c'est Alcandre, que je veux. Tout ce qu'il a je le veux.

C'est comme ça depuis toujours. Depuis toujours, je suis l'ombre d'Alcandre et l'ombre grandit, et je le tuerai, je me roulerai dans sa charogne, je lui ferai dégorger ce qu'il m'a pris. Il m'a tout pris. Parce qu'il était beau, tu l'aimes toi aussi, tous l'aiment, ils l'aiment parce qu'il est libre, sa liberté ricane, mais elle vit. Sa liberté, c'est mon enfer tu comprends, c'est mon enfer."

Il cache ses yeux.

"J'ai mal parce que je n'ai rien eu, rien. J'ai léché les bottes de tous et je n'ai rien eu. Tu pourras lui dire à Alcandre qu'on t'a bien baisé, on t'a bien baisé, on a bien rigolé, tu sais, on a rigolé."

Je ne crois pas à ce qu'il dit. Pascual ne rit pas de moi, il ne peut pas faire ça. J'ai un sursaut d'orgueil.

"Je m'en fous, je suis sa pute, il m'a dit que j'étais sa pute."

L'homme rit. Il n'y a pas le moindre son qui sort de sa bouche mais je vois qu'il rit. J'ai peur.

"Rends-moi mon slip."

Je ne comprends pas.

"Le slip qu'il t'a vendu c'est le mien."

Il ne rit plus. Il a l'air écrasé par sa victoire.
Je doute. Je doute d'une trahison aussi grossière. Quoi le prouve ? Mais ce visage de victoire ne semble pas mentir. L'enivrement de la rage s'efface, il ne lui reste plus que la conscience de son vide, une tristesse écœurante le pousse vers l'abîme.

Sorti du *Trap*, j'enlève le fétiche adoré, debout entre deux voitures, je le jette et je le regarde au sol. Immobile à demi nu, indifférent à ma douleur, je vois au sol le vestige sali, replié sur lui-même. Je ne peux pas le quitter du regard, il doit y avoir réponse, il doit y avoir réponse…

Et la folie est avant tout solitude, et la solitude est repentir de la mort, tout ce que j'ai vécu n'a pas plus de valeur que ce chiffon brûlé ? Mon visage avait-il cette moue d'orgueil du damné, la dépendance à ma drogue avait-elle fait de mes yeux deux abîmes ?

L'impasse littéraire se referme sur ses arguments vénéneux, Pascual prétendant m'ouvrir le monde avait-il déchiré la voile de mon navire ? Et s'il fallait changer de plume et ne plus dire mon histoire qu'en absurde cauchemar à la manière des dévoyés repentants ? Non ! Non, je préférerai toujours la splendeur du crachat aux bijoux de la morale. Je voulais connaître un lieu où le monde confesse qu'il n'est qu'une image, je suis privé du monde, l'image déchirée à mes pieds sent la charogne.

L'effroyable dispute "ai-je vécu ?" me tenait dans sa tempête, en suis-je jamais sorti ? Le péché est-il cette girouette qui indique le vent salubre ? Mais le piège avait enfoncé ses dents souriantes dans ma délicatesse, et plus le vide de mon aventure m'apparaissait plus je me sentais attiré par elle, si bien que lavé de toutes les mystiques, plus désespéré et froid, véritablement réifié, je ne pouvais que réclamer une dose plus forte d'ivrognerie masochiste. Alors que, la veille encore, j'espérais découvrir un royaume dans les théâtres sévères de Pascual, je ne voulais plus m'y adonner désormais que par manque d'imagination. Le péché se propose toujours comme remède au mal qu'il a créé, il est vrai que le mal et le remède sont souvent de la même chimie, mais ce qui les différencie est simplement une valeur quantitative. J'étais allé trop loin, j'avais demandé à Pascual plus que je ne pouvais supporter, quelque chose dans ma gaieté aventureuse s'était brisé, j'allais maintenant souffrir d'un mal sans lumière.

La troupe des damnés montait vers moi et me prenait dans sa fratrie insupportable, mais j'étais l'un d'eux. Comment Grégoire faisait-il pour échapper avant la morsure fatale, ce va-et-vient du bordel au cloître le préservait-il de jamais être la proie d'aucune chimère ? Je me souvenais des premiers jours où la passion de Pascual m'exhortait au travail et à la pensée. Comment se peut-il que je sois tombé au fond du piège creusé avec mes mots, comment se fait-il que je ne puisse pas en sortir, que je ne veuille pas en sortir, que j'accepte cette dégradation les yeux baissés, les mains mortes ?

L'homme et la raison font un attelage grotesque, il fallait que je retrouve Pascual cette nuit même et qu'il me frappe à mort.

Je tombe, mes genoux frappent le bitume, j'entends le bruit de ma tête qui a heurté le trottoir. Mon visage frotte dans l'huile de vidange. Les larmes ne veulent pas venir. Les phares d'une voiture me réveillent. Découvrant qu'il est sur le point d'écraser un corps déculotté, le conducteur vient me relever. Dans la lumière jaune je vois son visage vague. Il me dit les phrases de la charité minimale, la façon qu'il a d'être désemparé devant ma bite sale m'attriste, et je cache mon sexe entre mes mains. Je le remercie, il part, je me rhabille, je retourne au *Trap*, je le cherche, entre les corps en sueur, dans l'ombre, je ne le trouve pas, je me dis qu'il y a une chance étroite qu'il soit sur les quais. Je prends la direction de la Seine et je cherche sa silhouette au crâne rasé, je crois l'apercevoir dans le tunnel sous le pont du quai Voltaire, je crois le voir aux Tuileries, à Austerlitz, aux entrepôts de Bercy…

Toute la nuit je le cherche, je m'endors sous le pont de Suresnes. C'est un rat sur ma cuisse qui me réveille, la peur me remet debout. La journée passera à attendre le soir.

X

L'ENFANT D'ALCANDRE

Les repentirs désignent en peinture les premiers tracés, brouillons abandonnés, crayons effacés de l'œuvre à venir.

Il semblait à Alcandre, depuis l'instant de pure éternité qui l'avait envahi sur le balcon, que les repentirs de la Providence avaient été nombreux pour atteindre en son cœur la forme idéale de sa présence au monde. Tout n'avait été que brouillons, ses amours, ses travaux, ses gloires. Il devait se préparer à une œuvre parfaite dont le sentiment connu sur le balcon avait été le premier indice, à force d'errance.

Savait-il qu'il ne pouvait s'agir que de sa mort ?

Oui, mais d'une mort telle qu'il l'avait souhaitée, parfaitement rythmée, parfaitement virile, enluminée de la perfection du Pardon et de la Joie.

Une mort par excès de Sens, le corps gorgé de Promesses s'endormirait alors, mais non plus de cette fatigue pleine de rancœurs, s'endormirait de son propre sommeil, le corps…

Oui, la mort d'Alcandre ne pouvait être qu'une victoire et si souvent à sa table de travail, tentant de saisir le fil d'un pressentiment pour le jeter dans une œuvre incomplète, il avait tracé les fusains de cet acte qui serait pour lui seul. Il serait le vainqueur, il suffisait de sauter, de sauter à l'instant juste, de plonger dans l'assentiment et, un instant, de voir par-dessus les collines et les cimes le paysage radieux... Poésie désuète, peinture vieille, toutes les images se rejoindraient dans ce sourire de la dernière chance.

C'est ainsi qu'il rêvait une mort d'empereur.

Je lui parlais longuement de cette beauté qui ne sait pas se dire, qui est le rythme seul, la prosodie de l'Emerveillement. Il pensait que lui et moi, à force de conversations ridicules, nous nous étions armés pour affronter cette Joie dont il avait parlé au premier jour. Mais toutes les turpitudes jolies où nous nous roulions entre deux disputes, que valaient-elles ?

Parfois Alcandre invectivait en riant cette impasse, ce mur noir qui fermait *Le Trap* : "L'ombre, encore l'ombre et puis un mur, la belle aventure ! Et tu sais ce qui est écrit sur le mur ? A quoi bon. Il est écrit : «A quoi bon» en lettres de sang, mais, il fait trop sombre au fond de la boîte et tu ne peux pas le lire."

Mais parfois aussi il semblait avouer que l'aile de la colombe ne se poserait qu'une fois les désirs bus, les passions consumées, et qu'il fallait lécher cet horizon tronqué, le mur visqueux de la dernière *back room*.

Et c'est dans ces conversations légères que je prenais un peu de hauteur sur mon désastre, je n'avais pas encore franchi ce mur, Pascual ne m'avait pas encore libéré de son piège.

Je lui demandai si à son avis Pascual était une image ? Une image ou une icône ? L'Expérience que je vivais devait-elle se comparer à une autre grâce plus grande ? Je le croyais.

Mais Alcandre avait une théorie sur la comparaison qui était, disait-il, l'aboutissement de ses recherches.

“La littérature n’est peut-être qu’une tentative de compréhension du mot «comme». Cette tentative ne touche pas seulement la stylistique, elle conditionne le rapport d’un être, disons d’un narrateur avec l’extérieur, disons le monde. Il y a trois définitions possibles. Comme veut dire «à la manière de», c’est la métaphore et ce que nous vivons sur Terre est peut-être métaphore d’un autre combat, céleste. Mais faut-il comprendre cette image comme détachée, séparée, imperméable à ce qu’elle compare ? La métaphore donne un objet pour un autre, le monde du commerce est le monde des métaphores et c’est en quelque sorte le monde protestant dans lequel nous tournons en rond.

(Il avait pour les protestants une dent acérée.)

L’autre définition tendrait à entendre ce comme dans le sens d’«également». «Autant l’un que l’autre.» «Pareillement.» Ce n’est pas une image c’est une identification, une égalité mathématique. Si la Terre c’est comme le Ciel, c’est donc que le Ciel est sur Terre et qu’il n’y a pas à hiérarchiser le profane et le sacré. Tout est confondu. Il n’y a plus d’accès à rien. C’est le matérialisme. C’est un monde d’ennui.

La troisième possibilité est en quelque sorte la somme des deux premières. «Comme» peut dire «à la manière de» et «de la même substance». C’est la métonymie en stylistique. Sur la Terre comme au Ciel, veut dire que cette image que le Ciel nous donne, la Terre, n’est pas seulement une image mais une part de sa Totalité. C’est là que la catholicité est indépassable. Ce que tu écris n’est pas une métaphore de ta vie, tu écris ta vie, c’est une part pleine et entière de ta vie, mais cette part donne image de la Totalité. Cette part est la part de la totalité que la Totalité s’est choisie pour se figurer. Dieu a élu le visible, l’Intemporel a élu un temps pour s’y figurer. C’est en cela que l’on ne peut pas naïvement récuser le visible, c'est en cela que le mal ne peut être mis à l'écart de notre expérience. Le visible figure l'Invisible et le visible est une part d'Invisible. L'écriture n'est pas une signalétique, ni un mystère, elle est un dévoilement du mystère, par cette part de lui-même qui veut bien s'offrir à nous. Toute chose est totalement matière et totalement figure, totalement mortelle et totalement immortelle. Mais la raison n'accède pas à ça. Nul besoin de raison, cette hypostase de l'éternité et de l'instant, nous la savons, nous ne saurions pas ne pas la savoir. Il y a du sang dans le signe !"

Il y a du sang dans le signe et Pascual est donc bien plus qu'une image, il est une part de cette Soupçonnée (la Vérité), dont il est la présence manifeste. De cette parole, je pouvais commencer une vie nouvelle. C'est le lendemain que je retrouve Alcandre au sol, à demi nu, dans un des box du *Trap.*

"Sur la Terre comme au Ciel."

Il répète cela inlassablement assis dans le noir. Je le reconnais à ses mains de cep martelant l'impatience de sa pensée dans un rai de lumière.

Alcandre ?

Je sais que c'est lui. Et j'entends sa voix qui murmure plus fort "sur la Terre comme au Ciel".

Il apparaît, le visage est contracté et inquiet, il a des perles de sang au coin des lèvres.

"C'est rien, je suis tombé. Je crois que quelque chose m'arrive, mais je ne peux pas regarder tes yeux, l'ange disparaîtrait."

C'est vrai, il évite mon regard.

Je sais de quoi il parle, il est sous le coup d'une pensée haute, une de ces pensées qui ont la présence d'un être et qu'il faut adorer.

"Sur la Terre comme au Ciel."

Dans ce moment-là croiser le regard d'un autre briserait l'équilibre de transparence, romprait l'éclat du mercure. Tant que la Chose n'est pas formulée, il faut la préserver de la présence d'un autre.

"Emmène-moi, marchons, l'air froid m'aidera."

Deux fois j'essaie de le relever mais je ne peux pas. Il marche sur son pantalon défait, et tombe.

"C'est beau !

— Quoi ?"

"Ce que je viens de comprendre est si beau. L'émotion esthétique… comment est-elle possible ? Voilà la question. La question, c'est l'esthétique. Parce que ça, nous le connaissons vraiment. La mer, les étoiles, l'arc de la nuque de ce garçon… cela nous a crucifiés, pourquoi ? Je te disais hier que nous devons aux catholiques une extension du «comme», un autre rapport à l'image. Mais il y a plus. J'étais en train de regarder deux enfants qui s'enculaient et la nuque de celui qui se faisait prendre, cette nuque si parfaite, un arc cistercien, cette courbe, la courbe de la Terre, l'arc de feu, cette courbe m'a ramené à Dieu. Oui. S'il y a émotion esthétique, il y a Dieu. Sans quoi tout n'est que commerce, échange de valeurs, culture… Mais cette chose absolument gratuite, donnée, la Beauté… Quoi en nous y répond ? Quoi en nous s'ouvre dans la contemplation du ciel ? Les âmes blessées quand elles lèvent les yeux vers la Voie lactée, comment font-elles pour voir encore autre chose par-delà la blessure. L'art n'est pas fait d'images. La *Trinité* de Roublev, San Marco, *Le Baptême du Christ* de Piero della Francesca, ce ne sont pas des images. C'est une part de la chose, qui est La Chose, et dont il faut qu'il y ait une part en nous pour que l'aimant agisse. Pourquoi chercher plus loin ? Il y a la *Trinité* de Roublev, donc il y a Dieu. Tu comprends ?"

Le lendemain nous sommes au Grand Palais, une exposition sur les primitifs.

C'est un petit format au fond d'or gravé de rosaces, une Vierge à l'Enfant, manteau de cobalt, visage au *verdaccio* où la moisissure perce sous la carnation de fleur. Un anonyme florentin a tracé autour du visage une ligne qui le détache du fond ouvragé, le Christ a le regard étonné d'un enfant qui fait le premier pas, à son cou la langue rouge d'un corail est faite d'un seul trait de pinceau, d'un jet tranchant, aveu de la peinture, préfiguration de la Passion, tache de sang, tache de pigment, pendue au cou du Sauveur. La Vierge, dont le manteau a perdu ses replis, porte à son épaule une étoile gravée, un chardon stellaire qui, plus que son nimbe, est le signe de son élection.

Alcandre aime ce tableau d'un amour déchirant. L'exposition qui l'a rapatrié d'une collection américaine l'a relégué dans un recoin, trop tardif pour illustrer les propos savants sur la peinture primitive, trop archaïque et orthodoxe pour appartenir au cycle de la Renaissance. Tous les jours depuis l'ouverture de la rétrospective où il était venu par ennui plus que par désir, il vient y faire ses oraisons. Dans ce coin de l'exposition, il n'y a que nous, l'odeur d'Alcandre, sale horriblement depuis quelques semaines, depuis qu'il sent la mort le talonner, cette raideur inquiétante, cette psalmodie, toute son allure repousse le public qui piétine dans le bleu et l'or des *tempera*.

“C'est heureux qu'il y ait une fenêtre.”

Alcandre me pousse vers le petit carré de bois où tous les soirs il rafraîchit son âme. Il est caché derrière moi et, une main sur l'épaule, l'autre appuyant dans mes reins, me pousse, d'un coup, puis me fait reculer, me fait faire un pas à droite puis à gauche, il cherche l'angle idéal où la lumière de la fenêtre réjouit la couche d'or sans aveugler la figure.

Voilà !

Il a trouvé le point exact, la petite surface de bois se détache brutalement du mur, le Christ et la Vierge s'envolent dans l'embrasement, derrière eux un puits de lumière liquide vibre à chaque battement de mes cils. Mais c'est quelques secondes plus tard que le mystère apparaît, la rétine ayant achevé son acclimatation, on voit alors disparaître toute matière, derrière la mère apprenant à son enfant le premier pas dans le monde.

Elle est retrouvée l'éternité ! La Vierge à l'Enfant est peinte non pas sur une surface d'or mais sur l'avènement de la lumière, suspendue, inaltérable, imputrescible. Peinte sur notre iris même.

La Vierge fait ce geste d'une simplicité déchirante, elle tient le pied droit de l'enfant et le guide vers ce premier pas qui est le rachat du monde. De sa main gauche l'enfant repousse sa mère et semble se projeter en avant. Pour accentuer la perspective et le déploiement théologique, un parapet sur lequel le Christ posera pied semble le bord en trompe-l'œil du tableau, si bien que d'un seul mouvement l'humanité du Christ s'affirme appuyée sur l'humanité de sa mère vers l'humanité qui l'attend.

"Oui, Il vient."

C'est donc sa conversion inavouable dont la peinture était la preuve, l'empreinte et l'étincelle qu'Alcandre voulait me faire entendre. Une pudeur d'enfant l'empêchait de prononcer ce mot démodé de conversion. Il avait conclu qu'il ne pouvait y avoir de Sens qui ne sache se soutenir d'une présence. Cette Réelle Présence, l'art ne fait pas qu'en témoigner avec nostalgie, il en est la Comparution et la Gloire. C'était le sens même de ce premier pas que la mère aidait son fils à accomplir comme hors de la peinture, hors de l'image, vers celui qui est prêt à le recevoir dans ses bras, nous-mêmes, nous qui contemplons, jouant pour un temps sur l'autre versant de l'apparition le rôle du père aimant.

Alcandre ne pouvait plus parler. En trois mots il avait tout dit, le tremblement de sa voix ne pouvait pas me tromper.

Il approchait. Un sourire nouveau, soustrait à la grimace d'ironie et de dégoût qu'il nous imposait pour cacher sa vraie nature, s'épanouissait discrètement, visible seulement pour ceux qui croyaient à sa Rédemption.

Ses théories sur l'image se faisaient Expérience, pourquoi chercher plus loin ? Il avait trouvé que l'émotion artistique, lavée de tous les simulacres culturels, était la parousie d'un vivant qui ne pouvait être que bon. L'Amour supérieur, il en reconnaissait la braise oubliée dans son cœur de cendres, cette fois il ne jouait plus à mépriser la vie, il rendait grâce d'avoir un corps, il mourrait avec la certitude qu'une part de lui vivrait, il considérait en riant ces errances philosophiques où il avait cru qu'il pouvait manipuler les images et les signes. La danse vide de son intelligence avait épuisé tous les concepts sans trouver la goutte d'eau que les damnés veulent lécher au doigt de Lazare. Mais le simple chemin de l'enfance, toujours impeccable, n'avait jamais cessé de conduire à l'émerveillement fondamental.

L'exposition ferme, un jeune vigile à lèvre martiale nous fait signe que l'on va éteindre, nous sommes destinés Alcandre et moi à vivre notre amitié aux heures de fermeture sous l'œil d'un garde ponctuel toujours plus beau.

Nous nous en amusons. Nous marchons sous les châtaigniers des Tuileries. Déjà les ombres quêteuses cherchent des corps nouveaux pour brasser leur néant. Mais Alcandre, lui, ne cherche plus.

"Je n'ai plus d'argent. Je dors à l'hôtel, le patron est un vieil ami, il me laisse une chambre, mais c'est un lit à une place, moi j'aime dormir en croix, il y a toujours une partie de moi qui tombe, un pied, un bras dans le vide, ça me réveille. Je n'ai plus un sou. Plus rien. J'ai abandonné mes droits d'auteur à mon fils. Il y a une réédition de mes premiers romans, j'ai appris ça, mais je ne gagnerai rien. Je n'ai plus rien. Je radine sur tout, c'est horrible. Les garçons, la drogue ça m'a ruiné. J'ai vendu ce que je pouvais vendre, ma mère avait une maison dans le Midi, les bijoux, une croix en diams. Ce n'est pas grave puisque je vais crever. Mais le patron de l'hôtel est en phase terminale, quand il mourra je serai à la rue, ses héritiers me vomissent. J'ai des amis, mais je ne peux pas leur dire la vérité. Je pense que l'extrême pauvreté est l'église où je dois mourir. Il me reste ce luxe d'aller voir le Christ marchant vers moi. La Vierge. Pourquoi la Vierge fait-elle rire mes contemporains ? Eux qui sont si soucieux de l'image de la femme ; c'est pourtant simple, la Vierge c'est l'humanité qui donne naissance à Dieu. C'est de notre temps, une femme qui figure l'humain, qui figure l'humain accouchant de Dieu, c'est pour notre temps.

Etre pauvre ne me fait pas peur. C'est même un soulagement. C'est un soulagement indicible.

L'enfant va partir en Amérique, le tableau je veux dire, je n'irai pas à Boston pour lui rendre visite et puis à Boston je ne suis pas sûr qu'il y ait cette lumière filtrée par les châtaigniers mouvants. La Seine. Si je me tuais… à quoi bon ? la mort vient. Je me tuerai de toute façon. Je veux dire qu'il y aura un acquiescement. Je ne dois plus me soucier que de cela. Me suis-je jamais soucié d'autre chose ? Je dois me préparer à cet acquiescement. Tout ce que j'ai fait est une répétition, mon chef-d'œuvre vient."

XI

LA PASSION D'ALCANDRE

Le lendemain Alcandre est moins fort. Malade toute la nuit dans ce lit court qu'il déteste, ne sachant qui appeler pour parler d'une inquiétude sans cause, il a tourné dans sa chambre, il a maudit sa chambre, son asile. Le gardien de nuit lui apprend que le patron de l'hôtel est dans le coma et la succession se met en place. Il n'a pas le choix, il doit demander à son fils de l'aider, revenir sur ce legs de ses droits, lui demander l'aumône. Mendier ne lui fait pas peur. Son fils est avocat, il n'a pas besoin de cet argent, il en avait besoin pour ses études, mais aujourd'hui il peut s'en passer. Il lui demandera les droits de la nouvelle édition, avec ça il espère tenir un an ou deux, le temps de mourir décemment. Il ne lui faut pas d'autre luxe, il n'a plus besoin de s'acheter des garçons. Le matin il prend entre ses mains sa vieille queue qui ne bande plus et avec elle bat la mesure, et il rit.

"Je t'ai vaincue. Amère victoire."

Tenir, un an, deux ans, le temps d'écrire, d'éditer son testament. Les poèmes délaissés par Laiguiller trouveront un autre éditeur. Les refus successifs de toutes les grandes maisons s'atténueront si la réédition des romans se vend bien.

"Ce sont des marchands, des marchands, il ne faut pas se laisser impressionner par des marchands !"

Il a eu tort de mendier chez Laiguiller, il aurait dû attendre. Il ne faut pas présenter une œuvre incomplète, c'est un crime contre l'esprit. En marchant vers le café de la Mairie, place Saint-Sulpice où son fils l'attend, il retrouve espoir. Il s'arrête pour regarder un quarteron de jeunes maçons, le torse nu, poudré de plâtre, les visages à la bouche barrée d'un masque blanc dans les vapeurs de leurs outils.

Il a peur de son fils, il a peur de cette vieille haine tenace pour le père absent. Il lui demandera peu et sans mettre les formes. L'argent de la réédition et l'asile, la jeune bourgeoisie s'est offert une maison de campagne dans le Gers. La belle-fille est aussi du barreau, Alcandre l'a croisée deux fois, c'est une imbécile prétentieuse, mais très catholique, elle ne pourra pas refuser.

Le fils ne lui doit rien, c'est vrai, mais il y a l'honneur que l'on doit à son père. L'honneur, oui c'est biblique. La bru elle-même interviendra en faveur du pécheur, comment s'appelle-t-elle, il n'arrive jamais à se souvenir. Cécile ou Céline ?

Impatient et sombre le vieux fils d'Alcandre attend son père dans la salle du fond. Au mur derrière lui, un paysage tropical cuit et recuit dans son papier d'ambre.

Ils s'embrassent et commandent du vin blanc. Alcandre lui demande des nouvelles de sa femme et des enfants. Il décline la proposition de les voir.

"Tu me prends pour Victor Hugo ? Entre nous, je dégoûte Cécile (ça a l'air d'être le prénom juste), je la comprends, je suis une épave, mes turpitudes sont, noir sur blanc, ineffaçables. La tache est ce qu'elle est. Ta femme protège sa portée, être la honte de la famille ne me déplaît pas. Ils me connaîtront par mes livres, les adolescents aiment mes livres, ils y voient ce qu'ils appellent de la révolte. C'est un malentendu payant."

C'est un mauvais début, il montre son jeu. Ne pas dire qu'il est au sol, ne pas supplier, ne pas entacher la demande avec des plaintes. A court de banalités, il faut pourtant qu'il parle.

"Mes livres, mes livres, tu sais que je n'ai pas d'estime pour mes livres. Mais je n'en ai pas plus de dégoût. Ils nous ont servis. C'est ce qu'ils avaient de mieux à faire. Je prépare autre chose, mon testament, une œuvre, une œuvre inclassable…"

Il s'entend parler. Le visage du fils est immobile, il cherche de l'aide, mais dans ce visage il n'y a aucun assentiment, aucun recours. Il n'y a que cette impatience : Pourquoi voulait-il me voir ?

"Tu te demandes pourquoi je voulais te voir. Je vais te répondre. J'ai besoin d'aide. J'ai besoin d'aide pour finir ce livre, ce sera mon premier livre. Je n'ai pas de titre, non. *La Syntaxe du gouffre* peut-être ? Non. C'est pompeux, je cherche plus simple, plus tragique. J'ai pensé à *Orpaillages*, avec un *s*. C'est de l'or que j'ai cherché, tu sais, c'est long de chercher de l'or, c'est horrible, cela ne justifie pas mon amour pour la boue, non, tout amoureux de la boue dit toujours qu'il cherche de l'or, c'est d'un romantisme frelaté. Mais je cherche, je ne veux pas d'une œuvre écornée, il faut qu'elle me ferme les yeux, cette œuvre."

Le fils a un léger rictus, Alcandre croit y voir une patience à bout, il s'était promis de lui parler d'"Orpaillages", de sceller une amitié nouvelle autour de ces confidences. Mais il doute de son fils, il doute du jeune avocat à la tête bien faite, il gauchit ses mots, il lui reproche en silence d'être éloigné de toute aventure spirituelle, et le mépris affleure sans qu'il le veuille.

"Je suis las des métaphores. Ce que je veux c'est une langue dégagée de la comparaison. Une langue qui ne compare pas mais fait comparaître. La métaphore, c'est quand on donne un objet pour un autre…"

Le fils a une grimace.

"Tu ne vas pas m'expliquer ce qu'est une métaphore."

Alcandre est désarmé. Il l'a insulté sans vouloir, continuer dans cette direction agrandirait le malentendu. Il a voulu lui parler en ami, il n'a réussi qu'à lui faire sentir leur différence.

"J'ai besoin d'argent pour finir ce livre. Peux-tu me rendre les droits que je t'ai légués, le temps de la rédaction, j'aurai assez vite une avance de l'éditeur. Mais il faut l'amorcer, tu comprends ? J'ai besoin d'un an. Les rééditions auront lieu à l'automne prochain, peux-tu me laisser les avances sur mes droits ?"

La chose dite est finalement moins horrible, c'est une plaie qu'il faut regarder en face.

Le fils est dans une gêne qui se voit. Il n'a pas touché à son verre. Il parle si doucement qu'Alcandre est obligé de pencher son visage vers celui de son fils, à le toucher. Mais ce contact les terrorise l'un et l'autre, il sent une mèche de son fils qui caresse son front suant.

“Il n’y aura pas de réédition.”

Alcandre ne comprend pas. Il demande des explications sur un ton sec. Ce n’est plus de lui qu’il parle c’est de son œuvre, il s’autorise à hausser le ton.

“Qu’est-ce que tu dis ?
— J’ai revendu les droits.”

La douleur est un paysage immense.
Il regarde son fils et cherche n’importe quoi à dire pour, dans la gymnastique vide de la parole, contenir le flot de haine enivrante.

“Tu as vendu les droits, qu’est-ce que tu dis, qu’est-ce que ça veut dire, ça ne veut rien dire.
— Oui. Il y a cinq ans. J’avais besoin d’argent, des mauvaises affaires, on a eu une période noire.”

Le “on” révulse Alcandre. Il imagine la femme l’obligeant à vendre les droits, il imagine les tombereaux d’ordures que pour le convaincre elle a dû verser sur sa tête.

“Je n’ai pas pu te l’avouer.”

La haine change brusquement de sens, il la déverse sur l’étrangère, la bourgeoise, la pute. Il absout son fils, il sauve le lien, il faut sauver le lien. Les insultes sur la femme le soulagent. Tant pis pour l’argent, il doit sauver le lien. Il doit lui pardonner, il lui pardonne, c’est elle, c’est elle la coupable. Elle a voulu les séparer, elle a voulu lui enlever son fils, l’argent c’était un prétexte, il devine qu’elle a cherché à séparer ce père ignoble de son fils, si propre, elle construit cet abject confort intellectuel où elle l’étouffera.

"C'est elle, hein ?"

Il sait qu'il n'aurait pas dû la nommer. Il aurait dû rester dans l'ombre du pardon qui grandissait et se taire. L'amour pour son fils grandit à mesure. Il le voit qui souffre, il aime son erreur, il aime sa trahison, il aime son remords, il a devant lui un homme, un homme fragile et il l'aime d'un amour renouvelé et puissant.

"Non ce n'est pas ma femme, je ne lui ai pas dit."

Alcandre pense qu'il ment. Il la protège.

Il a une envie folle de prononcer le prénom de son fils ; Pierre, le plus beau prénom du monde. Il n'y a qu'à dire une syllabe et des années de mésamour seront abolies. Mais il n'ose pas. Quoi l'en empêche ? C'est que ce n'est pas fini. Il lui reste à savoir à qui il a vendu les droits.

"Tu dis qu'il n'y aura pas de réédition ?

— C'est Laiguiller qui a les droits. Il s'oppose à la réédition. Je suis allé le voir. Il ne veut pas. Je ne sais pas pourquoi. J'ai été prévenu par la maison d'édition que l'ayant droit s'opposait à une nouvelle publication."

Alcandre sent cette fois la main de la mort qui lui enlève d'un coup son fils et son œuvre. En écoutant il a serré si fort les mâchoires qu'une gencive a saigné, il a ce goût dans la bouche.

"Je l'ai supplié, il ne veut pas. Je suis désolé. Faut que je pisse."

Il se lève et monte l'escalier quatre à quatre. Cette lâcheté réveille Alcandre, il résiste à la haine, mais il pense lui cracher au visage. Il roule dans sa bouche un crachat plein de sang. Le fils redescend au bout de cinq minutes. Il a les yeux rouges. Ce visage qu'il a lavé au lavabo émeut Alcandre. Il doit contenir la haine. Il avale son crachat.

Maintenant il ne peut rien lui refuser. Il ira dans cette maison de campagne, il vivra de rien, il n'a pas besoin d'argent, il lui faut un toit. C'est tout.

"Tu avais besoin d'argent, tu as vendu les droits, tu ne savais pas que tu les vendais à mon ennemi. Tu pensais même le contraire. Oublions. Je n'ai pas d'estime pour ces livres, je te l'ai dit. Oublions, oublions."

Il ferme les yeux et pense au tableau qu'il aime. Il voit la silhouette de l'Enfant, son pied rose qui cherche appui et cette lumière d'or qui vibre, qui chante, qui parfume la douleur.

"Je voudrais vivre quelque temps loin de Paris, peux-tu me donner les clefs de ta maison de campagne. J'ai besoin de calme. Mon livre a besoin de calme."

Mais si le fils est allé aux toilettes, c'est pour reprendre des forces.

"Cécile tient beaucoup à cette maison."

L'évidence, on pardonne à ceux qui nous ont offensés, c'est encore plaisir d'orgueil, peu coûteux, mais on ne pardonne pas à ceux que l'on a offensés. Il ne veut plus entendre parler de l'homme qui a écrit les livres qu'il a brûlés.

"Pourquoi ?"

“Parce que je porte la peste avec moi. Les enfants. Elle a peur pour les enfants. Elle a peur, elle ne sait qu’avoir peur.

— De moi.

— Non, elle a peur pour moi. Moi aussi j’ai ma part d’ombre, elle ne veut pas que je sombre, elle ne veut pas que je te rejoigne. Je l’aime. Il y a l’alcool. Tu comprends ? L’alcool, je ne sais plus ce que je fais. J’ai foutu en l’air deux affaires. J’ai encore du crédit mais il ne faut pas récidiver, le milieu est petit. L’alcool me rend fou. J’ai frappé une fille, une pute, et il a fallu arranger ça secrètement. C’est pour ça qu’il me fallait de l’argent.”

Alcandre voit le prix exorbitant qu’il a fait payer à son fils. Il acceptera tout, toute l’insulte. Il veut expier.

Le fils parle avec une voix aiguë et claire.

“Je ne t’aime pas. Je ne t’ai jamais aimé. Je n’ai jamais pu t’aimer. Parce que tu as fait souffrir ma mère. Je me suis tu mais je n’ai pas pu pardonner. Tant que je croyais à ton talent je pardonnais. Et puis un jour j’ai compris, j’ai compris que tu étais un écrivain raté, que rien ne justifiait ce que tu m’avais fait, j’ai voulu me débarrasser de tes livres, j’ai voulu me débarrasser de ce mensonge, je m’en suis débarrassé et j’ai ressenti un bonheur fou. Et aujourd’hui je veux aller jusqu’au bout de cette libération, je veux t’annuler de ma vie.”

Tout avait été dit sur un ton faux qui laissait penser qu’il avait répété son discours.

Et c’est cette fausseté de ton qui avait poussé Alcandre à bout. Et le point final était un coup qu’il ne pouvait pas supporter. Il faut l’empêcher de partir, il cherche une insulte qui l’empêche de partir, qui le force à riposter.

“Adolescent tu me dégoûtais tu sais. Tu étais gras. Ce corps gras me dégoûtait, je voyais tes copains si beaux, si fiers, si libres, et toi qui étais mon fils, je ne songeais qu’à une chose, te faire disparaître. Oui j’avais honte et en riant je disais, «il fera un notaire excellent». Je parle à un animal de la pire espèce. La bourgeoisie obèse. Tout ce que je hais.”

L’enfant humilié se lève très doucement avec un visage doux, et il prend le temps de remettre sa veste, et ce geste d’un homme qui se rhabille plonge Alcandre dans une douleur atroce. Il peut tout perdre, il accepte de tout perdre, mais qu’il lui soit donné de retirer ce qu’il a dit.

Le fils marche jusqu’à sa voiture, il sent dans son dos ce père enfiévré, ce cadavre qui veut parler encore, qui veut plaider. Il s’enferme dans la voiture et met la radio à fond. Il ferme la fenêtre, il reste immobile, les mains sur le volant sans pouvoir démarrer. La musique imbécile fait vibrer la voiture. Alcandre s’approche de la vitre et crie. “Pardonne-moi. Pardonne-moi.”

Il tente d’ouvrir la porte du côté passager. Il revient à la vitre. Son fils le regard baissé ne démarre pas, il attendra qu’Alcandre cède.

“Je vais crever, tu vois que je vais crever, je suis à la rue. Il faut que tu me pardonnes ! Il faut que tu me pardonnes ! Je vais crever.”

Alcandre ne sait plus ce qu’il dit, il supplie, il insulte, il pousse des cris inarticulés. La place Saint-Sulpice est déserte. Les arbres sont secoués par les rafales de vent qui, entre deux blocs d’immeubles hausmanniens, précipitent un air sali et glacial.

Alcandre s'épuise. Il secoue la voiture, tourne autour, donne des coups de pied contre la porte. Il voit le chantier en face de lui, les garçons qu'il avait admirés. Ils sont sur les échafaudages, ravis du spectacle, leurs masques sur la glotte, pour mieux voir, leurs lunettes de protection relevées. Ils jugent, les beaux garçons n'ont-ils pas toujours été ses juges ? Alcandre s'avance vers eux. Il leur parle avec douceur, la voiture n'a toujours pas démarré.

"Je vais crever. Je vais crever. Je suis seul."

Alors devant ses yeux, comme si les figures mythologiques des maçons enneigés lui venaient en aide, il voit un grand maillet au pied de l'échafaudage. Il le prend à deux mains et marche jusqu'à la voiture. Il donne un coup sur la vitre. La vitre ne cède pas mais se parcelle sans tomber, elle rend l'image de son fils encore plus inaccessible. Le contrecoup l'a fait tomber en arrière. A l'intérieur, le fils n'a pas bougé, pas même sursauté au choc. Le visage impassible au teint cireux, les mains immobiles cramponnées sur le volant, les yeux morts. Il ressemble à un gisant de cire dans une châsse de cristal.

Alcandre abandonne, il lâche son arme. Il recule. Il s'enfuit en courant vers le Luxembourg. Il court jusqu'à la fontaine baroque et tombe dans l'ombre des grands murs couverts de mousse noire.

Pour ralentir les battements de son cœur il pense à l'illusion de la matière. Tout n'est que flux, vitesse d'atomes, murmure de l'immatériel. Et dans cette tempête de particules, l'image de l'homme vient à nous, non pas comme une image mais comme une part de cette furie se donnant image, regard de la nature se retournant sur elle-même.

Il voit l'Enfant qui, détaché de sa mère, détaché de la platitude de la peinture, ose un pied hors du cadre, derrière lui l'universel chaos brille dans le couchant. S'il marche vite, il a le temps de voir son tableau une dernière fois avant la fermeture. Il n'y a plus que ça.

Il doit retrouver l'émotion éloquente qui lui a désigné la source de toute vie. Il doit retrouver la Joie, il doit retrouver cette Joie. Il doit contempler, contempler encore, s'abstraire, s'oublier, s'abandonner dans la contemplation. On ne peut pas lui enlever cette force qui vient à lui par la beauté et la souffrance alliées et l'oblige à rendre grâce, cette splendeur qui s'écoule de son âme brisée, le miel tardif de ses jours enfuis.

XII

LA MORT

Un des livres d'Alcandre se terminait par ce passage…

"Il y a deux morts ; la latine et la germanique. Pour les Latins la mort est une femme, elle est cette altérité absolue que nous n'atteindrons jamais. Elle est le mystère d'où par réflexion naissent tous les mystères. Pour les Germaniques la mort est un jeune homme, elle est un acte, l'acte, le seul acte que nous pouvons accomplir librement. Elle est notre ultime liberté et notre seule possession, mourir c'est dire Je. C'est ce garçon-là qu'il m'a semblé parfois entrevoir, mais, pusillanime écrivain, j'ai évité son regard."

Dans la longue agonie de ma grand-mère quelque chose de cette idée s'était confié à mon chagrin. Le corps secoué de balbutiements et de sueur, les jambes bleuies, la bouche sèche qui murmure l'inintelligible, parfois le geste brusque d'un bras jeté dans l'ombre et cette respiration acharnée, combattante, obstinée. Ce râle qui vient du fond du corps et se pétrifie dans la gorge, ce râle que veut-il dire, que veut-il me dire ? Toute la nuit j'avais assisté à ce que d'ordinaire nous appelons combat et ce corps absent de lui-même semblait combattre, était, oui, dans l'élégance d'un combat. Du moins je voulais voir ainsi cette nuit cruelle qui ruinait mon enfance en me faisant perdre l'être de douceur absolue qui m'avait aimé aveuglément, à qui je devais de croire en la bonté et dont la force de quiétude resterait inégalée. Elle luttait. Je prenais parfois sa main, je l'embrassais et, par mes prières, la prière coulait de moi avec une évidence organique, je combattais avec elle. Mais au cœur de la nuit une question s'était ouverte à moi sur l'objet même de ce combat. Luttait-elle pour survivre ou pour accéder à la mort ? Cette lutte semblait prouver qu'il faut pour mourir un consentement, un consentement mystérieux ; pour mourir de sa mort et non pas être volé par le trébuchement du corps, il faut consentir.

Je retrouvai cette idée dans le livre d'Alcandre et comme on trouve toujours ce que l'on cherche dans les livres quand on en a besoin de manière vitale, ma destruction commençait à s'ourler d'un sens mythologique. Pascual était ma mort, à laquelle je devais accéder. Il fallait qu'il me batte à mort. J'entrevoyais pour me rassurer que cette mort pouvait être symbolique, je n'étais en rien un héros, et je laissais la porte entrouverte à une destruction qui aurait les armes du printemps. Mais parfois, dans ma folie, ce n'était plus simulacre de mise à mort que je voulais, mais fermer les yeux et oublier définitivement. Qui peut comprendre que je ne renonçais pas à la vie mais plutôt que je m'offrais à la vie que cette odyssée intérieure avait ouverte et qu'on appelle le sacrifice. Mourir sans dégoût me semblait une fleur parfumée idéalement, ma bêtise prenait alors des tonalités irisées et presque sentimentales. Ma bêtise ? Est-ce le mot ? Ma jeunesse serait encore plus simple, bien qu'à ce moment j'eusse pompeusement dit mon courage.

J'ai cherché Pascual partout, toutes les nuits, avec aux lèvres la phrase des dépendants : "Une dernière fois."

Oui, le revoir une dernière fois, et qu'il me batte à mort.

Ces mots "battre à mort" chantaient une beauté nouvelle. J'avais envie de lui dire ces mots, il me semblait que la formule prononcée, je deviendrais son égal et que me présentant à lui en frère et non pas en esclave je pouvais obtenir de lui qu'il me batte à mort. Me battrait-il avec ses mains ? Avec une arme ? A coups de pied ? Ou bien demanderait-il au garçon qui portait ma chaîne de l'aider ? Les mots "à mort", je les prononçais sans en mesurer le sens, ils n'étaient pas la mort, ils étaient en deçà, une sorte de fleur, de sérénade éperdue, un souffle de sucre.

Mais encore fallait-il que je le retrouve.

Ce n'est pas seulement Pascual qui m'est inaccessible, c'est cette confiance en ma providence qui à l'approche des lumières rouges de la salle du haut était si forte. Nous sommes à l'heure de la décrue, cette histoire avoue qu'elle est tressée de rameaux funèbres. Mais qu'importe, il fallait la vivre, il faut que soient donnés à chacun les outils nécessaires à sa conversion.

Quelle conversion ?

Il y a un moment où nous sommes appelés à n'être plus les jouets du désir et de la douleur, à être de la lumière. Pour cette alchimie, il faut avoir vécu le nécessaire. Il faut bien que la Providence nous donne quelque chose si elle veut nous faire connaître le Manque.

“Il n’y a rien, imbécile, et je te l’avais dit, mais tu n’as pas voulu entendre. Il n’y a rien là où tu cherches. Rien.”

Alcandre verse le fiel de la désillusion.

“A quoi te sert de sacraliser la débauche, c’est mauvaise littérature. Rappelle-toi le Baudelaire que nous avons fredonné de concert toi et moi le jour où tu m’as trouvé, là-haut.

Il faut raconter ton histoire autrement.

Au début, ah ! C’est l’heure bénie des parfums, on croit découvrir quelque chose, une force vénéneuse qui abolirait le temps. On y croit. On y croit parce que la chair est fraîche et qu’on n’a pas lu tous les livres. On croit, en jetant dans la fosse à purin les souvenirs d’enfance et les conseils maternels, on croit s’approcher de la figure du père. Et puis quoi ?

La dépendance. On pousse la porte de fer sans désir, la tête vide, on ne sait plus où aller. C’est déjà la mort, mais sans musique.

Tu es mort. Tu crois chercher encore mais en vérité tu grattes le sol de ta tombe. C’est sans gloire, sans dépouilles opimes, c’est une mort indolore et anonyme. C’est la mort de l’esprit. Le corps survit, il avance toujours par force d’inertie, on le suit, seul abandonné, à quoi bon se suicider ? C’est trop tard. Le suicide est probablement un acte de vie mais à quoi bon brûler la cendre ?

Tu ne pensais pas trouver un moraliste caché dans cette marionnette ? Je suis un moraliste. Il ne faut pas brûler son œuvre, il ne faut pas crucifier ses enfants, il ne faut pas tenter le diable, il faut vivre. Vivre, sans orgueil, éplucher les pommes de terre et ne pas espérer l’éternité dans les épluchures.”

Je ne suis pas convaincu par le discours d'Alcandre. Comment pourrais-je aujourd'hui brûler l'oratoire si patiemment construit. J'appartiens à mon idole, et mon idole est le seul poids qui me rattache au sol. Je porte autour du cou cette idole insensée et j'aime les saignements sous la corde. Comment me transformer en moraliste ? Je ne peux plus que commenter ma chute, le commentaire est un acte désespéré par essence, le commentateur n'agit pas, celui qui n'agit pas confesse son désespoir. La promesse de Pascual est un crachat, sa lumière est le reflet de la fange sur le bord de la fosse. Ça, je l'admets.

J'admets mais comment dire…

Pour expliquer à Alcandre ce qu'il connaît et comprend mieux que quiconque je choisis l'apologue.

"Un clown a perdu ses clefs. Il les cherche. Le clown blanc s'approche, le regarde errer et lui demande ce qu'il cherche.

— Je cherche mes clefs.

Dit le clown abstrait dans sa quête.

— Tu les as perdues là ?

Demande le clown blanc qui commence à chercher avec lui.

— Non, je les ai perdues là-bas.

Et il désigne un autre coin de la piste, en retrait dans l'ombre.

— Alors pourquoi tu les cherches ici ?

Demande le clown blanc qui pressent quelque chose de mystique.

— Parce que ici il y a de la lumière !

Répond l'auguste qui n'a pas cessé de chercher dans le halo froid de la poursuite."

Alcandre est rebuté par ma parabole.

"Mais c'est horrible ton histoire. C'est horrible et ce n'est pas poétique. Ce n'est pas poétique du tout, la poésie ce n'est pas de chercher pour chercher, de trouver la lumière dans la nuit même, c'est du narcissisme pestilentiel, il faut chercher des clefs, en vérité, pour les donner en vérité à ses frères. Ton histoire c'est Dieu et toi enfermés dans une boule avec de la neige quand on la retourne. C'est la jouissance des damnés, non, non, non. Ça me ressemble trop pour que j'applaudisse. Au bout du compte qui est le poète, moi qui n'ai rien écrit et qui suis un génie ou celui qui patiemment est allé tous les matins traire l'arc-en-ciel ?

— Tu n'as pas rien écrit.

— Des poèmes abscons. C'est ce que dit Laiguiller, non ? De l'ésotérisme qui cache le vide. Je n'ai rien écrit. La vérité c'est que refusant ces textes il m'a fait avouer que je n'avais pas écrit. Ce que je dois écrire c'est la Joie, je suis le poète de la Joie, seulement mon œuvre n'existe pas."

Nous nous taisons. Je dois lui avouer l'inavouable, je le fais comme il se doit en riant.

"J'ai jeté mon manuscrit à la poubelle.

— Même pas brûlé, ça c'est chic. Quelle bêtise, quel orgueil, quelle jeunesse !

— C'était une superstition, inébranlable.

— Tu te disais qu'en sacrifiant ton ouvrage tu le retrouverais ? Le déguisement du désespéré total te va bien, mais essaie de le retirer maintenant et d'aller te baigner dans la rivière. Oh oh ! le masque lui colle au visage !

— Alcandre, dis-moi quelque chose, il faut que tu m'aides, toi seul peux m'aider.

— Je ne peux pas t'aider. Tu es empoisonné. Ferme les yeux et remets-t'en à la providence."

L'impasse allait s'ouvrir quelques minutes plus tard, la prière d'Alcandre me sortirait de l'ornière.

Cette Ornière est sûrement celle de mon récit, le récit que je faisais en le vivant. J'étais Actéon poursuivi par ses chiens. Pour avoir vu la Diane au bain, c'est-à-dire la force vive de la Nature, la puissance chasseresse qui ne demande pas de droit mais prend ce qu'elle a à prendre, j'étais au martyre. Les chiens de mon désir s'étaient retournés contre moi, j'étais le gibier que je leur avais appris à chasser, Pascual m'avait transformé en cerf et il ne me restait plus qu'à courir jusqu'à ce que l'épuisement et le vide me condamnent à être déchiqueté. Je pense à cette manière belle qu'a le chasseur de courir après sa proie, je devais avoir ce regard en montant l'escalier de fer les premières nuits, mais tous pouvaient voir aujourd'hui que, asservi à mon besoin, j'avais plutôt le regard de la bête traquée. Et pour reprendre la parabole des deux morts, la mort du gibier appartient bien à la mort de l'abandon. Le gibier n'est pas rattrapé par les fauves, il cesse de combattre, il ralentit le pas, il accepte sa mort.

C'est alors qu'Ellert est rentré dans le bar, je m'avance vers lui, il n'est pas surpris de me voir rompre le vœu de silence que nous avions ordonné. Son visage est cicatrisé. Son regard est le même que le mien. Je pense un instant qu'il cherche Pascual, va-t-il me demander une piste ?

"Tu le cherches."

Sa voix est douce.

Il me regarde avec cette tristesse qui fait du bien. Notre fraternité est celle des malheureux qui n'espèrent plus pouvoir s'apporter l'un à l'autre qu'un peu de reconnaissance du mal.

"Oui, je le cherche. Je n'en peux plus, je ne sais plus où je suis."

Nous parlons longtemps de ce sentiment d'anéantissement sans pouvoir lui trouver la moindre beauté. Il me semble que nous étions dans la banalité d'une maladie trop longue. La formulation de notre mal ne pouvait plus se faire en termes exaltés, ni même avec les accents d'horreur romanesques de la malédiction.

La dépendance apparaissait surtout dans le fait qu'elle avait ruiné toute joie d'être au monde, nous égrenions nos symptômes avec mollesse, perte de l'appétit, impossibilité de revoir les anciens amis, écœurement insurmontable pour toute forme de divertissement, refus hautain de se mêler aux choses du monde, hilare absence de projet, désintérêt profond pour la météorologie.

Alors Ellert me parle.

Absolument abîmé en Pascual, il dit n'être plus que l'inertie de la matière, il ne ressent rien, mais ce rien ressentir s'offre avec la quiétude de Chronos vaincu.

La mort vaincue ?

Alors Ellert sentant maintenant trop d'intimité entre nous pour me trahir m'avoue que Pascual est chez lui. Il vit chez lui. Il ouvre sa chemise et me montre des plaies effrayantes.

Il me dit que Pascual lui a interdit de me parler.

Je le supplie de m'emmener chez lui. Il accepte.

Immédiatement les rêves reprennent, mon cœur bat, la littérature afflue, les mots retrouvent leur aura, je crois de nouveau à la valeur incantatoire de mon sacrifice, musique ! Les mises en garde d'Alcandre disparaissent et si j'avais entre mes bras un cadet je lui murmurerais : “Donne-toi, donne-toi absolument, il n'y a pas d'autre possible. Et quoi qu'il en coûte."

Comment s'étonner aujourd'hui que je lui aie dit "tue-moi" ?

Cela ne voulait jamais dire que garde-moi dans ta flamme, fais que cet instant dure toujours... oui les mots malheureux des amants, oui, cette déchirante découverte de l'éternité échouée dans l'instant, paroles de chansons, promenade d'été... mais tout ce qu'il n'avait pas ressenti dans les amourettes de l'enfance qui l'avaient si fortement dégoûté, il le connaissait enfin par la seule présence de Pascual et dans l'ivresse d'une relation à peu près chaste. Chaste, oui, il ne jouissait jamais autant que lorsque Pascual l'ignorait, refusait de le toucher, et s'il le touchait c'était pour le frapper, le toucher dans le refus de le toucher, éviter le contact de tendresse qui pourrait rompre le cristal du désir. Chaste, oui, de cette manière que les saints seuls comprennent, chaste pour que jamais ce poids de désir ne soit soulagé mais bien plutôt toujours alourdi de son absence !

Il avait rapidement fait le tour des plaisirs physiques, auxquels il ne croyait pas. Il fallait que Pascual lui offre cet embrasement susceptible de faire basculer dans l'ultime péché l'absence d'espoir, c'est-à-dire croire à une chose mortelle comme à un dieu, croire que l'on puisse être rempli absolument d'une chose mortelle. Et il comprenait la folie humaine. Découvrir cela enfin, la folie d'aimer une chose mortelle et de lui confier le sens de son existence... Ce n'était pas lui qui dans son désir peignait le fond d'or de l'icône mais la présence de Pascual elle-même, son inaccessibilité, son opacité, sa violence. La violence de l'Etre dans sa vertu cardinale, l'Indifférence. Le péché suprême, mais qui en est capable ? Le péché suprême seul peut nous faire deviner la piété suprême, ombre à la mesure du monde et de l'histoire des hommes.

Ce péché capable d'obscurcir le ciel n'est en rien extravagante prouesse du mal. Heureux celui qui rencontre sur sa route le Péché, il aura vécu dans l'ombre de ce que seuls les saints connaissent. Et de même qu'il n'est pas un homme à un moment de sa détestable errance qui ne foule le début du sentier de la perfection, il n'est pas un homme qui ne soit secoué par cette tempête de magnifique erreur. Heureux celui qui a vécu dans cet embrasement, heureux celui qui en eaux profondes est allé chercher sa nourriture, dédaignant les repas du siècle, et cherchant cette saveur du monde qui n'est pas au monde.

N'importe quoi peut-être aimé d'amour divin. Aussi dérisoires, la passion brutale du jeu que l'amour d'un passant qu'on ne reverra plus ou le chromatisme exotique d'une musique incertaine. Il suffit qu'une chose du siècle se place devant nos yeux et, sans qu'aucune parcelle de nous n'en soit forclose, nous plonge dans l'obscurité granitique du Désir, pour devenir à nouveau les gibiers de la grâce.

L'objet du désir est de petite taille face à l'énormité du Dieu Vivant, mais parfois il est si proche de notre œil que peu importent les proportions réelles, et que la perspective seule soit loi de vérité. Ainsi qu'une lune s'interpose dans une éclipse à la proportion démente du soleil, son intimité avec la terre jette malgré tout sur des milliers d'hommes ensorcelés sa lumière noire. De même n'importe quel objet dérisoire (et peut-être surtout dérisoire) peut anéantir la lumière de Dieu si nous le laissons emplir le champ de vision de notre jouissance, oubliant dans la volupté ses proportions réelles. C'est cette erreur de perspective que nous appellerons Volupté.

Et Pascual me faisait atteindre à cette Eclipse de mon âme que l'on ne connaît que deux fois, l'une dans l'innocence et l'autre à l'approche de la fin.

C'est un pavillon de banlieue.

Dans le jardin une balançoire en forme de canard bouge mollement. Il y a des géraniums fanés dans des pots de fleurs sur un perron de béton sale.

Ellert pousse la porte. La maison sent la cuisine et l'humidité. Les pièces sont allumées, un foutoir de linge sale et de nourriture moisie.

"Entre. Il n'est pas là. Il ne reviendra pas avant le matin. Il dort là-haut. Je lui ai donné mon lit."

Sur les tables on voit encore des photos de famille. Les rideaux à fleurs et le papier peint, un caniche de porcelaine qui sert de baromètre. Je m'assois sur le canapé qui est recouvert d'un plaid vert, il devait y avoir un chien dans la maison. La couverture est grattée et des poils blancs sont collés un peu partout.

"Tu veux boire ?"

Nous buvons du whisky de supermarché. Ellert est d'un calme hallucinant, cosmique, je pense à la mer paralysée par une éclipse dont parlent les astrologues. Depuis l'heure où je l'avais vu marcher au hasard dans la chambre d'hôtel il n'avait pas cessé d'errer. Autour de lui les vestiges de sa vie passée, en lui le silence de Dieu. Et si je ne disais pas aujourd'hui le vide terrible de la débauche je n'avouerais pas ce qu'il faut avouer. Quand la nuit est dans les cœurs ils ne peuvent plus que réclamer la nuit sur le monde. Mais comment ce vide avait-il pu me paraître rétribution, emblème, miracle ?

Le dérisoire de ce que j'avais vécu m'apparaissait à nouveau mais Pascual n'était pas encore là.

“Il m'a tiré dans le bras avec un revolver.”

Ellert relève sa manche et je vois une plaie propre et saine à la hauteur du biceps. Je ne ressens pas d'envie.

“Il ne faut pas que tu le prennes mal… Il t'a lâché parce que tu n'allais pas assez loin. Le jour où il m'a épluché la gueule, il avait reconnu son esclave. Toi, tu peux parler. Avec tes amis tu parles, moi je n'ai personne. Ce que nous faisons reste dans mon ventre. Tu sais, moi ça ne m'excite plus de lui être soumis. Je n'ai plus de plaisir. Je n'ai jamais eu de plaisir, c'est simplement que je ne peux pas dire non. Je suis prisonnier, c'est tout. Viens, je vais te montrer sa chambre.”

A l'étage une chambre très féminine et très propre, c'est la chambre de la femme d'Ellert, telle qu'elle l'avait laissée. Sur une chaise, les chemises de Pascual, repassées et pliées.

“Il veut que tout soit parfait. En bas, il s'en fiche. J'ai voulu retirer les photos, mais les photos entre nous, c'est… Je ne sais pas… il m'a toujours humilié comme ça. Moi je dors en bas sur le canapé.”

Ellert est excité de me montrer son enfer, je vois ses yeux qui se plissent. Il me montre la penderie avec les affaires de sa femme, dans la chambre. Pascual n'a pas voulu non plus qu'il les enlève.

“Toi tu n’allais pas assez loin. Toi tu es béni.”

Je ne pense pas qu’Ellert veuille me rabaisser. Je ne pense pas non plus qu’il veuille me protéger. Par instants il me semble qu’il mène contre moi un combat qui ne dit pas son nom, puis par la force d’un regard perdu, je pense plutôt qu’il réclame de l’aide, qu’il m’a élu comme un confesseur. Sa tendresse pour moi s’aigrit, il me provoque, puis s’excuse en mettant une main tremblante sur mon bras.

Je lui demande pourquoi il m’a emmené ici.

“J’ai pensé qu’il aurait peut-être envie d’un autre esclave. Tu n’encaisses pas autant, mais il serait peut-être heureux d’avoir deux esclaves. Il ne s’intéresse plus aux garçons, il veut des filles ou des couples, mais il ne trouve pas, je pense. En attendant, il t’aurait. Il a amené un couple ici. Il a baisé la femme et le mari voulait être humilié et se faire traiter d’impuissant, ils sont restés deux jours. Tout ça n’a pas de sens… mais rien n’a de sens. Il suffit de regarder par cette fenêtre, le parking de la pizzeria. On voit bien que rien n’a de sens. Les gens viennent, achètent des pizzas et les mangent debout adossés à leur voiture. Ou assis à l’intérieur avec la musique à fond. Des animaux. Et tout ce qu’ils savent faire c’est envier. L’envie, c’est ça leur petit enfer trois-pièces.

Qu’est-ce que tu veux, toi ?”

Ma réponse est sans aucun affect, j’ai trop remâché les mots pour qu’ils aient encore la moindre signification concrète. Ils sont une musique fade qui me berce.

“Qu’il me batte à mort.”

Mais Ellert ne répond pas. Nous redescendons, nous buvons encore, le bruit d'une voiture nous fait nous lever. Ellert me dit de me rasseoir. Il va ouvrir la porte, c'est une fausse alerte.

Le silence s'installe, plus dense que précédemment, nouveau cercle de l'enfer, l'enfer vide. Il n'y a plus de buissons en feu, plus de brasiers chantants. Une forêt obscure, des arbustes noirs où claquent des papiers gras. Du sol monte une odeur froide, une odeur de myrrhe et de bois ciré, c'est peut-être l'odeur de propreté entêtante de la chambre qui tombe à travers le plafond. Mon corps flotte. Je retrouve presque ce sentiment d'atteindre à mon corps glorieux que j'avais connu les premiers jours de notre rencontre.

Ellert se met à ranger. Il ramasse des assiettes sales, des sacs plastique, des bouteilles. Il fait des va-et-vient du salon à la cuisine. Parfois il revient avec l'objet qu'il a emporté, un pull qu'il ne sait pas où mettre et qu'il jette au sol à l'endroit où il l'avait pris.

Il parle sans me regarder, souvent il parle de la cuisine en forçant la voix. Il s'inflige ça, prononcer à voix haute.

“Ma femme est morte. Tu penses que c'est pour ça que je… non. C'est un accident. Elle est morte d'une chute en montagne. Il y a deux mois. J'avais tenté de me libérer… on est partis à la montagne tous les deux, elle est morte. Je l'ai tuée.

Quand elle a vu mon visage brûlé, je lui ai dit que je la haïssais, que son corps me dégoûtait. Ça l'a tuée, parce que c'était vrai. Elle a essayé de me sauver. On ne peut pas sauver un être qui n'est pas capable de dire son mal.

C'est moi qui devais mourir. Le petit est chez sa grand-mère. Je ne peux pas le voir. Je pense qu'elle avait parlé à sa mère. Je lui ai tout dit et ça l'a tuée. Elle a dévissé, ce n'était pas haut, quelques mètres, elle est morte. Je n'ai rien ressenti. Depuis le jour où il m'a épluché la gueule, je ne ressens rien. Et je l'ai cherché. Je l'ai cherché, tous les soirs. Quand je l'ai trouvé je lui ai dit que ma femme était morte et que j'étais prêt à être son esclave. Il est venu ici. Il a dit que c'était sale. Il s'est installé devant la télé et j'ai fait le ménage. Il regarde beaucoup la télé. La nuit il cherche, le jour il regarde la télé et il dort. Et c'est mon maître. Mais le plus horrible… quand je pense à ça…"

Cette fois c'est lui. Ellert reconnaît les phares jaunes de la voiture. J'imagine cette voiture avec à l'arrière le siège enfant et Pascual qui conduit sans freins. Ellert se lève et va ouvrir la porte. Il n'attend pas dans l'entrée, mais revient au salon. Il me fait signe de rester assis.

Il dit : "Le plus horrible c'est que je survivrai."

Pascual entre.

Je le vois, je le reconnais à cette façon d'être comme en avant de sa présence, de se mouvoir toujours dans la surprise, d'apparaître. Il n'hésite pas, il n'y a pas cette fissure de la pensée avant l'acte, il n'y a que la vie.

Il me voit sans me voir. Il passe devant moi, il allume la télé. A cette façon qu'il a de m'ignorer je me sais en danger, il ne me reste qu'à attendre. Cette indifférence à ma présence dans le salon est un signe à interpréter. Je suis plongé dans les hypothèses. Il ne me jette pas dehors, attend-il que je me décourage ? Attend-il qu'entre nous toute la violence et le flot des questions soient évaporés avant même que nous les ayons énoncées ? Fera-t-il de l'attente une violence plus grande et plus belle, m'honore-t-il de ce silence ?

En le voyant tirer le fauteuil vers la télévision allumée, je constate la maigreur de ses bras. Je vois ses mollets marqués de la trace de chaussettes de sport et le voyant de dos, partiellement, barré par le gros fauteuil de skaï rouge, je le trouve plus humain que jamais. C'est peut-être que son regard n'est pas sur moi. C'est peut-être qu'il est d'une fragilité que je n'avais pas soupçonnée. C'est peut-être que je le vois là dans son terrier, épuisé, en fin de nuit.

La télévision déverse une émission sur la chasse et la pêche. C'est un reportage aux couleurs démodées sur la chasse à la glu, des oiseaux aux ailes collées s'ébattent longuement, le cou pendant, le bec rougi. Je ne pense pas que Pascual regarde l'émission, il pense à moi, je le sens justement à son silence, et je lui pose question précisément en ne me manifestant pas, en le laissant venir. Je lui rappelle qu'il est le maître de mon corps et des pressentiments qu'il a fait naître, je le mets au défi de finir quelque chose qui ressemble à une œuvre et dont je suis le dépositaire. Je vois sa main posée sur l'accoudoir, elle pianote, de l'autre côté du grand fauteuil, il est là, il mesure l'arpent de son territoire.

Il dit "j'ai faim".

Ellert qui n'est pas entré dans le salon marche vers la cuisine, j'entends de ridicules bruits de casseroles, une odeur de viande entre dans notre songe, le grésillement d'une poêle. Ces bruits quotidiens font monter une vapeur d'obscénité qui m'enfonce dans la forêt de terreur et de désir.

Le combat a commencé depuis près d'une heure. L'émission sur la chasse s'est terminée, il y a un reportage sur le parapente. Ellert a apporté une assiette de viande avec des pâtes. Je pense que c'est une côte de porc. Pascual a mangé la viande avec ses mains, posé l'assiette au sol, jeté l'os rogné sur les pâtes froides.

Il s'essuie les mains sur l'accoudoir.

Quelque chose dans son indifférence me fait penser qu'il devine pourquoi je suis là, au-delà de moi-même. Il s'interroge. Depuis une heure je n'ose pas même bouger et je sens une raideur dans le dos et une crampe dans ma jambe droite.

Pascual regarde l'assiette au sol. Je vois son profil, sa bouche luisante de viande, l'œil très enfoncé dans l'orbite. Ses cheveux ont été rasés le matin même, des trous dans la régularité de la coupe me font penser qu'il s'est rasé lui-même. Il a une cicatrice au sommet du crâne, du côté droit, une petite barre de chair blanche. J'imagine, je ne sais pourquoi, mais avec certitude, que c'est une plaie d'enfance. Je pense à un père qui le bat, cette pensée devient évidence, une révélation, un degré de plus dans la brûlure de l'amour. Il a fini de manger.

"J'ai mangé comme un fils de riche."

Il veut dire qu'il n'a pas touché au gras de la viande. Il veut parler aussi de notre différence sociale. Veut-il dire que ma passion pour lui est une sorte de luxe ? Mais par-dessus tout c'est le fait qu'il parle de lui-même, avoue qu'il est un fils d'immigrés espagnols, qui m'émeut. Par cette phrase enfantine je ressens alors ce que jamais auparavant je n'avais ressenti pour lui. La nuit où il avait parlé de vacances à la mer, avec cette voix touchante, je n'avais ressenti que de la jalousie. Mais cette petite phrase triste fait naître en moi une tendresse lourde et, mystérieusement, c'est cette douceur qui me rapproche encore du désir d'être tué par ses mains. Il me semble même que cette intimité avec mon bourreau est nécessaire à l'acte que je lui demande. La folie me pousse à croire, dans un vertige d'interprétation, qu'il a dit cette phrase pour signaler qu'il me tuerait et me tuerait sans plaisir.

"Tu veux finir mes restes ?"

Est-ce un ordre ? Dois-je entendre qu'il m'ordonne de venir rogner ses os ? Je ne sais pas. Lui ne le sait pas non plus. Il a dit cela d'une voix très lasse, éloignée des jeux de domination. Je décide de ne pas bouger. Qu'il confirme l'ordre et j'irai, je ne peux pas prendre le risque d'éteindre le feu qui commence à prendre.

Il prend l'os du bout des doigts et sans se retourner vers moi me le tend en faisant siffler entre ses dents le bruit qui appelle un chien.

J'avance.

Je me mets à genoux et approche ma bouche de l'os. L'odeur de nourriture froide me descend dans la gorge. Il se lève d'un coup.

"Arrête ces conneries. Tu n'es pas comme l'autre."

Alors je comprends que pendant le long silence il s'est résolu à ne pas me torturer.

"Viens là-haut."

Je le suis dans la salle de bains, une petite salle de bains blanche, très parfaitement nettoyée, les toilettes collées à la baignoire sont ourlées d'un ridicule feston en peluche rose. Pascual baisse son pantalon et chie devant moi.

Je le regarde, il prend sa nuque entre ses mains, contracte ses cuisses, gémit, vide son ventre. Je suis devant lui immobile.

Je me demande ce qu'il veut. Veut-il que je mange sa merde ? Cela ne me semble pas possible, la vérité est plus simple, plus insoutenable. Pascual détruit l'idole. Après m'avoir avoué ses origines pauvres, m'avoir dévoilé l'enfant qui répète une phrase maternelle, avoir anéanti la comparaison entre moi et Ellert, il veut se montrer dans son humanité.

Et l'apparition de la cicatrice sur son crâne en était l'annonce. Il n'est pas le bras d'une puissance sacrée, mystérieusement préservée du désenchantement du monde, il est un enfant qui frappe parce qu'il a été frappé par son père. Parce que la haine a été inscrite dans sa chair, avant toute parole et pour toute parole. L'amour pour lui et par lui est ainsi. Mais est-il moins grand ?

Je vois son slip sale, son ventre gonflé, ses genoux crispés, j'entends le soupir de l'homme qui défèque, j'entends les bruits de son estomac, je vois ses yeux mouillés de larmes par le soulagement. A cet instant je l'aime encore plus puissamment que jamais. J'aime l'homme qui soutenait pour moi l'image, je veux lui consacrer ma vie, je donnerai tout pour le soustraire à sa solitude.

Pascual a trouvé le moyen, il l'a cherché durant l'heure précédente, le moyen de me faire l'aimer. Il a suffi qu'il exhibe son ventre grossi, ses jambes maigres, sa pose presque féminine en chiant, son râle pathétique.

"Qu'est-ce que tu veux ?"

La phrase que je suis venu lui dire n'a plus aucun sens.

Je ne veux plus être battu par lui parce que je suis totalement découragé de le faire jouir en m'offrant à sa violence. C'est donc la phrase de l'amour qui vient. La même mais dans une autre occurrence.

“Tue-moi.”

Il ne réagit pas. Ses mains caressent toujours sa nuque. Il se relève et s’essuie très lentement avec une précaution extrême comme s’il avait peur de se blesser.

“Non ce n’est pas ça que tu veux.”

J’attends qu’il parle.

“Tu veux que je te libère. Il faut que je te libère.”

Il se rhabille et descend les escaliers, je le suis. Il sort, nous traversons le jardin et nous nous asseyons dans le garage éteint, à même le sol. Il est assis comme un enfant les jambes dépliées, je suis à genoux. Je vois à peine son visage, un des réverbères de la route nous éclaire à travers un carreau cassé. Les voitures passent au loin avec ce son de violoncelle qui meurt. Je pense à ces êtres au loin qui dans des voitures anonymes roulent vers leurs destins. Il ne fait pas froid. Il y a une odeur d’encaustique, de sacristie, la sérénité des lieux où rien ne se passe que des gestes vieux et attendus. Nous nous taisons, ce silence a la douceur d’une main qui vous prend sous la table un jour de deuil.

“Je vais te parler sans bégayer.”

A l’entendre dire son handicap et tenter de le corriger pour moi, les larmes montent.

“Il n’y a rien là où je suis. Je n’existe pas. La lumière de cette lampe existe mais pas moi.”

Il désigne le carreau sale et cassé qui transpire une lumière très froide dans une belle géométrie d'arêtes coupantes. Il regarde la lumière et son visage en est baigné. Son visage encore, comme au jour où je l'avais découvert, lisse et impassible, vaguement souffrant, vaguement doux, éloigné des affects mensongers, ses yeux presque éteints, ses lèvres brillantes et toujours blêmes, ses dents impeccables, son cou long. Il est baigné de lumière froide, et le contempler m'anéantit comme chaque fois. Mais je sens qu'il n'a plus les yeux rivés sur une proie passagère, il interroge le Principe même, il remonte vers les Commencements et ses bras épuisés battent dans l'air trouble qui le sépare de l'éternité.

Les mots qu'il a dits commencent à faire leurs places en moi. Il confirme qu'il veut détruire ce jeu rouge que nous avions ouvert. Dans le désir de lui, je dois voir autre chose. Si je ne suis pas capable de faire blanchir ce désir, de connaître la perfection en mon cœur, la pureté de la cendre claire, alors il aura échoué. Nous ne savons désirer l'immortel qu'au travers du mortel. Cela peut-il se concevoir ?

Comme au premier jour, bien qu'il soit à la proue et que je me contente de pleurer à la poupe, nous sommes deux. Je songe à cette vierge en procession, en Sicile, dont on remplit le manteau de colombes qui se libèrent d'un coup en déchirant l'idole dans leur envol. Oui, ce n'est pas Pascual qu'il faut aimer et désirer, c'est la Vie. Mais il n'est pas une image de la vie, il ne représente pas la vie, ne la symbolise pas, il est cette part du vivant qui se donne pour révéler le vivant. L'amour fou n'est qu'à la condition de réveiller la Totalité dont il est extrait, cette Totalité est la Béatitude, cette Totalité est sur le visage de Pascual souriant dans la lumière.

"Je ne peux pas t'aider davantage."

Mais cela semble une antiphrase. Il retient quelque chose, quelque chose qui lui semble pauvre, l'oracle juge ses oracles et les trouve indignes. Je sens qu'il veut dire quelque chose qui ressemble à une plaisanterie, une bêtise mais de ces bêtises nécessaires, salvatrices.

"Il faut que tu saches... que je t'ai toujours appelé Spirou."

Il sourit. Voilà les paroles sacramentelles. Spirou. Cela le fait rire, il rit de son rire muet. Et d'un coup quelque chose de plus grave vient tarir l'éclat, il baisse les yeux.

"Quand je te voyais je me disais, tiens voilà Spirou et quand je ne te voyais pas je me disais il y a longtemps que je n'ai pas vu Spirou. C'est ton nom."

La douceur triste des premiers jours, quand il me frappait au visage.

"Ce n'est pas grave que tu ne saches pas qui je suis. Il le fallait. Entre nous, il y a exactement cette odeur de cire à bois, tu la sens, c'est bon hein ? C'est réconfortant. Exactement."

L'odeur dans le garage que j'avais identifiée dès la porte ouverte est piquante et froide.

"Tu ne diras pas que je t'ai appelé Spirou. A personne tu ne diras ce nom."

Je le dis aujourd'hui sous le masque littéraire. Ce n'est pas le dire, c'est le mettre dans un ossuaire, c'est le faire lire, ce n'est pas le dire, je ne pourrais pas le dire.

"Moi je m'appelle Pascual. Pascal, espagnol. Tu écriras mon nom sur une feuille de papier et tu l'embrasseras. J'aimais bien tes petits seins roses. Tu as compris que je vais crever."

Dès l'entrée dans le salon, j'avais vu les signes de la maladie. Plus que tout, la maladie (qui était à l'époque sans sursis) se trahissait par son détachement encore plus grand à l'égard de lui-même et des choses. L'absence a toujours été son blason, mais cette absence n'était plus insolente, elle était blanchie elle aussi, baignée elle aussi de froideur.

"Allonge-toi."

Je m'allonge sur le sol de béton avec quiétude, sur le dos. Il pose sa main sur mon cou et se met à serrer, la tête me tourne assez vite. Je sens un bonheur immense, je vais vers la mort dans une barque de velours bleu.

Il appuie de plus en plus fort, je ne suffoque pas mais je sens mes jambes qui frappent le sol, une douleur très voluptueuse me remplit le crâne, il est possible que j'aie perdu connaissance, le temps sourit dans sa détermination, les étoiles pleuvent, l'odeur merveilleuse de Pascual est un chant du ciel.

"Je pourrais te tuer. Je le pourrais. Mais il faut que tu vives, il faut que tu remontes à la surface, il faut que quelqu'un sache que je m… meurs."

Ayant échoué à ne pas bégayer sur le mot qu'il retient depuis si longtemps il sourit, il sourit d'un sourire absent, la bouche du Bouddha qu'au premier jour j'ai désirée dans le rouge de la lampe.

Je me relève. Une légère nausée me fait ouvrir les lèvres et respirer bruyamment.

Nous sortons dans le jardin. L'air froid fait monter de nos gorges une vapeur très belle, le visage de Pascual est dans un nimbe. Nous ne nous regardons pas. Il a la tête penchée, il caresse sa nuque. Je regarde sa nuque, je regarde sa main, ses doigts aux ongles coupés ras.

Nous piétinons. Et quoique nous soyons éloignés l'un de l'autre et proscrits de toute tendresse, il me semble que je suis dans ses bras et qu'il me berce. Le demi-tour qu'il fait est très lent, d'une beauté parfaite, le cercle qu'il trace autour de lui pour se retourner vers le tombeau qu'est la maison ouverte, illuminée, est d'une perfection telle que je pense à un geste de danseur, répété.

Quand il marche vers la maison, je comprends que je ne dois pas le suivre.

XIII

L'ÎLE AUX CHIENS

Je rentre à Paris en marchant sur le bord du périphérique, l'odeur de Pascual est autour de moi, les camions qui passent et la lumière sans couleur des halogènes me portent au-devant d'une joie inconnue.

Elle ne chante pas d'emblée, cette joie neuve, mais monte lentement, par vagues successives, une main amicale d'abord discrète, puis l'épaule, la bouche, le corps tout entier qui se donne, à qui l'on se donne.

Le nom de Spirou adoucit toute chose. Le personnage de l'enfance avec sa tête souriante, ses cheveux roux, son costume de groom, commence à me ressembler. Le petit personnage de papier qui rit toujours entre en moi, sa mèche lumineuse au-dessus du front est une langue de feu.

Pascual me nommant, cette grâce n'était pas imaginable, Pascual m'aimant, m'aimant moi, Pascual me regardant et me nommant, Pascual me disant son nom et me donnant un nom, cela est une des couleurs de la Providence.

Sur la route, des chiens errants grognent en sillonnant un des talus qui séparent les bras de l'autoroute. C'est celui que je choisis pour m'arrêter.

Peut-être que cette présence de vie hostile m'est nécessaire, j'apprivoise le monde et ces chiens sans me faire aucunement peur semblent valider mon accord avec l'indomptable.

Autour de moi le paysage urbain s'ordonne à la perfection. Le rythme des voitures qui passent trouve sa scansion, un long spectre musical, un cantique de confiance, au loin, ce point d'orgue de toutes les harmonies dispersées, la ville chantante. Le froid s'atténue, on croit même à un souffle chaud qui monterait de l'asphalte, la rumeur de la ville a son équivalence parfaite dans cette tiède vapeur qui tombe des lampes, qui monte de la route, qui tourne et s'immobilise sur le terre-plein, qui encense mon île.

L'extérieur semble se conformer à mon avancée vers la Joie. N'est-ce pas l'augure de la joie le plus certain ? Le dehors et le dedans s'abouchent.

Je suis sur le balcon d'Alcandre, dans l'océan de l'Etre ouvert, où le sens est donné sans aucune métaphore.

Epuisé, je m'allonge sous un arbre maigre entouré d'ordures, les chiens renoncent à leur territoire et se tiennent craintifs en bordure de route. Ils grognent, et il me semble réellement qu'ils grognent dans la clef imposée par la basse continue des voitures effrénées.

Je me souviens de l'histoire de ce chef d'orchestre en vacances qui avait remarqué dans un grand champ de fleurs deux races d'insectes bourdonnant très exactement à la tierce. L'harmonie ne peut être toujours évitée, le plus simple est de faire corps avec le cosmos, c'est la séparation et la dissonance qui à vrai dire exigent effort. Et ces chiens ne savent pas être ailleurs que dans l'immanence de leur grogne.

Une grande branche paresseuse joue à voiler la lampe quinze mètres au-dessus de moi. La lumière à la fois orange et grise aspire toute couleur et fond le réel dans un alliage roux. La rumeur lointaine de la ville et son halo jaune m'appellent, mais je sais que je dois rester jusqu'au jour dans cet asile inhumain. Une petite île de terre sèche oubliée des cantonniers au milieu de la vitesse, peuplée de chiens affamés, c'est mon royaume.

Spirou est allongé sous un arbre que le flot incessant de voitures matinales fait trembler, Spirou sourit, il est aimé.

L'invraisemblable beauté des choses se donne sans fracas. Les causalités voraces se font patientes, elles ne sauront pas corrompre cette petite île qui, comme l'espace littéraire, n'appartient qu'à elle-même. Qu'importe l'avenir, le mystère profond joue avec les papiers gras qui volettent autour de l'arbre écorché. Qu'importe le sens et sa formulation ! le vol perdu des papiers, le balancement des feuilles rognées, les chiens en contre-jour témoignent d'un sens innocent de toute image.

Le jeune homme aimé est couché sur le dos, sous un arbre, et il lui semble qu'il porte la terre.

Diane a levé l'anathème, les chiens qui rôdent me font penser que j'avais comparé mon histoire à celle d'un Actéon poursuivi. Mais Pascual, la force de la vie même, ne m'a pas démembré, et pour déjouer le drame il m'a donné un nom, secret et ridicule, mais qui m'a peut-être appris à sourire à la violence du monde.

La magie de la dénomination seule pouvait m'arracher au vide aspirant.

Le nom de Spirou sera mon arme secrète tandis que les surnoms épouvantables de l'école me poursuivent encore de leur force terrible. N'est-il pas écrit que Dieu nous appellera par notre nom en nous accueillant au royaume des cieux ? Non, je ne déifie pas Pascual et je ne songe pas même, traîtreusement, par la virtuosité des métaphores à l'appeler ange, mais l'être aimé, et de quelque amour que ce soit, où faut-il le placer dans la hiérarchie de nos gardiens ?

La joie d'être nommé par l'être aimé est une joie qui n'est pas de ce monde.

Le nom de Spirou que je répète, certainement aussi parce qu'il appartient à l'enfance d'une génération entière, peut résoudre les douleurs de l'enfance et fait de ce terre-plein sale aux chiens vagabonds une île de Clémence. Là-bas, Paris peut toujours ruminer sa litanie, je sais qu'il y a ce lieu dont je suis le Colomb ébahi. Ce lieu où, moi, j'ai posé mon pied prudent.

Cette île me protège du raz-de-marée de projets qui dès demain m'assailliront. Les livres qu'il faut avoir lus, les amis qu'il faut savoir perdre, cette jalousie toujours renaissante pour le bien de l'autre, cette question de savoir si le noir est encore à la mode et le poème ajourné…

C'est sur cette île d'ambre et d'aboiements que s'est écrit ce livre. Le jour d'un bleu exagéré entrait dans le ciel, et j'écrivais mon livre, les mains posées sur la poitrine. Il y a cet instant où l'œuvre non encore éclose est pourtant possédée par avance, faisant de son accouchement un travail aveugle. Le risque est grand alors dans le labeur de perdre cette totalité entrevue qui se donne chair par notre persévérance.

Mais un livre ne devrait être que la recherche éperdue de la source de tout poème, l'interrogation littéraire n'étant que l'image déchue de tout le rapport au monde, la mue de serpent que le reptile de l'Assentiment a jetée sur la prairie de la page, l'écrit est ce déchet d'un corps céleste enfui, enfui dans le calendrier légendaire des heures d'éblouissement.

Ainsi en me posant la question ouvrière "pourquoi j'écris", je pose, avec une pudeur qui est la littérature même, la question de mon rapport au monde, certain du fait que, sans joie, il n'y aurait pas un mot, il n'y aurait jamais eu un mot sans la Joie, sans cette rétribution immédiate du sens, la joie d'être, donnée immédiatement et éternellement, précisément et intégralement, donnée à celui qui peut écrire comme à celui qui jouit.

Mais alors, le style n'est jamais que le baromètre angoissant de ma Joie, et je risque en le forçant de détruire sa mesure, de corrompre son mercure, d'aveugler sa joie même. Je risque à chaque mot de découvrir que je hais le monde, que je suis un homme indigne, que je suis un désert abject de pierres brûlantes et de vanités closes. Je risque de découvrir que je ne suis pas aimé. Voilà ce qui si souvent me fait asseoir à ma table avec une nausée paralysante. Mais si, cependant, je m'assois à cette table, si cependant j'accepte de patauger dans l'horreur d'être limité, si j'accepte l'épreuve alors que je ne suis de taille qu'à y perdre la mise, c'est bien qu'une main angélique m'y pousse.

Une main angélique ? Un lien ?

Avec le jour et mon immobilité, les chiens se sont rapprochés. L'un d'eux est plus noir que les autres. Ses lèvres mouillées sont vibrantes à l'ourlet de sa gueule. Un grondement vient des tréfonds de son ventre, mais il le retient dans les harmoniques graves de la peur et de la haine sourdes. Ses yeux ont cette tristesse, cette plainte, cette insupportable demande et qui du chien est le propre, tout en s'approchant de l'humain. Et si sa mâchoire se serrait un peu, si ce grondement s'interrompait, s'il venait rouler sa tête de cerbère contre ma jambe, à cet instant je suis toujours immobile, il me semblerait voir un être angélique, non pas tendre mais redoutable, supérieur et sans aucune intelligence qui du paradis m'indiquerait le gué.

Le chien noir approche sa gueule de mon visage. Je sens son haleine écœurante et splendide. Il me renifle. Mais rien ne m'autorise à bouger. Il renifle mon corps. Plus longuement son museau flaire entre mes jambes. Il connaît l'odeur de ma bouche, de mes aisselles, de mon sexe, la sueur sur ma poitrine.

Je me laisse faire, la raideur de mon corps n'est plus rétive, mais abandonnée, un délice étrange, je suis la proie d'une bête, qui seule peut dans son animalité valider mon appartenance au monde. Car si nous nous sommes enfuis du jardin d'Eden, le jardin, lui, est toujours là, sous nos pieds, entre nos mains, et nous en sommes forclos tout en l'ayant autour de nous.

Là, le dialogue avec l'animal est d'une tristesse éloquente.

Les autres chiens s'approchent, juges de l'épreuve. Je ne dois pas avoir peur, de quoi avoir peur ? Toutes ces belles paroles, toutes ces vapeurs mystiques résisteront-elles à une morsure de chien ? Si je tremble, ils mordront, s'ils mordent, ma peur brisera l'harmonie de l'île, j'aurai rompu le passage.

Le chien noir est incontestablement le dominant de la troupe, il se tient maintenant à l'écart, il a donné l'ordre à ses vassaux de venir saluer l'intrus, tandis qu'il me regarde, lointain et impérial.

Un des chiens montre les dents, il joue avec ma jambe, la mordille.

Au contraire, cette façon de tenir ma jambe entre ses dents sans me blesser confirme mon appartenance.

Et d'un coup, c'est l'indifférence totale, toutes les bêtes retournent à la horde, plus loin il y a le partage d'une charogne qui les appelle.

Le chien noir a attrapé un rat. Le rat tremble encore dans sa gueule, la horde autour de son chef tourne et danse.

C'est alors qu'avec une servilité que seuls les rois peuvent se permettre le chien est venu déposer contre ma hanche la bête éviscérée, et que d'une main touchant son mufle je l'ai remercié de cette suprême offrande. Il m'est venu à l'esprit que la bête avait été dressée à ce geste dans un autre temps. Mais il est encore plus probable que ce geste ancestral appartienne à un lien celé entre l'humanité déchue et sa provenance animale qui l'appelle et la reconnaît.

Pascual m'a poussé jusqu'à cette île aux limbes de la ville et de mon Devoir, cette île où sourire est écrire. Combien de temps a duré cette perfection en équilibre, combien de temps ai-je rêvé à la perfection des choses contre une charogne de rat ?

Demain il y aura cette petite table où il faudra s'asseoir, les genoux qui butent contre le bois, le mur et la fenêtre, plus moyen de s'absoudre de la pesanteur d'être moi, plus rien que le bricolage et la patience.

Cette table ressemble à la table de baccara où l'on joue pour perdre.

La mise, ce sont les douloureuses économies de la sagesse, écrire c'est jouer, jouer pour perdre, perdre ce que l'on avait patiemment entassé de jolies idées, miséricordieuses, de bonnes paroles douces, de douces chambres de repos, des certitudes anesthésiantes… perdre ! perdre ! Perdre !

Et si pourtant, sachant que je ne joue que pour perdre, je viens m'asseoir à cette table et caricaturer en quelques baragouineuses sentences les pensées célestes qui m'ont été données, c'est qu'il le fallait (l'ange c'est "il faut"), il fallait contraindre l'invisible au visible, enfermer la joie océanique dans la mesure douloureuse de la page.

Mais qu'est-ce que l'inspiration a à voir dans tout ça ?

Et qu'est-ce que ce travail harassant et écœurant de l'écriture a à voir avec Pascual, l'ange. Rien, tout ?

Entrer dans la folie du labyrinthe d'un pas confiant, retenu par un fil, fragile et vaillant. Le fil d'Ariane n'a-t-il pas été souvent comparé à la littérature ? Mais a-t-on mesuré l'effroyable vérité de cette comparaison ?

Lorsque Pascual me jetait ainsi dans l'oubli de mon existence terrestre, il fallait une voix en moi qui promettait de raconter cela, de témoigner de cela et cette voix était le dernier lien avec la surface. De même quand Alcandre cherche une oreille pour confier ce qu'il a connu sur le balcon, il garde un lien possible avec sa raison, un lien à la possible formulation, autant qu'un lien à l'autre.

Etre fou c'est ne plus croire en la parole.

C'est en cela qu'aujourd'hui on peut dire fou ce monde qui prétend remplacer ce libre exercice de la parole (qui n'est qu'au prix de l'amour) par la communication.

Tout l'inverse de cette chose brute que me donnait Pascual et qui n'était pas Pascual lui-même, lequel se refusait obstinément, mais la compréhension intime et informulable de la beauté de mon existence.

Le monde moderne communique sans la médiation de l'amour des informations qui ne sauront jamais être une pure parole et ne savent qu'agrandir la soif désespérée d'amour. Puisque dans la communication et par l'armada de ses techniques il ne peut y avoir d'adresse véritable, la médiation s'adressant à tous, à la totalité de l'humanité dans une illusion de puissance et dans un déni de la présence de l'autre, irréductible danger, irréductible lumière.

Et dans l'acte de communiquer il n'y a rien du danger de la Parole.

Alcandre devait parler, devait me parler et ne pouvait le faire que pour moi. Il fallait qu'il trouve en lui suffisamment d'amour pour affronter le sacrifice primordial de l'écriture. Communiquer ne coûte rien. Parler c'est affirmer qu'il y a présence commune entre soi et l'autre, c'est déjà le prix terrifiant de l'amour.

Pascual appelait la chose poétique, lui donnait sens, il n'y avait plus face à ce scandale de son corps qu'un poème insatiable auquel je devrai me donner comme dernière chance de survivre à la beauté de son inspirateur.

Le matin n'est plus contestable.

Les chiens eux-mêmes se sont épuisés à chercher un reste de viande dans les paperasses enfuies du bord de route. Le froid n'est plus doux mais sec et intense, chargé de vapeurs mauvaises et la crasse noire sort de l'ombre. L'atrocité du matin pour l'homme qui n'a pas dormi c'est de perdre dans un sommeil d'épuisement les saintes exultations que la nuit entre deux soupirs lui a donné à résoudre. Je marche vers Paris, je ne me retourne pas sur l'île de beauté que dans mon dos je veux toujours croire couverte d'ambre, dans la perfection d'une lampe à la clarté saccadée de branches mortes. Il ne faut pas que je voie ce sanctuaire en plein jour, les chiens ne seraient plus les gardiens d'un mystère et leur laideur perdrait cette arrogance de la poésie sauvage. Il faut admettre que quelques mètres plus loin, la résistance à croire, la pesanteur des causalités reprendront leurs cadences.

Et moi quelle offrande puis-je faire aujourd'hui, quelle proie déposer aux pieds de mon maître ?

Ce livre, aussi beau qu'une bête éventrée, aussi dérisoire qu'une charogne au pied d'un autel.

XIV

ORPAILLAGES

Au-delà du carré de lumière blonde qu'Alcandre contemple dans un abandon parfait, il n'y a rien.

Tout autour de cette révélation, de cette révélation qui n'est pas suspendue dans l'éther d'une idée, mais comparue dans l'espace même de la peinture, au-delà de cette révélation, la mort partout avec ses masques renouvelés.

Alcandre, interdit, veut disparaître dans l'œuvre, il veut rejoindre ce Christ qui, le premier, a fait ce pas vers lui, cette Vierge de douceur et de douleur qui est sa condition.

Le désespéré ne cherche pas à s'approprier l'art, il cherche tout au contraire à lui appartenir. Il semble à Alcandre que lui seul a le droit de regarder le tableau puisque lui seul s'offre à sa clarté. Il ne fait plus de doute que l'Art et le Sens sont de même source mais l'art est une pensée plus haute, une Joie qui vient dans le visible. C'est peut-être ce qui émerveille le plus Alcandre, cette visibilité de l'invisible, être touché par des mains de douceur ineffable, cette manière de présenter le mystère sans le forcer, Alcandre apprivoise l'Esprit en restant debout et immobile, presque sans clignement d'yeux, devant la fenêtre qui s'est ouverte.

La douleur s'efface, se dissout dans l'or peint, dans le sourire de l'enfant, il n'y a plus qu'une cicatrice vague, l'inlassable splendeur ne l'abandonnera plus, elle le guidera par la main.

Il est seul, il n'a jamais été si seul et pourtant il y a cette odeur exhilarante, cette musique, il écoute le temps, et la scansion du temps est la seule musique qui puisse le bercer.

Il n'est pas seul, il y a un autre personnage, Alcandre l'a vu d'un coin d'œil. Il y a l'homme qui regarde l'homme qui regarde le tableau. C'est un vigile habillé de noir avec un brassard orange. Il est beau, il attend Alcandre, il attend pour fermer l'exposition, il n'a pas ce regard gris des gardiens de musée, cette familiarité ennuyée avec les œuvres, il a été engagé pour l'exposition, demain il sera ailleurs. Il n'est pas gardien de musée, il est vigile, mercenaire de la sécurité. C'est cette indifférence à la splendeur qui l'entoure qui peut-être lui donne un peu de cette beauté sauvage, extravagante, à moins que ce ne soit ce front blanc, cette barbe courte, ces yeux métalliques, cette pomme d'Adam proéminente, à moins que ce ne soit ce triomphe de sa chair qui le rende imperméable à toutes les autres beautés.

Alcandre s'amuse du gardien qui est aussi son gardien. Il est gardé, attendu, par un bourreau indifférent, c'est comme toujours. Il le voit regarder sa montre, soupirer, vers quelle demeure, vers quel abrutissement, quelle femme ?

Et sa présence brutale réussit à parfaire ce théâtre qu'Alcandre se joue à lui-même, cela semble résumer sa vie. L'attente, l'émerveillement, le désir.

Une sorte de combat s'est engagé entre le vieillard et le jeune homme, tant qu'Alcandre restera dans sa méditation il n'osera pas le rappeler à l'ordre, Alcandre en est conscient. Mais s'il fait le moindre mouvement, s'il cligne des yeux, si l'aura sacrée de son dialogue avec l'œuvre se fissure, alors le jeune homme entrera dans le monde idéal, il brisera le rêve d'Alcandre, il fera sonner l'heure. De son côté, le vigile magnifique s'agite ostensiblement, fait les cent pas, respire bruyamment, tente de se faire remarquer par le visiteur attardé. Pourtant la mystérieuse quiétude d'Alcandre le tient à distance, dans un autre temps, dans un autre rythme. A moins que ce ne soit la détresse de ce vieillard qui ait ému le jeune garde, il l'a vu, sale, son manteau troué, avancer le cœur battant dans la salle du fond, épuisé, mourant.

Peut-être aussi, et c'est le plus probable, la fascination de l'amateur d'art reste pour lui un mystère douloureux, se sent-il exclu ? Jette-t-il un regard de temps à autre vers les images qui l'entourent, conçoit-il sa tiédeur ? Il ne peut connaître sa misère qu'en voyant, sur le visage d'Alcandre, le reflet de la lumière. Souhaite-t-il connaître ?

Oui, il le souhaite, mais il souhaite aussi, et c'est la même passion, détruire, détruire non pas l'œuvre qui n'est rien, mais le regard.

Et c'est le sens de ce bruit qu'il fait, raclement de gorge, bottes sur le parquet, tintement de sa gourmette contre sa montre quand il regarde son maître : l'heure.

C'est ce combat-là qui est l'œuvre, Alcandre ne trouvera-t-il jamais de repos ?

Mais la pensée que demain il n'aura plus la possibilité de venir contempler le tableau monte en lui. Il avait voulu oublier qu'il n'était pas dans un musée mais dans une exposition temporaire, le garde ne lui rappelait pas seulement que l'heure était close pour ce jour mais pour tous les autres jours. Son Réconfort dès demain sera ravalé au rang de marchandise culturelle. Il ne verra plus le Christ au pied prudent, il ne verra plus le sourire inquiet de la Vierge, il ne connaîtra peut-être plus cette extase… un autre tableau, il y a des milliers d'œuvres… non, pas ainsi, pas exactement au lieu où tout a commencé. Perdre l'origine de sa conversion lui est insupportable. Il pense alors non plus qu'il est l'adversaire du beau gardien mais son ennemi.

Au moment où il a cette pensée, le gardien abandonne son poste, c'est d'un coup rapide qu'il disparaît.

"Il est allé pisser."

Une seconde, il désire voir l'or liquide et chaud, la bite indolente, le jeune homme grimaçant de plaisir, il a toujours aimé regarder pisser les garçons. Il entend une porte que l'on ouvre, son hypothèse se confirme, il va pisser et revenir. Il n'y a que quelques secondes, s'il veut le faire c'est maintenant qu'il doit le faire, sans aucune hésitation.

Il n'a qu'à tendre la main.

Il n'a qu'à tendre la main, le tableau est à peine accroché, il n'y a pas de caméra, il le cachera dans son manteau, il le tiendra sur son cœur, il n'aura pas même à courir.

Prendre. Prendre. Quoi de plus simple et y a-t-il une autre loi ? Désirer et prendre. Je le désire, je le prends. Heureux celui qui se tient dans la simplicité de cette arithmétique. Il n'y a ni devoir, ni loi, il y a la nature. La nature tue sans semonce, le cœur désire au-delà du verbe, le geste seul est pensée.

Si son désir est parfait il n'a rien à craindre. Mais il ne faut pas hésiter.

Voilà, c'est fait.

Le cœur affolé d'Alcandre tape contre le bois peint, contre le visage verni de l'enfant, son manteau est fermé d'une main, on ne voit rien.

Il s'avance vers la sortie, la main posée sur le cœur, sans courir, sans faire résonner ses pas, sans exagérer sa discrétion. Pour sortir il doit passer devant la porte marquée d'une entrée interdite où le gardien pisse. Ce doit être son vestiaire. Il peut attendre qu'il sorte ou passer devant à toute allure, mais il risque de tomber nez à nez avec son ennemi.

Il hésite, il se lance, ce qu'il craignait arrive, le vigile est juste devant lui au moment où il passe.

"Je suis le dernier, on dirait."

La phrase est venue d'elle-même, le sens multiple le heurte. Oui, il est bien le dernier. Il voit les dents splendides du garçon qui lui apparaît beaucoup plus jeune et vulnérable dans sa gêne d'être surpris en train de remonter sa braguette. C'est cette candide pudeur qui sauve Alcandre, le vigile rougit. Alcandre le sent dans son dos qui le regarde descendre les escaliers et sortir. Quelques pas encore, l'air froid de la rue, la rue, les réverbères orange dans le ciel bleu. Il est dehors, il peut accélérer, il faut trouver refuge. Prendre les quais et marcher jusqu'à l'hôtel. Il a le souffle court. Des fourmis dans les tempes. Il n'ose pas encore s'abandonner à une exultation bruyante.

Le voilà au bord du fleuve, le bruissement engorgé du fleuve, son odeur morte de crâne et de nacre, le râle des eaux salies qui lèchent les berges.

La plainte prophétique des eaux fuyantes est réconfort, le fleuve va, l'embouchure qui l'appelle, il ne la connaît que de s'oublier, traverser les villes, suivre les cieux, user les plaines, le Sens est dit une fois pour toutes, l'épave flottante ne le contredit pas, elle est dans l'espérance, a-t-elle le choix ?

Et ne sommes-nous pas dans une fatalité de bonheur ?

Tout est beauté brutale, Alcandre s'envole à l'intérieur de l'image sacrée qu'il a dérobée aux regards impurs. L'or ! l'or, partout, toujours, la sonorité gigantesque du mot est d'un timbre ensorcelant. Il vole dans l'or, il est une des griffes du pinceau, une des feuilles dorées. Le monde est inondé d'or, c'est le fond du tableau qui s'est déversé dans l'air, son geste a sauvé quelque chose, il lui semble qu'une loi cosmique attendait qu'il agisse pour parfaire le soir qui monte.

Quand il entend derrière lui les cris accusateurs et les pas qui s'accélèrent, il sait que le siècle le rattrape et qu'il n'échappera pas à son calvaire, les aboiements qu'il connaît trop. Il se retourne et voit venir à lui avec une vitesse splendide le jeune garde suivi de deux policiers. Il voit cette foulée très large, ce buste basculé en avant, ces poings tendus dont il est la proie ridicule. Il voit leurs yeux pleins d'une joie morbide, il est le gibier apeuré, la curée sera ponctuelle.

A quelques mètres de lui, le jeune vigile voit Alcandre avancer vers le bord de la berge. Il s'arrête net. Le combat entre eux reprend dans l'immobilité. Le gardien sait qu'il doit fasciner sa proie pour l'empêcher de se jeter. Il avance très lentement.

Alcandre sort de son manteau le petit tableau d'or, il le présente au jeune homme, il veut l'aveugler. Sous ses pieds, le flot sombre court presque sans bruit. La Seine gonflée ne fait pas de vague et a changé sa langueur naturelle pour une puissance plus large. Des branches passent devant les yeux d'Alcandre, les reflets de la ville, lumières rouges satellisées dans l'ombre de l'eau.

Il étend le bras avec un très beau geste, un geste de théâtre, affirmé, un geste adressé à son bourreau et par ce geste il le fait complice de son crime. Quand le tableau tombe dans le fleuve, il n'y a ni bruit ni éclat, le bois sec et lourd ne flotte pas, il coule.

Une seconde et il n'y a plus rien.

Les policiers menottent Alcandre à plat ventre et le frappent plusieurs fois à la tête. Le vigile se tient en retrait. Il regarde fièrement sa proie. A cause d'Alcandre il perdra sa place, il sera ridiculisé. Mais pour l'instant il peut le frapper s'il veut, il peut lui cracher dessus, il peut le regarder encore et jouir de la position humiliante où le tiennent les deux hommes.

Il avance vers son visage. Il pose son pied très délicatement sur la joue d'Alcandre, il l'essuie d'un peu de boue, élégance d'un pinceau faisant un grand trait de terre de Sienne sur une toile vierge.

Et Alcandre aime profondément ce geste, il ne sent plus la douleur au crâne et aux poignets, la joie d'être si tendrement humilié par cet homme jeune et d'une beauté invraisemblable lui rappelle qu'il a vécu.

Il est traîné jusqu'au fourgon noir, un petit corbillard aveugle.

Il lui faut traverser une foule nombreuse qui en quelques mesures a eu le temps de s'aimanter vers les quais. Les regards qu'il croise, il ne les a jamais vus. Il voit une haine acérée, pas un qui ne brandisse autre chose que le mépris et la vindicte. Il cherche parmi ces regards celui qui de la compassion aurait l'éclat. Il ne savait pas encore que la foule est méchante, il s'étonne d'avoir attendu si longtemps, perdu dans ses voyages au centre de lui-même, il ne savait pas, il ne voyait pas cette haine coutumière. Il sent que s'il s'approche un peu de leurs bouches il pourra entendre cette tempête contenue, cette amertume démasquée et il a pour eux une pitié immense.

Pourtant il se souvient chaque fois qu'il a vu un homme enchaîné passer avoir été irrésolument de son côté, et il lui semblait que ce sentiment était commun à tous. Mais peut-être est-il en effet commun à tous les cœurs, et n'est-ce pas pour s'en dégager que les passants crachent sur les prisonniers ? Il est à un lieu où la grande ombre apparaît à ses yeux innocents, de là où il est, il voit enfin ce Mal qui réchauffe les travaux et les jours, ce Mal nécessaire !

Il entre dans le fourgon et c'est le calme noir.

L'un de ses gardiens le regarde avec indifférence, Alcandre pense alors que tous désormais le regarderont avec cet ennui, cette absence, parce qu'on ne saurait pas regarder autrement un homme à qui on est enchaîné. L'adorable contact du poignet de son geôlier le berce, c'est un voyage très doux à travers Paris, il voit les monuments tronqués par la fenêtre courte. Il reconnaît les immeubles et les rues, la valse des lampes, le salut des arbres, un peu de ciel gorgé de lumière orange.

Ce voyage est le dernier, c'est la procession d'adieu.

Et voyant apparaître le génie de la Bastille scintillant sur son fût dans son éternelle jeunesse, sa danse immortelle, son inaltérable grâce, il a ce sourire plein de larmes. Le corps fin de l'adolescent doré tourne dans le ciel noir, il est tous les garçons qu'il a aimés, et il pense maintenant qu'il les quitte, qu'il les a réellement aimés et qu'eux pas plus que lui ne s'en doutaient.

Alcandre nous paraît intouchable dans sa dernière course, cela ne signifie pas qu'il soit insensible à la douleur. Ni à la douleur physique, son crâne saigne, ses poignets sont entaillés, son épaule démise, ni à la douleur de l'adieu, mais cette douleur est Joie, c'est ce que nous ne pouvons pas comprendre. Peut-être que Pascual me lacérant le dos pour y graver sa marque m'a plongé dans un enseignement comparable.

Mais pourquoi dire comparable ?

C'est d'abord l'inventaire des questions administratives. Il doit récapituler sa vie en quelques mots. Il constate qu'il est veuf. Qu'il a un fils. Qu'il ne s'appelle pas Alcandre, mais Benoît Dambre, qu'il ne peut échapper à la banalité de sa biographie. Il est écrivain et ses efforts répétés pour faire inscrire "poète" sont sans effet. Il a soixante et onze ans.

Le chiffre le laisse rêveur, il y a longtemps qu'il se contente de dire sa date de naissance et évite de compter, il n'a pas le visage d'un homme de cet âge. Il est pauvre, il n'a personne à appeler, il n'a pas de domicile fixe.

Tout cela est un maigre lot de réalités, il est désormais, il sera, cet écrivain qui a volé le tableau d'un primitif florentin à l'exposition du Petit Palais.

Mais on semble surtout lui reprocher les coups donnés aux gardiens de l'ordre, dont il n'a aucun souvenir.

Dans une autre pièce, sans fenêtre, laquée de vert amande, un inspecteur au visage banal lui demande à quel réseau il appartient. Alcandre ne comprend pas. Il constate que les platitudes biographiques n'ont pas convaincu le supérieur, qu'elles ont même paru outrageusement falsifiées. Il apprend que les musées de France ont “perdu” plusieurs peintures, qu'il doit donner le nom d'un revendeur, tout cela gêne Alcandre qui est à cet instant dans le mûrissement d'une action, une action qui ne supporte aucun dérangement extérieur, qui exige de ses forces psychologiques une concentration absolue, une action qui est la suprême action, l'Action !

Il répond d'une voix éteinte qui semble fausse à ses interlocuteurs.

Il ne doit pas lâcher son bonheur.

Il ne doit pas perdre des yeux l'or qui brille au fond de l'eau. Il est irrité par ce flot de questions obscènes, de chantages romanesques, les policiers qui semblent se caricaturer eux-mêmes ont des mimiques de suspicion, des échanges de clins d'œil dont Alcandre aimerait rire.

Il est libre, mais les mouches bourdonnent autour de sa tête.

Un grand coup sur le sommet du crâne le laisse hébété. On l'a frappé avec quelque chose de lourd et de souple, le bottin ? Il se lève d'un coup et projette sa tête ensanglantée contre la mâchoire d'un des policiers, le plus jeune. Ils tombent tous les deux sur un sol carrelé, une danse imbécile et l'avalanche de coups. L'interrogatoire s'arrête. Il est conduit au greffe.

En se déshabillant il voit qu'un petit éclat d'or est resté collé à la doublure de son manteau. Il le recueille. Il est nu et tient au creux de sa main la petite écharde de bois doré. Il la tient si fortement qu'elle s'enfonce dans les lignes de la main sans le blesser. A nouveau attaché, il est jeté nu dans une pièce carrée et grise, un tombeau froid éclairé d'une ampoule nue.

Il tombe et se recroqueville.

Le froid l'aide à descendre en lui-même. L'isolement, la lumière blanche, le sol humide sont des bénédictions ; Alcandre craint surtout de dormir. Il lui faut pourtant repousser les assauts de son mal au crâne et à l'épaule, ignorer son corps. Peu à peu il apprend à tenir la douleur dans une zone de sa conscience qui le laisse libre. Alors il se met au travail. Il sent au profond de sa poitrine, au centre de son corps, la zone qu'il doit rejoindre par la pensée, la lampe qu'il doit éteindre.

Il respire difficilement, avec bruit, du sang dans la bouche. Il crache plusieurs fois une bave épaisse. Il pisse. Il sent la chaleur de l'urine venir jusqu'à lui.

Au milieu de la nuit, le combat devient plus dur, il perd conscience, ses membres tremblent. Ses jambes bougent dans tous les sens, ses yeux clignent sans qu'il puisse les arrêter. Un songe vient. C'est une tentation mi-physique, mi-mentale, informulable, une sorte d'écœurement, de refus. Il voit distinctement des blocs de matière qui sortent du sol et le broient. Il a l'impression d'être enterré vivant, il a l'impression qu'il est mort déjà et n'a pas fait face. Un désespoir inhumain entre en lui. Il sent que s'il accepte la mort, son corps la refuse, il parle à son corps, il le berce, il retrouve la voix de l'enfant, il confond ce corps avec l'enfant qui a peur. Retrouver la quiétude lui semble impossible. Il la conçoit mais ne la goûte plus. Il ne sait plus comment faire jaillir à nouveau l'étincelle de beauté qui pourrait éclairer sa course.

L'opacité terrible est là, il se relève d'un coup sans l'avoir commandé, s'adosse au mur. Il a soif. Il a terriblement soif. Braver cette soif est insurmontable, la soif prend toute la place. Mais la soif elle aussi disparaît, dernière illusion, il ne ressent plus rien. Il n'est plus dans un monde d'obscurité mais d'opacité. Il se résigne à mourir mais simplement pour en finir. Il attend, il est oublié.

La pensée de la petite écharde lumineuse dans sa main le rappelle à l'ordre. Il entrouvre la main et croit voir le morceau de bois minuscule, il croit le voir briller. L'Ange revient vers lui et bientôt toute une musique insoupçonnée. Il sent le cristal d'une Joie parfaite, déchirante, une Joie non plus isolée dans une extase intérieure mais comme en communion avec les âmes. Le moi insulaire se déchire, il reconnaît cette part de lui qui est offerte et éloquente. Il est plein d'une force inlassable, cette force il peut la diriger vers ceux dont le souvenir est ardent. Pourquoi n'a-t-il pas su convier cette force plus tôt ? C'est simple d'aimer et rien ne comble comme cet Amour qui est Action. Il sent que tant qu'il tiendra cet amour à ce point royal il pourra protéger ceux qu'il aime.

Sa force grandit, s'affirme, chante avec l'Eternité.

N'être plus seul, enfin, n'être plus cet arpent infécond, ce lieu de labeur, mais le Bien intarissable.

Il lui reste à accomplir son sacrifice. Tout ce feu d'amour naît de son sacrifice. Il doit se sacrifier absolument pour qu'il n'y ait aucune part du combustible qui ne soit transformée en puissance d'amour. Il sent cela physiquement. Il sent son corps brûler et se transformer en lumière et en gloire. Mais pour cela il ne faut pas s'endormir, il ne faut pas douter, il ne faut pas laisser la décomposition le prendre, il faut se donner. Il connaît alors cette part de lui qui a toujours été déniée et qui est sa libre volonté. Il goûte cet espace celé et étroit où lui seul est maître et qui ne lui a été donné que pour le rendre.

Il peut sauver son fils, il sent qu'il le sauve, il sent qu'il lui donne une force princière, qu'il résout ses énigmes, dissipe ses fantômes. De son corps glorieux, il ensemence cette terre misérable qui ne se connaît pas. Il voit le corps de son fils, nu, baigné de soleil et de mer. Il le voit entouré des siens dans une béatitude qui se dit. Il lui désigne par le cœur qu'il y a cette Chose plus grande que la folie des désirs épars et que l'absurdité de la mort. Il n'y a qu'à regarder les taches de soleil qui jouent dans l'eau. Il voit ce bel homme, le torse puissant et glabre de la statue, dans l'eau jusqu'à la taille, qui joue avec la lumière en frappant les vagues. Il le voit sourire, oublier un instant les appels du rivage, il le voit soustrait à la pesanteur de l'identité, dans un élan de douceur, comme lui-même, à cet instant, est enfin absous de l'horrible créance d'être soi.

Le lendemain soir les deux croque-morts qui appuient sur ses membres raidis pour le faire entrer dans le cercueil voient dans la main ouverte de force une petite larme d'or.

"Oh ! Regarde, une pépite." Dit l'un.
"C'est sûrement pour nous payer." Dit l'autre.

XV

GRÉGOIRE SUR LE CHEMIN

Le temps est venu pour Grégoire de retourner à ses ténèbres.

La prière s'est enfuie de lui aussi simplement qu'elle était venue et il n'a pas appris à lui substituer le travail tenace, l'abrutissement de l'artisanat veuf de toute inspiration. C'est sans mépris pour ses frères, il les admire profondément, leur infernale traversée du désert, toutes ces génuflexions sans espoir, ces chants sans résonance intime, la patience d'apprivoiser Dieu, l'âme de l'attente faite flamme. Lui, il appartient au monde comique des inspirés, il lui faut être tout, sans quoi le rire submerge son île, il se moque de lui-même avec une simplicité d'animal faisant sa toilette. La prière s'est enfuie, il n'y a qu'à attendre qu'elle revienne et se gaver de vide, c'est sans vénérer la débauche qu'il répond à cet élan du corps. L'objet de son désir voilé, il ne lui reste plus qu'à gaspiller cette invraisemblable force d'amour qui ne peut se dire. L'Absence est pour lui une des formes de Dieu et des plus manifestes, il connaît son hiver, il sait s'y réchauffer.

"Vers la Joie..."

Et si ce n'était vers la Joie, irions-nous ainsi à la mangeoire et à la mort ? Etapes, essoufflement de la bête, saisons infertiles, équinoxes souriants, haltes basses, stations hautes, danses, prostrations et cette joie qui appelle.

Mais il a interrompu sa phrase parce que quand il a peur de devenir sentencieux il ponctue de ce sourire si grand, les yeux clos.

"Vers la Joie, de toute façon… et ce repos des astres où nous reprendrons notre place."

Le frère qui l'écoute est ému de cette âme sans dissimulation qui chemine avec sa mort sous le bras aussi banale que le petit sac bleu de toile que Grégoire remplit de quelques objets patinés.

Un pull marin qui lui sert de pyjama, une branche d'olivier ramassée à Assise, une croix de verroterie qui lui vient de sa grand-mère, une petite icône achetée à des Roms et qui s'est écaillée au fond du sac, l'Evangile dans une peau rouge mais affadie par la caresse, un chapelet musulman de perles de jade.

Le jeune frère le regarde remplir ce sac des grigris et des souvenirs d'une existence qui est allée de la Présence divine à la compréhension de sa discrétion avec la même candeur et la même obstination d'enfant aimant. Le jeune frère se défend de le juger mais comment le guider sans contraindre cette liberté qui est le prix de son chemin ?

Il lui demande s'il souffre. Simplement si se sentant ainsi rejeté du tendre foyer d'oraison où il l'a vu s'abîmer il en ressent de la douleur ?

Grégoire répond : "Probablement."

Probablement, être ainsi exilé de l'azur, condamné à la répétition gymnastique du plaisir déviant, écorche sa quiétude et ce sourire. Mais ce n'est pas moins harassant, moins morne que la prière volontaire, acharnée, ce recopiage, cette besogne sans lumière.

Il repousse d'un rire – ce n'est pas sans héroïsme – la tentation médiocre de se mépriser. Il s'est promis de vivre en accord avec cette crue et cette décrue de la vie, en accord ne veut pas dire en harmonie. Oui, il a mal. Mais cette douleur est aveugle, il ne faut pas la laisser piloter.

Imaginons ce que serait une vie entièrement consacrée à répondre aux intuitions intimes, absolument scrupuleuse de répondre à la liberté, fût-elle absurdité de ses pulsions. Et le désir lassé de ces métamorphoses grotesques ne finirait-il pas par nous enjoindre le retour à cette Source, cette Chose unique qui comble absolument ?

C'est l'aventure de Grégoire, entre l'abîme de la folie et celui tout aussi vertigineux de l'ennui, il danse peut-être.

"Je vais me rouler dedans."

C'est ce qu'il dit au frère qu'il aime, c'est sans orgueil, sans impatience, il doit suivre le mouvement terrible de son corps. Le mois passé dans la fraîcheur des pierres blanches était trop beau pour qu'il le vende à la lassitude. Il doit partir. Les théâtres de l'abjection l'attendent et cette incroyable faculté d'emmener Dieu au pire de l'humain, de ne descendre au puits mortel qu'avec sa lumière mordant l'épaule. Il sait trop que la sainteté n'est pas à confondre avec la propagande de la vertu, il doit remettre à Dieu ce qu'il a, l'offrande puante qu'il a dans les mains, il ne doit pas la regarder avec plus de dégoût que Dieu lui-même ne regarde notre appétit de destruction et de mort.

Au centre de la spirale, il n'y a pas de mouvement.

Il est lui aussi dans l'immobilité de son cloître, mais son cloître est un mouvement passionnel circulaire et qui aurait découragé des moins pieux.

Il rit.

Il rit toujours et s'il n'est ni le fruit de la honte ni celui de l'orgueil, ce rire est-il assez miséricordieux ?

“Je suis un gyrovague.”

Moines sans monastère attitré, les gyrovagues avaient établi leur cloître dans un perpétuel voyage, de solstices en solstices ils avaient trouvé moyen d'être prostrés dans le recommencement des saisons.

Le petit sac bleu “usé jusqu'à la corde” dont il aime tant dire qu'il est usé “jusqu'à la corde” est bouclé. Sa guinde de marin dans les passants rafistolés mille fois fait un nœud déterminé.

“Et toi quand seras-tu usé jusqu'à la corde ?”

Mais le frère qui l'aide dit cela sans le sermonner, juste l'impatience de l'avoir pour toujours à ses côtés, dans le labeur de l'oraison.

“Ce n'est pas à moi d'en décider.”

Il regarde le vieux sac, c'est vrai qu'il lui ressemble.

C'est vrai qu'il est lui-même usé jusqu'à la corde et qu'il a remis son appartenance à des forces qui le dépassent. Cette fois, il semble à Grégoire que la débauche sera plus violente que jamais, ces semaines où il a su oublier son corps dans l'ascension et l'épanouissement de sa Fidélité étaient à la mesure de ce désir abrutissant qui hier soir s'est jeté sur lui, aussi puissant qu'aux premières heures de l'adolescence.

"Ramper, être humilié, manger de la merde, s'offrir au désir des autres, oublier encore ce corps qui est mensonge mais selon les rites du corps et non plus de l'ascèse, il y a une nuit d'un poids égal au jour, un jour d'un poids égal à la nuit, la vérité n'est qu'un moment d'aube en équilibre."

Le vieux sac usé jusqu'à la corde est sur son dos, il avance dans le froid vers le bus qui le conduira à Montbard, et de là le train vers les abysses parisiennes, les salons rouges, les vertiges ténébreux. Le frère est près de lui, il marche silencieusement, il voudrait faire sentir à Grégoire par sa présence muette qu'il sera toujours à ses côtés dans la communion des âmes. Le grand mal du siècle n'est-il pas de ne plus croire à cette communion muette, étrangère à toute communication terrestre, et qui est l'unique rempart contre les assauts de la mort. Galvauder le mot amour ne permettrait pas d'approcher cette aventure qui entre eux s'est ouverte mais sans serments sonores. Il placera ce soir et tous les soirs des mois suivants un lumignon contre la fenêtre de sa cellule et son inquiétude tremblera avec la flammèche adossée à la nuit.

"Oui, je suis usé jusqu'à la corde, moi aussi. Il faudra bien que je sois libre, vraiment, cet éternel départ, ce retour sempiternel, ça ne vaut qu'à la force de la jeunesse. Mais je suis vieux déjà. Je suis vieux, parce que cette vie m'a vieilli. C'est bien. Cette fois je vais tellement en avaler que je serai écœuré à jamais. O que Dieu m'entende ! Qui mieux que moi sait qu'il n'y a rien là où je vais. Et pourtant qui d'autre que moi y va avec plus d'acharnement ?"

Il attend le bus longuement, dans le froid. Le paysage de petite ville anodine qui enceint la colline sacrée de Vézelay est un fond assez neutre à la rêverie, on pourrait être partout, avoir toutes les pensées.

Dans le bus il regarde défiler le paysage bourguignon, la beauté lassante l'endort. Il se réveille à Montbard, le train est dans une heure, il est dans un autre monde.

L'heure à attendre le met dans une sorte de colère qu'il épanche en allant aux toilettes de la gare flairer un peu l'air infecté qu'il aime.

Les graffitis lubriques l'apaisent, l'odeur âcre de Javel et d'excréments est l'encens qui le réveille, le rend à sa quête. Il se branle en léchant un mouchoir en papier humide d'un liquide gluant qu'il veut croire être du sperme. Les contractions de dégoût après la jouissance l'obligent à se tenir contre le mur au crépi jaune où le nom de son étape insignifiante est écrit fièrement sur une plaque d'émail bleue.

Il retourne à la gare, apprend que son train aura une heure et demie de retard et regrette de s'être branlé. Ses doigts sont rouges de froid, il a dans le cou un vent de glace, d'impatience et de rage.

Il achète des journaux pornos, trois, puis six, qu'il lit ouvertement assis sur un banc rouillé. Il les laisse ouverts, feuilletés par le vent, il s'amuse du regard gêné d'un passager en attente. Il ne s'appartient plus, une haine contre lui-même mûrit et il ne pourra la résoudre qu'avec des folies. Il regarde le passager sans visage qui le lorgnait et aboie dans sa direction, plus dégoûté qu'inquiet l'homme s'éloigne.

Grégoire reste seul sur le quai, il jette les journaux sur la voie et se couche sur le dos, le sac bleu sur le ventre le réchauffe. Il caresse sa bite humide, lèche les restes de sperme sur ses doigts, renifle l'odeur. Cette odeur le rassure, il ne faut pas s'endormir, il faut tenir, brûler le feu qui le brûle. C'est ce qu'il s'est fixé, plus guerrier que jamais, rendre coup pour coup, le démon lié à lui, il l'engraissera, l'épuisera, le ridiculisera.

Il n'y a pas d'autre moyen.

La passion terrible n'a pas attendu qu'il soit sur son terrain de chasse pour le crucifier à sa pente. Seuls ceux qui ont connu l'ignominieuse folie de la dépendance peuvent connaître la douleur de Grégoire. Qu'il s'en soit fait un mode de vie, qu'il ait bonne intelligence avec son mal, c'est la moindre des ruses, il n'est pas apte à reconnaître que ces sevrages extrêmes et ces retours non moins assoiffés sont les stigmates mêmes de l'incurable. Il voudrait croire que tout est joie, et tant qu'il aura cet ange du rire auprès de lui, risque-t-il vraiment plus que d'éreinter sa jeunesse ? La pierre de son sacrifice est assez douce, la nuit est belle, les astres connaissent la route. Pourquoi craindre ?

Cette fois pourtant le désir semble d'une voracité plus grande encore, inépuisable. Et si les nuits qu'il lui offre ne l'apaisent pas, il n'y aura plus qu'à se coucher dans la neige, le froid endort la douleur, mourir dans la neige est une fin angélique…

"Laisse-toi couler, Grégoire, tu n'as pas le choix, lutter est inutile, tu dois te laisser couler."

Quand il apprend qu'une grève des trains le cloue à Montbard, il rit de son infortune.

Le voilà au désert.

Il faudra trouver à Montbard quelque chose pour se calmer. Il regrette d'avoir jeté les magazines sur la voie. Si seulement il avait de la drogue, si seulement il y avait un cinéma, n'importe qui n'importe quoi.

La commune a rasé la dernière tasse et l'a remplacée par des sanisettes javellisées, les parcs sont éclairés d'halogènes qui découragent les ombres, on a stérilisé chaque coin de rue, la grande lessive de la rigueur morale a chassé les cinémas pornos et les quartiers chauds vers des villes plus grandes. Pourtant la pornographie est partout mais confinée à la sphère de l'intime, contrainte à la solitude, à la consommation. Nous voilà dans le temps de la pornographie morale, celle qui bien ordonnée rapporte le plus.

Il entre à l'*Hôtel des Voyageurs*, c'est un hôtel au moins très minable, à l'accueil, un gros jeune homme blondasse lui dit qu'il sera le seul client et le conduit dans une chambre au papier peint "mille fleurs". Une grande fenêtre aux volets de fer donne sur les rails. Il peut regarder les cantonniers qui dansent dans les étincelles d'une scie égoïne. Il fait trop froid pour qu'ils soient torses nus, ils sont trop loin pour que Grégoire puisse s'exhiber à eux.

"Vous ne serez pas dérangé par les trains. On dit que la grève peut durer."

Les autres passagers éconduits ont dû choisir un hôtel plus reluisant. Le garçon dit qu'il s'appelle "Alexandre", il ne semble pas supposer qu'il porte un nom d'empereur. Il a une ombre de moustache blonde qu'il n'a pas besoin de raser, une barbe éparse, quelques boutons sur le front, le visage qu'on oublie.

Grégoire se couche habillé et regarde le plafond. Il divague. Il construit le parcours qu'il aura à faire demain dès le matin, les chiottes de la gare du Nord, les saunas, et tard dans la nuit *Le Trap*. Il met sur ses yeux le foulard jaune qui est le fanal de son plaisir. Il se voit couché dans les chiottes à la turque, fécalisé, détruit surtout par l'indifférence de ceux qui viendront pisser et chier sur sa peau claire au grain d'amande.

Il a le ventre noué par ce retard, l'étrange sentiment de colère le reprend, il ne sait pas si c'est colère contre la grève des trains ou contre lui-même, le propre de ces colères est peut-être qu'elles ne désignent rien, rien d'autre que la condition absurde de l'homme qui désire. Il essaie de se branler, mais n'arrive pas à bander. Il fait couler un bain, il se laissera aller aux vapeurs chaudes. Mais en mettant un pied dans l'eau il se brûle terriblement, la douleur fait grandir sa colère et il lance à travers la pièce un cendrier publicitaire qui brise la vitre d'une gravure imbécile.

Il laisse couler l'eau froide, il allume la télévision et se laisse bouillir dans le bain encore trop chaud en écoutant les nouvelles, l'image est de toutes les façons irregardable.

Il n'a pas faim. Le soir vient. Une promenade dans la ville déserte le ramène à la chambre au papier peint rieur. Il redescend au bout d'une heure et engage la conversation avec Alexandre vautré sur un lit pliant avec un teckel pelé.

La conversation n'a pas de goût, mais Grégoire sourit en imaginant des insanités entre le gros garçon et le teckel.

Alexandre est le fils du patron, mais son père l'a laissé gérer l'affaire en attendant la rénovation. Il y a dix ans que l'hypothétique rénovation l'immobilise dans cette ville qu'il hait. Sa mère était bretonne, il a été élevé au bord de l'océan, les vagues lui manquent, comme "ça n'a pas trop bien marché pour lui" il a accepté le boulot. Son père l'a acheté, et il l'a coincé ici.

C'est peut-être que Grégoire ait avoué revenir de "là-haut" qui pousse le garçon à la confidence. Ils boivent de l'armagnac et laissent filer les lieux communs sur la réussite sociale, la loi du plus fort, on ne prête qu'aux riches, etc.

C'est le compagnon idéal pour la blessure de Grégoire. L'indifférence qu'il éprouve pour le destin d'Alexandre le laisse libre de tout épanchement. Ce flot de banalités pas même sordides endort le mal. Et plus Alexandre parle, avec cette voix sans inflexion, cette monotonie qui se veut du détachement, plus il semble à Grégoire qu'en fait c'est lui qui est confessé. Il se sent entre les mains de ce garçon qui ne lui veut rien, à qui il ne veut rien. Demain ils seront séparés, il l'oubliera, il n'est pas vraiment une personne humaine, seulement un figurant éloigné du drame, et il semble habitué à ce rôle. Combien de voyageurs insomniaques se sont bercés de son histoire triste ?

Vers deux heures du matin, ils pissent côte à côte dans la cour. Alexandre profite de l'intimité pour poser une question.

"C'est quoi ce qui t'appelle là-haut ?"

Grégoire s'il utilisait une échappatoire aurait l'impression d'un péché très grand. Mais la vérité semblera dérisoire à son compagnon de désert. Plus que dérisoire, c'est surtout qu'à la dire il ne saura pas la faire partager et dans ce cas pourquoi raconter ce qui ne sera perçu que comme un exotisme ?

"Je veux la perfection."

Alexandre n'est pas surpris, il est même déçu d'une réponse aussi attendue. C'est vrai qu'il ne peut pas partager cette aspiration, il est trop miséreux pour rêver de pauvreté consentie.

Pourtant il lui faut répondre, il lui faut répondre parce que depuis son entrée dans l'hôtel vide Grégoire n'a plus le sourire qui le faisait maître de son destin, il a le visage d'un homme qui demande de l'aide. Et cette aide Alexandre n'a aucune idée de comment la lui apporter. Alors il se résout à lui montrer son corps.

"Etre en vie, c'est ça la perfection. Regarde."

Il ouvre sa chemise et montre à Grégoire une grande plaie rose, un long bourrelet de chair tendre qui n'a pas l'air parfaitement cicatrisé.

"Accident de moto. Alors maintenant je regarde autour de moi et tout est parfait."

Grégoire en se couchant revoit ce grand torse blanc balafré et pense qu'il n'y a que les plaies du corps qui soient réellement philosophiques. Alexandre a su gagner son âme dans le long combat de la soirée. C'est peut-être cette volonté sans partage de l'aider sans savoir comment qui a anéanti le venin de sa course. La solitude du jeune homme balafré l'émeut. Il découvre aussi, comme une évidence qui ne l'avait pas frappé, qu'Alexandre, qui a honte de son corps, n'a montré cette plaie à personne. Qu'elle lui interdit tout amour. Oui, la honte de son corps est sans doute puissante à ce point. Il ne se trompe pas, le garçon est vierge.

Ce don d'un inconnu l'aide à oublier Paris, quelque chose se met à vibrer qui est une autre musique, mais sourde, dont il ne peut pas reconnaître la mélodie.

Il s'endort heureux dans les fleurs exagérées de la chambre.

Le lendemain il se réveille à l'aube. Il lui semble au contraire de la veille qu'il doit s'enfuir. Le sac usé jusqu'à la corde est ficelé à toute allure, il espère qu'Alexandre ne le retiendra pas en souvenir de leurs épanchements. Mais Alexandre connaît la loi. Les clients parlent avec lui la nuit, il les endort, il ne les reverra plus, au matin le visage est changé, le voyageur appartient à d'autres perspectives. Alexandre les remercie en étant aussi froid que possible, il a la politesse de rompre cette amitié ancillaire avant que son partenaire ne se tortille l'âme pour le faire à sa place.

Grégoire paie sa chambre et salue son compagnon avec une chaleur dont il est prodigue puisqu'elle est falsifiée. Il avance vers la gare refusant de croire à la providence de ce contretemps sans saveur.

Il est à la gare, sur le même banc rouillé. Le même froid que la veille le fait claquer des dents, mais tout est différent.

La courbe est rompue.

Le désir fou de la veille s'est émoussé, et sur le moment il en veut terriblement au garçon qui lui a fait perdre sa nuit. Il maudit ce corps qu'il lui a exhibé avec cette grande plaie propre. D'où vient que la transe de désir qui le secouait semble aujourd'hui une idée, une idée qu'il comprend mais à laquelle son corps refuse de répondre ?

Le train arrive. Grégoire paralysé regarde le flot des passagers qui comme lui ont dû passer la nuit sur place, comme ils retrouvent facilement le sillon de leurs devoirs, de leurs appels.

Cette aspiration à se brûler est-elle révolue ? Est-il temps de revenir sur ses pas et de laisser la douceur l'envahir ? Ou bien est-il incapable de se détruire encore parce qu'il est déjà mort ?

Il monte dans le train. Il descend. Remonte et redescend. Le burlesque de ses sauts et de ses remontées rapides attire le regard des passagers. Le train part, il est resté sur le quai.

Il marche vers l'arrêt de bus. A-t-il pris la décision de remonter sur la colline ? Pas vraiment. Il ne peut rien faire, rien penser, il se laisse porter.

Dans le bus qui le ramène à son point de départ, il constate qu'il est absent de toute joie. Il ne peut simplement rien faire d'autre que pianoter sur la vitre et compter les poteaux électriques.

Est-il en vie ? Est-il mort ? Usé jusqu'à la corde ? Il voit de nouveau la colline qui émerge des verdeurs pâles, les pierres de la grande basilique d'un blanc grisé. Mais il ne retrouve pas ce cantique qu'il connaissait presque toujours au même virage quand, du vallon, il entrevoyait la pointe du clocher.

Il sort du bus, il n'a plus qu'à monter la petite route et frapper à la porte, oh ! Le mouvement de joie de ses frères quand ils le verront, il est libre !

Mais non.

Il s'assoit à l'arrêt du bus et essaie de penser. Rien ne vient. Il y a un bruit épouvantable dans sa tête, c'est l'âme d'Alexandre qui semble faire ce bruit, c'est le gros corps du garçon d'hôtel qui déséquilibre son harmonie, c'est la souffrance morne et la quiétude morne de l'enfant abandonné qui l'occupent.

Il pense qu'il aime Alexandre, que c'est cet amour qui l'interroge mais il a tant à faire qu'il ne peut rien répondre et cet amour l'embarrasse sans le réjouir.

Et si Alexandre était le Christ ?

Il traverse la rue et prend le bus dans l'autre sens, il retourne à Montbard.

En le voyant sonner Alexandre s'étonne mais la gravité mystérieusement douce de Grégoire lui interdit toute question. En voyant le portier blond et gras, le teckel hideux, le lit pliant sale, Grégoire perd ses idées délirantes, il revoit non pas l'humanité souffrante mais un adolescent laid qui ne demande pas son aide, qui ne demande rien, qu'il n'a jamais rencontré. L'engageante complicité de la nuit s'est changée en politesse froide. La providence d'ailleurs s'est chargée de ridiculiser les signes divins que Grégoire a cru entendre ; le tenancier est ennuyé.

"Il y a un mariage ici ce soir, je suis complet."

Grégoire ne comprend pas, il le soupçonne de mentir mais pourquoi ? Il demande l'horaire des trains et voit qu'il a encore le temps de revenir au premier possible, le dernier train est dans une heure. Il part pour la deuxième fois.

Il regarde pour la deuxième fois le train arriver et pour la deuxième fois une force incompréhensible le retient sur le quai. Il faudra qu'Alexandre l'accueille coûte que coûte.

Il revient à l'hôtel et dit qu'il a changé d'avis. Il repartira demain pour la colline mais comme il n'y a pas de bus avant sept heures il demande s'il peut rester là dans l'entrée à bavarder avec lui, aussi simplement que la nuit précédente.

Mais Alexandre lui dit qu'à cause du mariage il n'aura pas "de temps à lui". Grégoire croit lire dans ses yeux un peu d'inquiétude. Il faut mendier. Il dit qu'il ne demande rien d'autre que d'attendre le jour, là, sur un fauteuil.

Le garçon cède et lui dit qu'il pourra dormir sur le lit de camp, il ne le fera pas payer.

Grégoire le remercie sans joie, il regarde le lit sale qui lui est désigné et ne peut pas imaginer autre chose qu'un défi. Oui, il dormira là, dans son odeur.

Le soir venu la fête commence. Le rythme lourd des chansons à boire et à suer aspire toute pensée. Une foule miséreuse et avinée passe et repasse devant lui. La noce va combattre l'infinie tristesse du lieu par une exubérance violente.

A cinq heures, Alexandre épuisé vient éteindre la lumière du hall et vérifie que Grégoire s'est endormi à l'endroit qu'il lui avait imposé. C'est un recoin derrière le bureau, entre le placard du compteur et la caisse.

Grégoire est sous la couverture luisante, il somnole dans l'odeur de son compagnon, rance et piquante.

"Tu dors ? Tu veux voir la mariée, viens, c'est rigolo !"

La mariée dort sur le bar, ses jambes pendent ouvertes et roses ; sa robe bon marché de satin immaculé est relevée jusqu'au nombril, on pourrait la croire morte. Une culotte trop petite ligature ses cuisses flasques marquées de bleus.

Grégoire regarde ce corps de femme, tragique, oublié, qu'il trouve d'une beauté scandaleuse.

Derrière le mur, les fêtards continuent de scander des refrains démodés, de danser en chenille, de vomir leur désarroi. Parfois c'est le cri délirant d'une femme que l'on fait sauter dans une couverture, les hommes applaudissent la hauteur du saut.

Les larmes montent dans les yeux de Grégoire à la vue de cette femme abandonnée le visage gavé de vin et d'exubérance amère.

Il ne peut s'empêcher de recouvrir son corps, ses jambes lourdes. Mais ce geste est si proche de celui fait pour rabattre un suaire qu'il en a un haut-le-cœur. La mariée murmure alors un merci à peine audible qui achève de percer le cœur de Grégoire. Il constate qu'elle ne dort pas, mais flotte dans sa rêverie nauséeuse. Elle murmure encore quelques mots inaudibles et tente plusieurs fois d'ouvrir les yeux, ses globes oculaires roulent dans l'ombre du visage trop maquillé et luisant. Les deux garçons reculent.

Tout l'hôtel résonne de ce tremblement éprouvant, de cette danse tragique qui à aucun moment ne ressemble au vert refrain de l'hymen. Alexandre le conduit jusqu'à la salle à manger où un festin sanguinolent se liquéfie. Ils mangent ensemble des choux à la crème et rient en se léchant les doigts, quelque chose de l'enfance passe un instant et les réunit comme la veille, cette union si miraculeuse de la génération.

Le laid visage d'Alexandre est brillant de crème. Il prend entre ses doigts les mariés de plastique qui achèvent la pièce montée et les suce avec avidité en faisant des grimaces. Grégoire rit par politesse. Il caresse les cheveux d'Alexandre.

"On danse avec eux ?"

Grégoire est toujours poussé par une force qu'il n'interprète pas. La proposition de danser a laissé Alexandre idiot. Il regarde le sourire prodigieux de Grégoire qui enlève sa chemise.

Il danse torse nu au milieu de cette foule inconnue qui l'accueille avec des cris. L'épuisement de la danse transforme son état intérieur. Il n'est plus dans l'abrutissement d'un rébus indéchiffrable, il le déchiffre en dansant sur cette musique banale avec ces visages échauffés et grimaçants.

Les fêtards ont décidé de crier : "Des pâtes oui mais des Panzani !" en rythme sur une des chansons. C'est une antienne qui réunit leur messe épouvantable. Mais Grégoire se sent bien, il répète avec eux le slogan publicitaire et quand on lui tend un os de gigot il mord dedans comme les autres et il n'en faut pas plus pour être admis dans le cercle bachique.

Alexandre le rejoint et montre à quel point il est arythmique en gesticulant avec férocité. Grégoire regarde autour de lui et voit une humanité qu'il n'a jamais vue. L'intuition d'amour qu'il a connue en revenant vers l'hôtel chante à nouveau, il aime cette foule sinistre incapable de se donner du plaisir sans se défigurer, il ne se sent pas différent, prisonnier.

Il danse si magnifiquement qu'on l'admire, ses gestes n'ont pas la brutalité des parades de rut habituelles, il danse tout en gestes arrondis, très au-dessus de son corps, il est sur la pointe des pieds, il a le visage tourné vers l'odieuse lampe du plafond, il vole.

Il lui semble que la libération qu'il attendait, qu'il appelait, est venue, c'est la pauvreté de la fête qui est son sauveur. Et toutes ses gesticulations passées dans les bordels et sur le tapis de prière lui semblent de petits voyages en comparaison de cette nuit.

Parce qu'il suffit d'être parmi les malheureux et de partager leur souffrance et leur joie.

Cette idée le fait danser et danser devient cette manière de célébrer l'instant qu'aucun autre art ne peut oser. Il regarde son compagnon qui bat des ailes déplorablement.

“Tu avais raison, pour la perfection.”

Alexandre n’entend pas.

“La perfection est donnée.”

Alexandre n’a aucun souvenir de leur conversation de la veille. Il tombe épuisé sur un canapé en cuir jaune et contemple sans amertume la beauté sans scrupule de son ami qui vient vers lui. Grégoire s’effondre à côté de lui et quand il met les mains sous sa nuque une odeur de transpiration sucrée vient jusqu’à Alexandre.

“Je voudrais rester ici quelques jours. Un mois peut-être.
— Ils partent demain, tu reprendras ta chambre.”

Mais cette fois Alexandre ne peut pas retenir sa question. Parce que tout est parfait. Parce que son ami doit tout lui dire. Parce qu’il n’y a rien que lui ne saurait lui cacher. Parce qu’en dansant si librement devant lui et pour lui il a ouvert un paysage merveilleux.

“Il n’y a rien ici. Pourquoi tu veux rester ici ?
— Parce qu’il n’y a rien.”

La réponse blesse Alexandre. Il s’enfuit, fait mine de parler à un des convives. Mais l’orgueil blessé le fait revenir les dents serrées, comment a-t-il pu imaginer que Grégoire resterait pour lui ? Il préfère se défendre.

“Je ne veux pas que tu restes ici.
— Je n’ai nulle part où aller.”

Alexandre entend le cri sans l'entendre. Le jour se lève et la salle se vide. Il va éteindre l'enseigne et revient.

Ils se couchent l'un contre l'autre et s'endorment, c'est un sommeil de béatitude. Leurs deux corps humides se touchent et leurs deux respirations se rejoignent dans une plainte.

Le matin vient vite, brutal et joyeux.

Alexandre se réveille seul, et voit que Grégoire s'est déjà levé, du coin de l'œil il le voit debout devant la fenêtre. Sa présence est l'augure d'une force nouvelle, une clameur, la force de fuir, la force d'aimer. Il le voit qui danse légèrement dans la lumière du jour.

Il reste un long moment à parler d'une voix douce, projet de promenades sur les bords du canal. Il ne voit pas que Grégoire s'est ouvert les veines avant de se pendre avec la corde de son sac.

XVI

RETOURS

Le Trap désert.

L'éternelle chanson serine sa puissance déchue, *I've Got the Power* n'est plus qu'un hymne démodé, nostalgique sérénade des heures de son règne. D'autres bordels se sont ouverts dès que la peur de la maladie a quitté ses oripeaux paniques. La chanson sempiternelle écœure autant qu'elle a exalté, c'est ainsi que d'une saison l'autre les chansons ruinent nos espoirs d'immortalité, nous écrasent de leur légèreté perdue, et dans leur miroir sans compassion se reflète cette chose qu'aucune philosophie n'a réussi à dire, le crâne sous le masque de l'enfant. *Le Trap* n'avait pas attendu d'être déserté pour ressembler à un tombeau, mais la morbidité y avait les couleurs de la fête. Le vin bu, il n'y a plus que ce recueillement inquiet. Grégoire et Alcandre disparus, je n'espérais pas retrouver cette nef d'amitié douce où nous nous sentions invincibles. J'apprends la peur, les transis qui m'entourent me rappellent exagérément que j'appartiens à leur caste tragique.

Si j'ai échappé à la mort c'est probablement que chaque génération a besoin de ses témoins. A moins que ce ne soit le don de parler de moi-même à la troisième personne qui ait retenu l'épée fatale ?

Et j'étais dans ce lieu vide et noir, cherchant l'ombre de mon aimé, dans le paradis de tristesse qui m'avait été promis par le chant des poètes. Là régnait une Joie plus sourde, plus murmurée que l'éblouissement connu sur l'île aux chiens mais plus mesurée, et plus humaine. Car cette Joie n'était pas la flamme descendue du ciel mais l'étincelle extorquée de force à mon âme dans la nuit de sa liberté. Elle venait de moi, elle était à moi, cette joie de retrouver mes souvenirs dérisoires, ces jouets brisés au seuil de ma maturité, cette joie, je pouvais en caresser lentement chaque perle et emporter son rosaire, le garder toujours dans ma poche, cette Joie, je savais que nul ne me l'enlèverait.

Le Trap était désert, seul un homme à la silhouette maigre se tenait debout dans un angle d'où il observait la salle vide.

L'homme se tenait dans l'élégance de ceux qui résistent à leur soûlerie, le regard à demi clos me laissait croire que lui aussi se berçait de souvenirs dissous. La main trahissait l'âge et la fébrilité, elle apparaissait hors de la zone d'obscurité pour porter aux lèvres ennuyées une cigarette rose.

On imaginait qu'il avait été beau, et se tenant dans cet angle, en cariatide, il avait l'air dominateur de ceux qui n'ont jamais eu à chasser mais simplement à ramasser à leurs pieds les fruits tombés.

Tous les deux égarés dans un paysage d'absence, nous ne sommes pas pressés de nous rejoindre, mais la rencontre est inévitable. L'impassibilité des vainqueurs est telle que, même vieillis, ils gardent l'inaltérable arrogance qui les rendait désirables. Et cette arrogance quand elle survit à la ruine du corps est plus attirante encore, elle semble surgie d'une force de l'âme, elle semble détenir les secrets de la séduction.

Pourtant en m'approchant il me semble reconnaître le visage de l'homme, mais dans une version inversée et odieuse. Dans sa beauté, il a quelque chose de Laiguiller et son élégance mêlée de vague ressemblance avec un souvenir hideux m'attire. C'est surtout ce crâne impeccablement rasé qui est un nimbe si aveuglant que je ne peux pas reconnaître Laiguiller. Il faut pourtant me rendre à l'évidence, la voix qui dit : "On fait celui qui ne me reconnaît pas" est la même que celle de Laiguiller, mais je n'ai pas pu le reconnaître sans sa prothèse capillaire.

La volonté de se rajeunir sous sa moumoute le vieillissait, le défigurait, le ridiculisait, il est si vrai que voulant cacher la vieillesse on la dénonce. Quelque chose lui avait permis de se soustraire à son mensonge, d'être ce qu'il était et d'en sourire. C'est ce sourire inconnu dans le bourbier de son visage qui avait rallumé le feu d'une gloire tardive.

Les ennemis d'autrefois nous sont plus chers que ceux qui ne nous connaissent aucune origine. Appartenant à notre histoire, ils appartiennent à notre nostalgie, c'est-à-dire à une forme de tendresse involontaire, la couleur exacte des tentures vertes quand le soleil les a mangées.

Quand il vient vers moi je n'ai pas ce mouvement de répulsion que je m'attendais à éprouver mais bien plutôt une sorte de joie amusée, un pardon qui ne me coûte rien.

Après la mort d'Alcandre, détenteur de l'ensemble de ses droits, il a inauguré une collection nouvelle avec la réédition complète de l'œuvre du romancier méconnu parce que trop connu et de l'œuvre inédite du poète. Il avait gardé les œuvres "ésotériques" au chaud, pensant les publier avec le bandeau promotionnel du deuil qui est un féroce allié de la reconnaissance publique.

On murmure même qu'il avait jusque-là découragé d'autres éditeurs potentiels pour mûrir son coup, cela n'était pas impossible, un nombre infini de malheureux lui devant quelque chose par la seule spéculation d'avoir survécu.

La collection s'intitulait joliment "Les nouveaux maudits", se proposant de créer *post mortem* une génération d'écrivains maudits, que la drogue, la maladie et le marché du livre auraient poussés au pilon et à l'abîme. Alcandre était le premier d'une série "d'anciens frères" à qui Laiguiller ouvrait le temple de la postérité à la condition qu'il en soit le portier. La carnassière avidité éditoriale avait sauté sur la charogne et l'on ne parlait plus, on ne lisait plus que les aphorismes sublimes du poète obscur qui, drapé dans son silence, avait survécu discrètement à ses succès de jeunesse. Quant à eux, les succès de jeunesse étaient devenus des témoignages prodigieux d'une époque après avoir été pendant vingt ans des torchons démodés. On avait appris à lire Alcandre, la nécrologie encore fraîche de l'encre des journaux littéraires teintait d'un bleu de fresque les doigts pressés de ses lecteurs.

Laiguiller en avait perdu sa perruque.

Revenu lui aussi sur le devant de la scène, touchant et discret dans le rôle de la vestale, il avait, en assumant son âge, rajeuni d'un coup et trouvé son emploi. Il allait de radios en télévisions témoigner avec des accents touchants de son combat pour Alcandre, de son fidèle amour de la qualité littéraire. Il était à la mode pour la première fois de sa vie et l'ayant attendu toute sa vie savait en tirer parti. Il s'associait aux mouvements politiques, aux associations humanitaires, il était le fer de lance d'une "écologie de la pensée". L'extrême pauvreté de son discours laissait crier les imprécations d'outre-tombe de sa "vedette" disparue. Chaque fois qu'il prenait la parole c'était pour citer le défunt chéri, l'éloquence d'Alcandre était assez brûlante pour survivre sous une forme tronquée.

Le feu avait été si grand qu'il y avait brûlé tout remords, finissant par croire à ce qu'il disait, finissant par verser des larmes sincères sur la dépouille littéraire de celui qu'il avait tué.

Mais oui, l'amour de Laiguiller était sincère, Alcandre dans sa voiture de sport jaune avait été l'image cruelle de sa jeunesse, l'Alcandre déchu le torturait au nom de cette image radieuse. Le vieillard libidineux détruit, il avait pu rééditer son amour pour le jeune romancier qui le méprisait si magnifiquement. Pour les poèmes, il avait d'ailleurs choisi une illustration de la première période et c'est ainsi que j'ai retrouvé cette image que j'avais collée sur un de mes cahiers et qui était propre à éblouir tout souvenir de l'Alcandre du *Trap*. Il me fallait moi aussi oublier le visage épouvanté d'Alcandre à la morgue, le néon grésillant, le gerbera d'un rose infect posé sur sa poitrine, oublier ce lieu sans âme où j'avais été forcé de lui faire mon dernier adieu, sans pouvoir trouver en moi l'encens nécessaire, tant j'étais horrifié par le pauvre arroi qui accompagnait son cadavre. Ainsi j'avais pu verser les larmes qu'il méritait en achetant moi aussi les œuvres de la collection "Les nouveaux maudits" pour avoir au moins près de moi cette image qui effaçait les autres.

Laiguiller avait si bien réussi qu'il s'était trouvé un assistant dévoué dans le très beau jeune homme à qui Pascual avait donné ma montre et ma chaîne en or. Laiguiller aminci et chauve avait même une beauté un peu lasse qui avait pu séduire sincèrement le garçon. Lequel garçon, sentant sa jeunesse s'éroder par l'abus qu'il en avait fait, rêvait de se trouver une place au soleil et sous la protection raffinée d'un magnat de la littérature. C'est lui qui avait modelé Laiguiller avec des mains d'archange. C'est Alcibiade qui désire Socrate et non l'inverse, et c'est Socrate qui refuse de troquer l'or de son savoir contre le cuivre de la beauté du jeune guerrier. Dans le marché truqué d'une jeunesse caduque contre une sagesse immortelle, Laiguiller n'avait pas eu la grandeur du père de la philosophie. Il avait bien volontiers échangé l'or frelaté d'une sagesse recopiée sur un autre contre le cuivre de la jeunesse qui tarderait à s'oxyder. L'Alcibiade en question avait déposé aux pieds du sage de pacotille ses armes encore brûlantes, il était toujours aussi beau, mais le tranchant terrible de son dédain et de son insolence s'était évaporé.

Il y a une autre explication à la renaissance de Laiguiller.

Peut-être est-ce la mort d'Alcandre qui l'avait libéré du péché d'envie qui le défigurait. Il pouvait l'aimer sans en souffrir, il vivait heureux avec son cadavre en bandoulière et pouvait commencer l'œuvre d'être lui-même une sorte d'Alcandre, débarrassé du modèle qui l'écrasait. C'est pour Alcandre qu'il mettait sa perruque, c'est en l'honneur des cheveux puissants de son héros qu'il portait ce triste signe de sa défaite. Non seulement Alcandre était mort, mais il était mort en lui laissant son héritage, en lui laissant son âme. C'est l'âme d'Alcandre qui le tenait dans ce sourire distant et fier, il croyait véritablement l'incarner. Il était Alcandre, il était l'Alcandre des beaux jours tel qu'il aurait dû vieillir pour lui, avec désinvolture et élégance. Ce théâtre le tenait en vie et l'enluminait de victoire.

Quand il s'approche vers moi je n'ai donc aucune répulsion et même une certaine joie. Il perçoit cette joie comme la reconnaissance de son nouveau statut et met sa main calme sur mon épaule.

"Justement je voulais te voir. Tu ne m'as pas envoyé ton manuscrit. Ce n'est pas gentil. En souvenir de... non, la nostalgie te dégoûte, tu as raison, il n'y a pas d'époque plus belle que celle-ci. Mais j'ai un ami qui travaille chez Gallimard... tu sais ces grandes maisons ce n'est plus ce que c'était... je comprends qu'un provincial comme toi soit fasciné par le nom, mais enfin !... je te taquine. Bref il m'a donné le texte, et sincèrement c'est bien. C'est un peu trop écrit peut-être, mais bon ça vaut mieux que le contraire. Tu sais ce que disait Alcandre des romans qu'on publie de nos jours... du journalisme au passé simple... géographie du nombril... chroniques de la nullité revendiquée... apologie de l'anesthésie... bon, tout de même pour un débutant on ne peut pas te reprocher ça. Enfin, ils ne le «feront» pas chez Gallimard, c'est cousu de fil blanc. Mais moi si tu veux je le «fais». En fait je serais très heureux de le «faire». Oui, vraiment la boucle serait bien bouclée."

"La poubelle me semble vraiment la meilleure maison d'édition. En tout cas je préfère une vraie poubelle où les ordures ne sont pas empaquetées dans de la soie."

C'était quand même une joie de lui dire ça. En souvenir de lui justement, et sans nostalgie aucune, pardonner ce n'est pas embrasser à pleine bouche. Je trouverai bien un éditeur même si Laiguiller a décrété partout un embargo étanche sur ma production.

“Tu as tort ! Tu as tort ! Et dans quelques minutes tu vas changer d’avis. J’ai un message pour toi de quelqu’un que tu as bien aimé. Et si tu opines gentiment pour que je fasse de toi un romancier à la mode je te donnerai l’adresse du pigeon voyageur. Il va crever. Il va crever et il aimerait te revoir. Il dit qu’il a quelque chose à te demander. J’ai payé pas mal pour qu’il soit dans un hôpital moins monstrueux. Tu sais que le traitement n’est pas remboursé… enfin, j’ai de l’argent alors autant que ça lui adoucisse la mort. Après tout il a bien adouci la mienne, en un sens… J’ai la reconnaissance du bas-ventre. Le pauvre est vraiment mal, il débloque vraiment, alors quand il a parlé de Spirou, je n’ai pas compris et j’ai pensé que c’était une bouffée délirante. Mais ce Spirou j’ai fini par comprendre que c’était toi. Et que les métastases lui laissaient assez de lucidité pour réclamer ce Spirou. Il dit qu’il y a quelque chose que toi seul peux faire pour lui. C’est vos histoires.”

C’est ainsi que l’assassin de mon ami a publié mon premier livre, le préfaçant lui-même d’une inepte admiration qu’il avait recopiée platement sur celle qu’il témoignait à Alcandre.

XVII

LA SOIXANTE-DIX-SEPTIÈME ALLUMETTE

Je suis si proche de retrouver celui que j'aime que j'en tremble.

Mais ce corps alerté l'est-il encore de l'appel de l'amour ou simplement de la terreur des fins ? Et comment se fait-il que les cris d'enfants éloignés et touffus aient toujours correspondu en moi avec le sentiment d'une approche de la conclusion, cette ambiance de retour et de chute, de détachement tendre et pourtant emphatique. Et si la musique des cris d'enfants est pour moi le chant indispensable de mes derniers chapitres, ce n'est pas que ce piaillement me rapproche d'un état d'innocence propre à recevoir la confession des causalités. Avoir rendez-vous avec un être disparu, savoir que l'on va parler pour la dernière fois à une figure prestigieuse de son drame intérieur, a besoin, au loin, de ce piaillement joyeux pour sentir l'éloignement irrémédiable de notre enfance. Pour ressentir la marque du temps, entendre ces cris révolus dans d'autres gorges innocentes, insouciantes, indifférentes, et recueillir ainsi la force de marcher vers les légendes qui sous-titrent nos images. Est-ce là encore un de ces paradis de tristesse où j'ai léché mes plaies ? Il me semble aussi, et plus puissamment, que les cris d'enfants éloignés assument la continuité de toutes les histoires et de toutes nos histoires à l'instant où nous avons le plus besoin de croire que nous entrelaçons nos fils dans une tapisserie immense. Et de cette tapisserie nous ne connaîtrions que l'envers, cheveux épars, lignes rejetées, couleurs débordées, promesses d'un motif que nous ne verrons jamais.

Jamais ?

A cet instant où je franchis l'allée étrange des eucalyptus de l'hôpital vers le pavillon sinistre où meurt mon roi, à cet instant où l'odeur immense des arbres aux feuilles en croissant de lune roses embaume ce pas lourd et grave que je ne peux rompre, à cet instant où les cris d'enfants éloignés d'une école voisine m'éloignent à jamais de mon enfance tout en m'en faisant supporter la déchirure, je ne crois pourtant pas qu'il soit possible de connaître le fin mot de l'histoire. Je pense simplement que dans cet apologue mystérieux où l'homme meurt sans savoir qui ni quoi le condamne, il est donné une indifférence à la question du Sens qui est fragment d'éternité et rédemption concrète.

Voilà ce que je pense dans cette marche très lente vers le visage détruit de celui que j'ai aimé, et en entrant dans le pavillon outrageusement propre, en poussant la petite porte de verre jusqu'à l'accueil désastreux de ce guichet des morts, je murmure "tout est bien".

Pensais-tu qu'au terme de cet amour tu découvrirais quelques secrets indispensables pour accessoiriser ton œuvre ? La sagesse avait-elle cette odeur de rétribution méritée ? Etais-tu assez bas pour croire à des vérités formulables dont l'immaturité te tenait éloigné ? Et la littérature n'avait-elle d'empire pour toi qu'à la condition de sertir une pierre philosophale ? Les dieux s'enfuient et ne laissent que brûlures, la sagesse n'est pas dans les aphorismes. Il y a ce Simple que nous n'oserions pas montrer comme notre trésor le plus cher dans les salons mondains en mal d'exotisme et d'extraordinaire. Je vais revoir Pascual, j'ai marché vers lui dans l'odeur des grands Eucalyptus, dans le babil joyeux d'enfants inconnus, dans le pluriel qui n'est pas le contraire de l'Un.

Non, je ne l'ai pas reconnu.

Cheveux longs et peignés, barbe d'ermite, maigreur de transis, il est déjà son propre gisant, la quiétude lapidaire en moins. Non, je ne le reconnais pas, et je songe même en passant devant son lit de souffrance le reconnaître plus loin, sur un autre lit, dans une forme hypothétique qui gémit. Mais il m'appelle. Et un instant, cet appel venu de nulle part semble venu de mon plus grand désir.

"Eh ! eh ! C'est Spirou !"

Non, il ne m'appelle pas, il semble plutôt me désigner à sa cour de mourants et de fantômes.

Mais je retrouve cet œil perdu dans le visage noirci, cet œil de vigilance redoutable. Et je souhaite d'un élan du cœur impeccable être la figure douce et rieuse qui surgit de ses lectures enfantines, pour le guider.

"Tu ne comprends pas. Spirou était mon ange gardien. Je n'avais que lui à aimer. J'embrassais sa rousseur, et j'embrassais un miel qui n'était que pour moi. Parce qu'il rit toujours. Il rit toujours. Spirou voulait mourir et Spirou voulait vivre, alors il riait. Tu te souviens ?

Tu ne me reconnais pas, la mort m'a donné un masque de clown. Mais je ne bégaie plus !"

Un sarcome de Kaposi le défigurait. L'une des taches rouges était exactement au bout de son nez.

"Je voulais que tu viennes et tu es venu. Tout ce que je veux je l'obtiens. Tout. Et depuis toujours. Ce n'est pas une grâce, c'est un enfer. C'est un enfer parce que je ne voulais rien. Dieu s'offrait à moi, je n'en voulais pas. Trop de chance. Il manquait peut-être cette liberté…

Toi seul peux m'aider. Toi seul.

J'allais chaque jour jusqu'à la machine à café. Je me traînais jusqu'à cette machine à café, c'était mon pèlerinage. Il faut que j'y aille soixante-dix-sept fois et que soixante-dix-sept fois je craque une allumette. Et sous le caoutchouc de la cafétéria il y a une dalle descellée. Là je range les petits cadavres noirs de mes allumettes et je sais que quand il y aura sous la dalle soixante-dix-sept allumettes brûlées, tout sera bien… c'est tout ce qui importe. Je ne veux rien d'autre. Le bien de l'humanité, je ne le veux pas. Le bien de Spirou non plus. J'ai besoin de lui, il avait besoin de moi, à part ça nous sommes seuls. Je ne veux pas vivre. Je ne veux pas mourir non plus. Je ne veux rien qu'une chose. Je veux qu'il y ait sous la dalle de la cafétéria des allumettes brûlées au nombre de soixante-dix-sept. Ça, je le veux. Ça, c'est la seule chose que je veux. Le monde peut crever."

Il se tourne vers le lit voisin.

"Et toi aussi tu peux crever ! Et tu peux pisser dans ton lit, j'appellerai pas pour toi."

Il cherche un verre d'eau sur la table et d'une main tremblante le lance vers le lit voisin. Mais le manque de force fait échouer le projectile entre les deux lits. Il n'y a pas de réponse.

“Il est muet maintenant, celui-là. Dans sa tête, le fil de la parole s'est rompu. Il comprend tout. Il entend quand je l'insulte mais il ne peut plus rien dire. Il n'est pas comme moi, à demi fou, il est entier dans sa tête, mais il ne peut rien dire. Il ne peut rien me répondre. Qu'est-ce que je disais ? Je ne veux rien. Pourquoi ? Pourquoi moi ? Pourquoi a-t-il fallu que ce soit moi celui qui ne veut rien. Je veux pourtant une chose… Les allumettes, tu comprends ? Je lui ai demandé à lui… il a compris mais il ne fait rien. Moi je ne peux plus marcher jusqu'à la cafétéria. Lui il pourrait, mais il ne veut pas. Maintenant je comprends pourquoi, c'est parce qu'il fallait que ce soit toi. Il ne faut pas que la dernière allumette soit brûlée par quelqu'un qui ne peut plus parler. Il faut que la dernière allumette soit brûlée par celui qui peut parler. Tout ça est parfait.

Il n'est pas possible qu'il y ait de l'imparfait.

Tu te souviens dans le garage d'Ellert, tout était parfait, je te l'ai dit. Dieu m'a donné une seule liberté. Une seule. Pour le reste j'étais son arme. Mais moi j'ai une liberté, et c'est cette armée de petites baïonnettes noires sous la dalle, sous le caoutchouc dans la cafétéria. Mais je n'ai pas pu achever ma liberté, ma libération, je ne sais pas ce qu'il faut dire. Je n'ai pas pu l'achever, et c'est parfait puisqu'il ne faut plus qu'une seule allumette pour arriver au chiffre. Mais je n'ai pas la force, et j'ai dû appeler Spirou, parce que quand j'étais néant et que j'avais peur j'appelais Spirou. Ellert est mort. Foudroyant ça a été la mort d'Ellert. Et il n'y a eu aucune lumière sur le corps d'Ellert. Aucune lumière dans son ciel quand il est mort. Il s'est fait sauter la tête avec le chauffe-eau à gaz. Je n'ai même pas eu à le tuer, il voulait que je le tue, il réclamait ça tous les jours et j'avais décidé de le tuer mais j'attendais qu'il n'ait vraiment plus d'argent. J'aimais Ellert. Oui, je l'aimais, et j'ai même eu du plaisir avec lui. Toi aussi tu m'as donné du plaisir, à cause de Spirou, j'aimais humilier Spirou parce que c'était mon seul ami. Je voulais lui faire payer la tendresse qu'il m'avait donnée quand je pleurais. Il fallait que je lui fasse mal parce que sa douceur continuait à me faire mal. Parce que sa douceur m'avait consolé quand mon père me battait. Et Ellert aussi je l'aimais. Mais je voulais l'argent. J'avais décidé de le tuer et je lui avais dit que je le jetterais dans les hauts fourneaux de la déchetterie après l'avoir étranglé. Mais je ne l'ai pas fait. C'était trop idéal. Il a allumé le chauffe-eau et il s'est brûlé la tête et il est mort le soir en criant qu'il ne voulait pas mourir. Ça c'est l'histoire d'Ellert. Sa mère venait des pays du Nord.

Maintenant je suis fatigué, il faut que tu promettes de faire brûler la dernière allumette, et surtout qu'il n'en reste rien qui ne soit noirci, même pas un petit, petit bout de bois. Et tu recompteras aussi car peut-être que je me suis trompé et que j'ai fait un mauvais compte. Peut-être qu'il y en a une de trop, donc tu n'en ajouteras aucune ou une de moins et tu devras en brûler deux. Mais il faut le nombre exact.

Le nombre exact, lui seul garantit ma liberté. Je ne fais pas d'ésotérisme, tu entends ? Soixante-dix-sept ce n'est pas de l'ésotérisme, j'ai choisi comme ça, au hasard, ça aurait pu être quatre-vingt-dix-huit. Mais je me suis donné ce chiffre, arbitraire, je me le suis donné pour accomplir exactement un geste libre. Et c'est ce geste libre qui me libère. Toi seul peux comprendre. Donc il y aura exactement soixante-dix-sept allumettes brûlées sous la dalle sous le caoutchouc de la cafétéria. Répète exactement.

Je répète.

“Il y aura exactement soixante-dix-sept allumettes brûlées sous la dalle sous le caoutchouc de la cafétéria.

— Voilà. Va-t’en tout est dit. Tu crois à la résurrection ?”

La question est sur le ton des semonces d’autrefois. Il n’y a aucune échappatoire. Pascual sait qu’il ne faut pas hésiter, frapper droit, c’est un guerrier. Il vient de me planter un couteau dans le cœur. Je ne réponds pas. Je ne peux pas répondre. Il me faudrait parler, réfléchir, ouvrir mon cœur, ce n’est pas ce qu’il veut, il veut simplement un oui ou un non. Je dis Oui. Mais ce Oui est faux, il triche, il ne triche pas au point d’être un non déguisé, c’est juste pour gagner du temps. Nous sommes à l’ouverture du dernier sceau, je me souviens qu’il m’a brûlé avec une lampe.

Cette lâcheté, ce oui à demi, il faut que je puisse le détruire, sinon j’annule tout ce qui a été entre nous. Il faut que j’aie le courage… mais une autre fois je tombe.

“Cela est au-dessus des forces humaines.”

Après avoir affirmé en ayant l’air de dénier, je dénie en laissant apparaître le doute sur mon dédit. Le temps est compté. Il me laisse encore une chance, mais cette fois je ne peux plus me contenter d’une demi-vérité. Je dois fouiller, fouiller mon cœur, à toute allure. Je dois me débarrasser de toute opinion théologique, de toute appréciation apologétique facile, de toute procuration de l’intelligence. Et je comprends à cet œil qui me regarde que si je tombe je ne pourrai pas me relever.

Mais ce qui m'a fait mentir ce n'est pas le doute. C'est l'autre part, la part de foi qui elle aussi est imparfaite. Il y a en moi assez de foi pour affirmer, il n'y a pas en moi assez de foi pour affirmer irrésolument.

"Mais il n'y aurait aucune Joie s'il n'y avait dans la coulisse une sorte d'Espérance..."

Cette fois j'ai dit la vérité. Cette fois j'ai avoué que ma bouche parfois présume de mes sentiments, j'ai avoué ma lâcheté.

Mais je ne vois pas dans l'œil de Pascual le dédain que j'attendais. Je vois même un soulagement et si, en confessant mon cœur, j'avais accouché le sien ?

"Une sorte d'Espérance ce n'est pas l'Espérance."

Il dit cela sans dureté.

"Tu vois nous ne pouvons pas croire absolument. La sainteté, il n'y en a pas. Nous ne pouvons pas absolument croire."

Et comme je devine que la phrase a quelque part en lui une racine lumineuse...

"Alors que nous reste-t-il ?
— La soixante-dix-septième allumette."

Il se retourne. Je ne vois plus que sa nuque creusée d'un sillon terrible et marquée elle aussi de lésions noires. Je le laisse. Je sors de la grande pièce blanche aux trois lits muets. Mes pas crissent sur le revêtement de sol d'un bleu brillant. Je suis dans le couloir. Je vois ce que Pascual appelle la cafétéria. Et je vois le caoutchouc qui végète dans son pot de terre plein de mégots. A l'auréole qui déborde du pot je sais qu'il a été déplacé et que je trouverai ce qu'il m'a décrit.

Tout est là, oui, le caoutchouc est une sorte de plante usée et jaune. La dalle est bien plutôt une tomette, une large tomette au rouge cendré.

Je déplace le pot sur le côté et ouvre la "dalle".

Les allumettes sont là rangées comme des morts. Je les compte. Soixante-seize. Je recompte.

J'allume alors l'allumette manquante et je la laisse brûler jusqu'à ma peau, jusqu'à ce qu'une douleur à la sonorité de clairon me fasse la lâcher sur le bord du trou.

Là elle achève de se consumer jusqu'à la dernière blancheur de son bois.

Dieu, quand tu m'accueilleras dans ton ciel, fais que je réponde d'un sourire brillant à la question : "As-tu assez aimé ?"

D'un souffle je pousse l'allumette dans son tabernacle, sous la dalle, sous le caoutchouc, à la cafétéria de l'hôpital Saint-Louis, au pavillon des agonies où probablement elle est encore.

TABLE

Ouvrage réalisé par l'atelier graphique Actes Sud. Reproduit et achevé d'imprimer sur Roto-Page en mai 2002 par l'Imprimerie Floch à Mayenne, sur papier des Papeteries de La Gorge de Domène pour le compte des éditions Actes Sud Le Méjan Place Nina-Berberova 13200 Arles.
Dépôt légal 1re édition : août 2002
N° impr. : 54460.
Imprimé en France